沈从文

到日光下去生活

沈从文 / 著

中国致公出版社

辑一　到日光下去生活

「我的心总得为一种新鲜声音，新鲜颜色，
新鲜气味而跳。
我得认识本人生活以外的生活。」

02　我所生长的地方　/ 进步，也就正消灭到过去一切

06　我的家庭　/ 我的气度得于父亲影响的较少，得于妈妈的似较多

09　我读一本小书同时又读一本大书　/ 到日光下去认识这
　　大千世界微妙的光，稀奇的色，万汇百物的动静

21　女难　/ 接近人生时，我永远是个艺术家的感情

29　腊八粥　/ 糊糊涂涂煮成一锅，让它在锅中叹气似的沸腾着

32　炉边　/ 在鸭子粥没有到口以前，我们都觉得寂寞

38　玫瑰与九妹　/ 九妹对着那深红浅红的花朵微笑，花也正觑着她微
　　笑的样子

42　往事　/ 凡是走长路的人，只要放一个石头到树上，便不倦了

46　生之记录　/ 抬头去看天，黑色，星子却更多更明亮

辑二　**我就这样一面看水，
　　　一面想你**

「我行过许多地方的桥，看过许多次数的云，喝过许多种类的酒，却只爱过一个正当最好年龄的人。」

60　小船上的信　／我就这样一面看水，一面想你

63　过柳林岔　／把这日子一部分用牙齿嚼掉

66　历史是一条河　／不管怎么样活，却从不逃避为了活而应有的一切努力

69　小草与浮萍　／同在这靠着做一点梦来填补痛苦的寂寞旅途上走着

74　流光　／感情的结合，两方各在赠予，不在获得

78　给低着头的葵　／别人认为不合理，却能发现你生命欢喜的路径，应不用迟疑走去

82　废邮存底　／走到任何地方去，照到我们头上的，还是那个月亮

辑三　在长长的日子里有所待

「在淡黄色月亮下归来，我的心涂上了月的光明。
倘他日独行旷野时，将用这光明照我行路。」

96　鸭窠围的夜 / 仿佛触着了，看明白了这世界上一点东西，心里软和得很

104　一九三四年一月十八 / 这河水过去给我的是"知识"，如今给我的却是"智慧"

111　一个多情水手与一个多情妇人 / 在一分长长的日子里有所期待

121　箱子岩 / 这些人生活却仿佛同"自然"已相融合，很从容地各尽其性命之理

128　街 / 长街这时节也并不寂寞

132　虎雏再遇记 / 一切水得归到海里

140　常德的船 / 要认识湘西，不能不对船户先有一种认识

150　沅陵的人 / 真正好处不会欣赏，坏处不能明白，岂不是另一种神秘

辑四　活得简单才能活得自由

「我有一颗能为一切现世光影而跳跃的心，就很够了。」

164　云南看云 / 海市蜃楼虽并不常在人眼底，却永远在人心中

169　云南的歌会 / 这些小发现，对我来说却意义深长

172　昆明冬景 / 原来一切生物都各有它的心事

178　绿魇 / 一点单纯的人性，在得失哀乐间形成奇异的式样

200　白魇　/ 当前的生活，一与过去未来连接时，生命便若重新获得一种意义

208　黑魇　/ 一个人从美丽温柔眼光中，也能得救

辑五　美总是令人忧愁，然而还受用

「孤独一点，在你缺少一切的时节，你就会发现，原来还有个你自己。」

220　我的写作与水的关系　/ 我自己的生活与理想，皆从孤独得来

223　抽象的抒情　/ 照我思索，能理解"我"。照我思索，可认识"人"

232　谈创作　/ 能在书本上发痴，在一切人事上发痴

235　给志在写作者　/ 永远不在作品上自满，不在希望上自卑

240　水云　/ 美总是令人忧愁，然而还受用

辑一

到日光下去生活

「我的心总得为一种新鲜声音，新鲜颜色，新鲜气味而跳。
我得认识本人生活以外的生活。」

我所生长的地方

进步，也就正消灭到过去一切

拿起我这支笔来，想写点我在这地面上二十年所过的日子，所见的人物，所听的声音，所嗅的气味，也就是说我真真实实所受的人生教育，首先提到一个我从那儿生长的边疆僻地小城时，实在不知道怎样来着手就较方便些。我应当照城市中人的口吻来说，这真是一个古怪地方！只由于两百年前满人治理中国土地时，为镇抚与虐杀残余苗族，派遣了一队戍卒屯丁驻扎，方有了城堡与居民。这古怪地方的成立与一切过去，有一部《苗防备览》记载了些官方文件，但那只是一部枯燥无味的官书。我想把我一篇作品里所简单描绘过的那个小城，介绍到这里来。这虽然只是一个轮廓，但那地方的一切情景，欲浮凸起来，仿佛可用手去摸触。

一个好事人，若从二百年前某种较旧一点儿的地图上去寻找，当可在黔北、川东、湘西一处极偏僻的角隅上，发现一个名为"镇筸"的小点。那里同别的小点一样,事实上应当有一个城市,在那个城市中,安顿下三五千人口。不过一切城市的存在,大部分都在交通、物产、经济活动情形下面,成为那个城市枯荣的因缘,这一个地方,却以另外一个意义无所依附而独立存在。试将那个用粗糙而坚实的巨大石头砌成的圆城作为中心,向四方展开,围绕了这边疆僻地的孤城,约有五百左右的碉堡,二百左右的营汛。碉堡各用大石块堆成,位置在山顶头,随了山岭脉络蜿蜒各处走去;营汛各位置在驿路上,布置得极有秩序。这些东西在一百八十年前,是按照一种精密的计划,各保持相当距离,在周围数百里内,平均分配下来,解决了退守一隅常作"蠢动"的边苗"叛变"的。两世纪来清朝的暴政,以及因这暴政而引起的反抗,血染红了每一条官路同每一个碉堡。到如今,一切完事了,碉堡多数业已毁掉了,营汛多数成为民房了,人民已大半同化了。落日黄昏时节,站到那个巍然独在万山环绕的孤城高处,眺望那些远近残毁的碉堡,还可依稀想见当时角鼓火炬传警告急的光景。这地方到今日,已因为变成另外一种军事重心,一切皆用一种迅速的姿势在改变,在进步,同时这种进步,也就正消灭到过去一切。

凡有机会追随了屈原溯江而行那条长年澄清的沅水,向上游去的旅客和商人,若打量由陆路入黔入川,不经古夜郎国,不经永顺、龙山,都应当明白"镇筸"是个可以安顿他的行李最可靠也最舒服的地方。那里土匪的名称不习惯于一般人的耳朵。兵卒纯善如平民,与人无侮无扰。农民勇敢而安分,且莫不敬神守法。商人各负担了花纱同货物,洒脱地向深山中村庄走去,同平民作有无交易,谋取什一之利。地方统治者分数种:

最上为天神，其次为官，又其次才为村长同执行巫术的神的侍奉者。人人洁身信神，守法爱官。每家俱有兵役，可按月各自到营上领取一点儿银子，一份米粮，且可从官家领取二百年前被政府所没收的公田耕耨播种。城中人每年各按照家中有无，到天王庙会杀猪，宰羊，磔狗，献鸡，献鱼，求神保佑五谷的繁殖，六畜的兴旺，儿女的长成，以及作疾病婚丧的禳解。人人皆依本分担负官府所分派的捐款，又自动地捐钱与庙祝或单独执行巫术者。一切事保持一种淳朴习惯，遵从古礼；春秋二季农事起始与结束时，照例有年老人向各处人家敛钱，给社稷神唱木傀儡戏。旱暵祈雨，便有小孩子共同抬了活狗，带上柳条，或扎成草龙，各处走去。春天常有春官，穿黄衣各处念农事歌词。岁暮年末居民便装饰红衣傩神于家中正屋，捶大鼓如雷鸣，苗巫穿鲜红如血的衣服，吹镂银牛角，拿铜刀，踊跃歌舞娱神。城中的住民，多当时派遣移来的戍卒屯丁。此外则有江西人在此卖布，福建人在此卖烟，广东人在此卖药。地方由少数读书人与多数军官，在政治上与婚姻上两面的结合，产生一个上层阶级，这阶级一方面用一种保守稳健的政策，长时期管理政治，一方面支配了大部分属于私有的土地；而这阶级的来源，却又仍然出于当年的戍卒屯丁。地方城外山坡上产桐树杉树，矿坑中有朱砂水银，松林里生菌子，山洞中多硝。城乡全不缺少勇敢忠诚适于理想的兵士，与温柔耐劳适于家庭的妇人。在军校阶级厨房中，出异常可口的菜饭；在伐树砍柴人口中，出热情优美的歌声。地方东南四十里接近大河，一道河流肥沃了平衍的两岸，多米，多橘柚。西北二十里后，即已渐入高原，近抵苗乡，万山重叠。大小重叠的山中，大杉树以长年深绿逼人的颜色，蔓延各处。

一道小河从高山绝涧中流出，汇集了万山细流，沿了两岸有杉树林的河沟奔驶而过，农民各就河边编缚竹子做成水车，引河中流水，灌溉高处的山田。河水长年清澈，其中多鳜鱼、鲫鱼、鲤鱼，大的比人脚板还大。河岸上那些人家里，常常可以见到白脸长身见人善作媚笑的女子。小河水流环绕"镇箪"北城下驶，到一百七十里后方汇入辰河，直抵洞庭。

这地方又名凤凰厅，到民国后便改成了县治，名凤凰县。辛亥革命后，湘西镇守使与辰沅道皆驻节在此地。地方居民不过五六千，驻防各处的正规兵士却有七千。由于环境的不同，直到现在其地绿营兵役制度尚保存不废，为中国绿营军制唯一残留之物。

我就生长到这样一个小城里，将近十五岁时方离开。出门两年半回过那小城一次以后，直到现在为止，那城门我没再进去过。但那地方我是熟习的。现在还有许多人生活在那个城市里，我却常常生活在那个小城过去给我的印象里。

我的家庭

我的气度得于父亲影响的较少，
得于妈妈的似较多

    咸同之季，中国近代史极可注意之一页，曾、左、胡、彭所领带的湘军部队中，篁军有个相当的位置。统率篁军转战各处的是一群青年将校，原多卖马草为生，最著名的为田兴恕。当时同伴数人，年在二十左右，同时得到清提督衔的共有四位，其中有一沈洪富，便是我的祖父。这青年军官二十二岁左右时，便曾做过一度云南昭通镇守使。同治二年，二十六岁又做过贵州总督，到后因创伤回到家中，终于在家中死掉了。这青年军官死去时，所留下的一份光荣与一份产业，使他后嗣在本地方占了个较优越的地位。祖父本无子息，祖母为住乡下的叔祖父沈洪芳娶了个苗族姑娘，生了两个儿子，把老二过房给祖父做儿子。照当地习惯，和苗族所生儿女无社会地位，不能参与文武科举，因此这个苗族女人被远远嫁去，乡下虽埋了个坟，却是假的。我照血统说，有一部分应属于苗族。我四五岁时，还曾到黄罗寨乡下去那个坟前磕过头。到一九二二年离开湘西时，在沅陵才从父亲口中明白这件事情。

　　就由于存在本地军人口中那一份光荣,引起了后人对军人家世的骄傲,我的父亲生下地时,祖母所期望的事,是家中再来一个将军。家中所期望的并不曾失望,自体魄与气度两方面说来,我爸爸生来就不缺少一个将军的风仪。硕大、结实、豪放、爽直,一个将军所必需的种种本色,爸爸无不兼备。爸爸十岁左右时,家中就为他请了武术教师同老塾师,学习做将军所不可少的技术与学识。但爸爸还不曾成名以前,我的祖母却死去了。那时正是庚子联军入京的第三年。当庚子年大沽失守,镇守大沽的罗提督自尽殉职时,我的爸爸便正在那里做他身边一员裨将。那次战争据说毁去了我家中产业的一大半。由于爸爸的爱好,家中一点儿较值钱的宝货常放在他身边,这一来,便完全失掉了。战事既已不可收拾,北京失陷后,爸爸回到了家乡。第三年祖母死去。祖母死时我刚活到这世界上四个月。那时我头上已经有两个姐姐,一个哥哥。没有庚子的战争,我爸爸不会回来,我也不会存在。关于祖母的死,我仿佛还依稀记得包裹得紧紧的,我被谁抱着在一个白色人堆里转动,随后还被搁到一个桌子上去。我家中自从祖母死后十余年内不曾死去一人,若不是我在两岁以后做梦,这点儿影子便应当是那时唯一的记忆。

　　我的兄弟姊妹共九个,我排行第四,除去幼年殇去的姊妹,现在生存的还有五个,计兄弟姊妹各一,我应当在第三。

　　我的母亲姓黄,年纪极小时就随同我一个舅父外出在军营中生活,所见事情很多,所读的书也似乎较爸爸读的稍多。外祖黄河清是本地最早的贡生,守文庙做书院山长,也可说是当地唯一读书人。所以我母亲极小就认字读书,懂医方,会照相。舅父是个有新头脑的人物,本县第一个照相馆是那舅父办的,第一个邮政局也是舅父办的。我等兄弟姊妹的初步教育，便全是这个瘦小、机警、富于胆气与常识的母亲担负的。我的教育得于母亲的不少，她告我认字，告我认识药名，告我决断——做男子极不可少的决断。我的气度得于父亲影响的较少，得于妈妈的似较多。

我读一本小书同时又读一本大书

到日光下去认识这大千世界微妙的光，稀奇的色，万汇百物的动静

　　我能正确记忆到我小时的一切，大约在两岁左右。我从小到四岁左右，始终健全肥壮如一只小豚。四岁时母亲一面告给我认方字，外祖母一面便给我糖吃，到认完六百生字时，腹中生了蛔虫，弄得黄瘦异常，只得每天用草药蒸鸡肝当饭。那时节我就已跟随了两个姐姐，到一个女先生处上学。那人既是我的亲戚，我年龄又那么小，过那边去念书，坐在书桌边读书的时节较少，坐在她膝上玩的时间或者较多。

　　到六岁时，我的弟弟方两岁，两人同时出了疹子。时正六月，日夜皆在吓人高热中受苦。又不能躺下睡觉，一躺下就咳嗽发喘。又不要人抱，抱时全身难受。我还记得我同我那弟弟两人当时皆用竹簟卷好，同春卷一样，竖立在屋中阴凉处。家中人当时业已为我们预备了两具小小棺木搁在廊下。十分幸运，两人到后面居然全好了。我的弟弟病后家中特别为他请了一个壮实高大的苗妇人照料，照料得法，他便壮大异常。我因此一病，却完全改了样子，从此不再与肥胖为缘，成了

个小猴儿精了。

六岁时我已单独上了私塾。如一般风气，凡是私塾中给予小孩子的虐待，我照样也得到了一份。但初上学时我因为在家中业已认字不少，记忆力从小又似乎特别好，比较其余小孩，可谓十分幸福。第二年后换了一个私塾，在这私塾中我跟从了几个较大的学生，学会了顽劣孩子抵抗顽固塾师的方法，逃避那些书本去同一切自然相亲近。这一年的生活形成了我一生性格与感情的基础。我间或逃学，且一再说谎，掩饰我逃学应受的处罚。我的爸爸因这件事十分愤怒，有一次竟说若再逃学说谎，便当砍去我一个手指。我仍然不为这话所恐吓，机会一来时总不把逃学的机会轻轻放过。当我学会了用自己的眼睛看世界一切，到不同社会中去生活时，学校对于我便已毫无兴味可言了。

我爸爸平时本极爱我，我曾经有一时还做过我那一家的中心人物。稍稍害点儿病时，一家人便光着眼睛不睡眠，在床边服侍我，当我要谁抱时谁就伸出手来。家中那时经济情形还很好，我在物质方面所享受到的，比起一般亲戚小孩似乎都好得多。我的爸爸既一面只做将军的好梦，一面对于我却怀了更大的希望。他仿佛早就看出我不是个军人，不希望我做将军，却告诉我祖父的许多勇敢光荣的故事，以及他庚子年间所得的一份经验。他因为欢喜京戏，只想我学戏，做谭鑫培。他以为我不拘做什么事，总之应比做个将军高些。第一个赞美我明慧的就是我的爸爸。可是当他发现了我成天从塾中逃出到太阳底下同一群小流氓游荡，任何方法都不能拘束这颗小小的心，且不能禁止我狡猾地说谎时，我的行为实在伤了这个军人的心。同时那小我四岁的弟弟，因为看护他的苗妇人照料十分得法，身体养育得强壮异常，年龄虽小，便显得气派宏大，凝静结实，且极自重自爱，故家中人对我感到失望时，对他便异常关切起来。这小孩子到后来也并不辜负家中人的期望，二十二岁时便做了步兵上校。至于我那个爸爸，却在蒙古、东北、西藏各处军队中混过，民国二十年时还只是一个上校，在本地土著军队里做军医（后改为中医院长），把将军希望留在弟弟身上，在家乡从一种极轻微的疾病中便瞑目了。

我有了外面的自由，对于家中的爱护反觉处处受了牵制，因此家中人疏忽了我的生活时，反而似乎使我方便了好些。领导我逃出学塾，尽我到日光下去认识这大千世界微妙的光，稀奇的色，以及万汇百物的动静，这人是我一个张姓表哥。他开始带我到他家橘柚园中去玩，到城外山上去玩，到各种野孩子堆里去玩，到水边去玩。他教我说谎，用一种谎话对付家中，又用另一种谎话对付学塾，引诱我跟他各处跑去。即或不逃学，学塾为了担心学童下河洗澡，每到中午散学时，照例必在每人手心中用朱笔写个大字，我们尚依然能够一手高举，把身体泡到河水中玩个半天。这方法也亏那表哥想出的。我感情流动而不凝固，一派清波给予我的影响实在不小。我幼小时较美丽的生活，大部分都同水不能分离。我的学校可以说是在水边的。我认识美，学会思索，水对我有极大的关系。我最初与水接近，便是那荒唐表哥领带的。

现在说来，我在做孩子的时代，原本也不是个全不知自重的小孩子。我并不愚蠢。当时在一班表兄弟中和弟兄中，似乎只有我那个哥哥比我聪明，我却比其他一切孩子懂事。但自从那表哥教会我逃学后，我便成了毫不自重的人了。在各样教训、各样方法管束下，我不欢喜读书的性情，从塾师方面，从家庭方面，从亲戚方面，莫不对于我感觉到无多希望。我的长处到那时只是种种的说谎。我非从学塾逃到外面空气下不可，逃学过后又得逃避处罚。我最先所学，同时拿来致用的，也就是根据各种经验来制作各种谎话。我的心总得为一种新鲜声音，新鲜颜色，新鲜气味而跳。我得认识本人生活以外的生活。我的智慧应当从直接生活上吸收消化,却不须从一本好书、一句好话上学来。似乎就只这样一个原因,我在学塾中,逃学纪录点数,在当时便比任何一人都高。

离开私塾转入新式小学时,我学的总是学校以外的。到我出外自食其力时,我又不曾在职务上学好过什么。二十年后我"不安于当前事务,却倾心于现世光色,对于一切成例与观念皆十分怀疑,却常常为人生远景而凝眸",这分性格的形成,便应当溯源于小时在私塾中逃学习惯。

自从逃学成习惯后,我除了想方设法逃学,什么也不再关心。

有时天气坏一点儿,不便出城上山里去玩,逃了学没有什么去处,我就一个人走到城外庙里去。本地大建筑在城外计三十来处,除了庙宇就是会馆和祠堂。空地广阔,因此均为小手工业工人所利用。那些庙里总常常有人在殿前廊下绞绳子,织竹簟,做香,我就看他们做事。有人下棋,我看下棋。有人打拳,我看打拳。甚至于相骂,我也看着,看他们如何骂来骂去,如何结果。因为自己既逃学,走到的地方必不能有熟人,所到的必是较远的庙里。到了那里,既无一个熟人,因此什么事都只好用耳朵去听,眼睛去看,直到看无可看听无可听时,我便应当设计打量我怎么回家去的方法了。

来去学校我得拿一个书篮。内中有十多本破书,由《包句杂志》《幼学琼林》到《论语》《诗经》《尚书》通常得背诵。分量相当沉重。逃学时还把书篮挂到手肘上,这就未免太蠢了一点儿。凡这么办的可以说是不聪明的孩子。许多这种小孩子,因为逃学到各处去,人家一见就认得出,上年纪一点儿的人见到时就会说:"逃学的,赶快跑回家挨打去,不要在这里玩。"若无书篮可不必受这种教训。因此我们就想出了一个方法,把书篮寄存到一个土地庙里去。那地方无一个人看管，但谁也用不着担心他的书篮。小孩子对于土地神全不缺少必需的敬畏，都信托这木偶，把书篮好好地藏到神座龛子里去，常常同时有五个或八个，到时却各人把各人的拿走，谁也不会乱动旁人的东西。我把书篮放到那地方去，次数是不能记忆了的，照我想来，次数最多的必定是我。

逃学失败被家中学校任何一方面发觉时，两方面总得各挨一顿打。在学校得自己把板凳搬到孔夫子牌位前，伏在上面受笞。处罚过后还要对孔夫子牌位作一揖，表示忏悔。有时又常常罚跪至一根香时间。我一面被处罚跪在房中的一隅，一面便记着各种事情，想象恰如生了一对翅膀，凭经验飞到各样动人事物上去。按照天气寒暖，想到河中的鳜鱼被钓起离水以后拨刺的情形，想到天上飞满风筝的情形，想到空山中歌呼的黄鹂，想到树木上累累的果实。由于最容易神往到种种屋外东西上去，反而常把处罚的痛苦忘掉，处罚的时间忘掉，直到被唤起以后为止，我就从不曾在被处罚中感觉过小小冤屈。那不是冤屈。我应感谢那种处罚，使我无法同自然接近时，给我一个练习想象的机会。

家中对这件事自然照例不大明白情形，以为只是教师方面太宽的过失，因此又为我换一个教师。我当然不能在这些变动上有什么异议。这事对我说来，我倒又得感谢我的家中。因为先前那个学校比较近些，虽常常绕道上学，终不是个办法，且因绕道过远，把时间耽误太久时，无可托词。现在的学校可真很远很远了，不必包绕偏街，我便应当经过许多有趣味的地方了。从我家中到那个新的学塾里去时，路上我可看到针铺门前永远必有一个老人戴了极大的眼镜，低下头来在那里磨针。又可看到一个伞铺，大门敞开，做伞时十几个学徒一起工作，尽人欣赏。又有皮靴店，大胖子皮匠，天热时总腆出一个大而黑的肚皮（上面有一撮毛！）用夹板绱鞋。又有剃头铺，任何时节总有人手托一个小小木盘，呆呆地在那里尽剃头师傅刮脸。又可看到一家染坊，有强壮多力的苗人，踹在凹形石碾上面，站得高高的，手扶着墙上横木偏左偏右地摇荡。又有三家苗人打豆腐的作坊，小腰白齿头包花帕的苗妇人，时时刻刻口上都轻声唱歌，一面引逗缚在身背后包单里的小苗人，一面用放光的红铜勺舀取豆浆。我还必须经过一个豆粉作坊，远远地就可听到骡子推磨隆隆的声音，屋顶棚架上晾满白粉条。我还得经过一些屠户肉案桌，可看到那些新鲜猪肉砍碎时尚在跳动不止。我还得经过一家扎冥器出租花轿的铺子，有白面无常鬼、蓝面阎罗王、鱼龙、轿子、金童玉女。每天且可以从他那里看出有多少人接亲，有多少冥器，那些定做的作品又成就了多少，换了些什么式样。并且还常常停顿下来，看他们贴金敷粉，涂色，一站许久。

我就欢喜看那些东西，一面看一面明白了许多事情。

每天上学时，我照例手肘上挂了那个竹书篮，里面放十多本破书。在家中虽不敢不穿鞋，可是一出了大门，即刻就把鞋脱下拿到手上，赤脚向学校走去。不管如何，时间照例是有多余的，因此我总得绕一节路玩玩。若从西城走去，在那边就可看到牢狱，大清早若干犯人戴了脚镣从牢中出来，派过衙门去挖土。若从杀人处走过，昨天杀的人还没有收尸，一定已被野狗把尸首咬碎或拖到小溪中去了，就走过去看看那个糜碎了的尸体，或拾起一块小小石头，在那个污秽的头颅上敲打一下，或用一木棍去戳戳，看看会动不动。若还有野狗在那里争夺，就预先拾了许多石头放在书篮里，随手一一向野狗抛掷，不再过去，只远远地看看，就走开了。

既然到了溪边，有时候溪中涨了小小的水，就把裤管高卷，书篮顶在头上，一只手扶着，一只手照料裤子，在沿了城根流去的溪水中走去，直到水深齐膝处为止。学校在北门，我出的是西门，又进南门，再绕从城里大街一直走去。在南门河滩方面我还可以看一阵杀牛，机会好时恰好正看到那老实可怜的畜生被放倒的情形。因为每天可以看一点点，杀牛的手续同牛内脏的位置，不久也就被我完全弄清楚了。再过去一点儿就是边街，有织簟子的铺子，每天任何时节皆有几个老人坐在门前小凳子上，用厚背的钢刀破篾，有两个小孩子蹲在地上织簟子（我对于这一行手艺所明白的种种，现在说来似乎比写字还在行。）又有铁匠铺，制铁炉同风箱皆占据屋中，大门永远敞开着，时间即或再早一些，也可以看到一个小孩子两只手拉着风箱横柄，把整个身子的分量前倾后倒，风箱于是就连续发出一种吼声，火炉上便放出一股臭烟同红光。待到把赤红的热铁拉出搁放到铁砧上时，这个小东西，赶忙舞动细柄铁锤，把铁锤从身背后扬起，在身面前落下，火花四溅地一下一下打着。有时打的是一把刀，有时打的是一件农具。有时看到的又是这个小学徒跨在一条大板凳上，用一把凿子在未淬水的刀上起去铁皮，有时又是把一条薄薄的钢片嵌进熟铁里去。日子一多，关于任何一件铁器的制造秩序，我也不会弄错了。边街又有小饭铺，门前有个大竹筒，插满了用竹子削成的筷子。有干鱼同酸菜，用钵头装满放在门前柜台上。引诱主顾上门，意思好像是说："吃我，随便吃我，好吃！"每次我总仔细看看，真所谓"过屠门而大嚼"，也过了瘾。

我最欢喜天上落雨，一落了小雨，若脚下穿的是布鞋，即或天气正当十冬腊月，我也可以用恐怕湿却鞋袜为辞，有理由即刻脱下鞋袜赤脚在街上走路。但最使人开心的事，还是落过大雨以后，街上许多地方已被水所浸没，许多地方阴沟中涌出水来，在这些地方照例常常有人不能过身，我却赤着两脚故意向深水中走去。若河中涨了大水，照例上游会漂流得有木头、家具、南瓜同其他东西，就赶快到横跨大河的桥上去看热闹。桥上必已经有人用长绳系定了自己的腰身，在桥头上待着，注目水中，有所等待。看到有一段大木或一件值得下水的东西浮来时，就踊身一跃，骑到那树上，或傍近物边，把绳子缚定，自己便快快地向下游岸边泅去。另外几个在岸边的人把水中人援助上岸后，就把绳子拉着，或缠绕到大石上、大树上去，于是第二次又有第二人来在桥头上等候。我欢喜看人在洄水里扳罾，巴掌大的活鲫鱼在网中蹦跳。一涨了水，照例也就可以看这种有趣味的事情。照家中规矩，一落雨就得穿上钉鞋，我可真不愿意穿那种笨重的钉鞋。虽然在半夜时有人从街巷里过身，钉鞋声音实在好听，大白天对于钉鞋，我依然毫无兴味。

若在四月落了点儿小雨，山地里、田塍上各处都是蟋蟀声音，真使人心花怒放。在这些时节，我便觉得学校真没有意思，简直坐不住，总得想方设法逃学上山去捉蟋蟀。有时没有什么东西安置这小东西，就走到那里去，把第一只捉到手后又捉第二只，两只手各有一只后，就听第三只。本地蟋蟀原分春秋二季，春季的多在田间泥里、草里，秋季的多在人家附近石罅里、瓦砾中，如今既然这东西只在泥层里，故即或两只手心各有一匹小东西后，我总还可以想方设法把第三只从泥土中赶出，看看若比较手中的大些，即开释了手中所有，捕捉新的，如此轮流换去，一整天方捉回两只小虫。城头上有白色炊烟，街巷里有摇铃铛卖煤油的声音，约当下午三点左右时，赶忙走到一个刻花板的老木匠那里去，很兴奋地同那木匠说："师傅师傅，今天可捉了大王来了！"

那木匠便故意装成无动于衷的神气，仍然坐在高凳上玩他的车盘，正眼也不看我地说："不成，要打打得赌点输赢！"

我说："输了替你磨刀成不成？"

"嗨，够了，我不要你磨刀，你哪会磨刀！上次磨凿子还磨坏了我的家伙！"

这不是冤枉我，我上次的确磨坏了他一把凿子。不好意思再说磨刀了，我说："师傅，那这样办法，你借给我一个瓦盆子，让我自己来试试这两只谁能干些好不好？"我说这话时真怪和气，为的是他以逸待劳，若不允许我还是无办法。

那木匠想了想，好像莫可奈何才让步的样子，"借盆子得把战败的一只给我，算作租钱。"

我满口答应："那成，那成。"

于是他方离开车盘，很慷慨地借给我一个泥罐子，顷刻之间我就只剩下一只蟋蟀了。这木匠看看我捉来的虫还不坏，必向我提议："我们来比比，你赢了，我借你这泥罐一天；你输了，你把这蟋蟀输给我，办法公平不公平？"我正需要那么一个办法，连说"公平，公平"，于是这木匠进去了一会儿，拿出一只蟋蟀来同我的斗，不消说，三五回合我的自然又败了。他的蟋蟀照例却常常是我前一天输给他的。那木匠看看我有点儿颓丧，明白我认识那匹小东西，担心我生气时一摔，一面赶忙收拾盆罐，一面带着鼓励我神气笑笑地说："老弟，老弟，明天再来，明天再来！你应当捉好的来，走远一点儿。明天来，明天来！"

我什么话也不说，微笑着，出了木匠的大门，空手回家了。

这样一整天在为雨水泡软的田塍上乱跑，回家时常常全身是泥，家中当然一望而知，于是不必多说，沿老例跪一根香，罚关在空房子里，不许哭，不许吃饭。等会儿我自然可以从姐姐方面得到充饥的东西。悄悄地把东西吃下以后，我也疲倦了，因此空房中即或再冷一点儿，老鼠来去很多，一会儿就睡着，再也不知道如何上床的事了。

即或在家中那么受折磨，到学校去时又免不了补挨一顿板子，我还是在想逃学时就逃学，决不为经验所恐吓。

有时逃学又只是到山上去偷人家园地里的李子、枇杷，主人拿着长长的竹竿大骂着追来时，就飞奔而逃，逃到远处一面吃那个赃物，一面还唱山歌气那主人。总而言之，人虽小小的，两只脚跑得很快，什么茨棚里钻去也不在乎，要捉我可捉不到，就认为这种事很有趣味。

　　可是只要我不逃学，在学校里我是不至于像其他那些人受处罚的。我从不用心念书，但我从不在应当背诵时节无法对付。许多书总是临时来读十遍八遍，背诵时节却居然朗朗上口，一字不遗。也似乎就由于这份小小聪明，学校把我同一般同学一样待遇，更使我轻视学校。家中不了解我为什么不想上进，不好好地利用自己聪明用功，我不了解家中为什么只要我读书，不让我玩。我自己总以为读书太容易了点儿，把认得的字记记那不算什么稀奇。最稀奇处应当是另外那些人，在他那份习惯下所做的一切事情。为什么骡子推磨时得把眼睛遮上？为什么刀得烧红时在水里一淬方能坚硬？为什么雕佛像的会把木头雕成人形，所贴的金那么薄又用什么方法做成？为什么小铜匠会在一块铜板上钻那么一个圆眼，刻花时刻得整整齐齐？这些古怪事情太多了。

　　我生活中充满了疑问，都得我自己去找寻解答。我要知道的太多，所知道的又太少，有时便有点儿发愁。就为的是白日里太野，各处去看，各处去听，还各处去嗅闻，死蛇的气味，腐草的气味，屠户身上的气味，烧碗处土窑被雨淋以后放出的气味，要我说来虽当时无法用言语去形容，要我辨别却十分容易。蝙蝠的声音，一只黄牛当屠户把刀劂进它喉中时叹息的声音，藏在田塍土穴中大黄喉蛇的鸣声，黑暗中鱼在水面拨剌的微声，全因到耳边时分量不同，我也记得那么清清楚楚。因此回到家里时，夜间我便做出无数稀奇古怪的梦。这些梦直到将近二十年后的如今，还常常使我在半夜里无法安眠，既把我带回到那个"过去"的空虚里去，也把我带到空幻的宇宙里去。

在我面前的世界已够宽广了，但我似乎就还得一个更宽广的世界。我得用这方面得到的知识证明那方面的疑问。我得从比较中知道谁好谁坏。我得看许多业已由于好询问别人，以及好自己幻想所感觉到的世界上的新鲜事情、新鲜东西。结果能逃学时我逃学，不能逃学我就只好做梦。

照地方风气说来，一个小孩子野一点儿的，照例也必须强悍一点儿，才能各处跑去。因为一出城外，随时都会有一样东西突然扑到你身边来，或是一只凶恶的狗，或是一个顽劣的人。无法抵抗这点袭击，就不容易各处自由放荡。一个野一点儿的孩子，即或身边不必时时刻刻带一把小刀，也总得带一削光的竹块，好好地插到裤带上，遇机会到时，就取出来当作武器。尤其是到一个离家较远的地方去看木傀儡戏，不准备厮杀一场简直不成。你能干点儿，单身往各处去，有人挑战时，还只是一人近你身边来恶斗。若包围到你身边的顽童人数极多，你还可挑选同你精力相差不大的一人，你不妨指定其中一个说："要打吗？你来。我同你来。"

到时也只那一个人拢来。被他打倒，你活该，只好伏在地上尽他压着痛打一顿。你打倒了他，他活该，把他揍够后你可以自由走去，谁也不会追你，只不过说句"下次再来"罢了。

可是你根本上若就十分怯弱，即或结伴同行，到什么地方去时，也会有人特意挑出你来殴斗。应战你得吃亏，不答应你得被仇人与同伴两方面奚落，顶不经济。

感谢我那爸爸给了我一分勇气，人虽小，到什么地方去我总不害怕。到被人围上必须打架时，我能挑出那些同我不差多少的人来，我的敏捷同机智，总常常占点儿上风。有时气运不佳，不小心被人摔倒，我还会有方法翻身过来压到别人身上去。在这件事上我只吃过一次亏，不是一个小孩，却是一只恶狗，把我攻倒后，咬伤了我一只手。我走到任何地方去都不怕谁，同时因换了好些私塾，各处皆有些同学，大家既都逃过学，便有无数朋友，因此也不会同人打架了。可是自从被那只恶狗攻倒过一次以后，到如今我却依然十分怕狗。（有种两脚狗我更害怕，对付不了。）

至于我那地方的大人，用单刀、扁担在大街上决斗本不算回事。事情发生时，那些有小孩子在街上玩的母亲，只不过说："小杂种，站远一点儿，不要太近！"嘱咐小孩子稍稍站开点儿罢了。本地军人互相砍杀虽不出奇，行刺暗算却不作兴。这类善于殴斗的人物，有军营中人，有哥老会中老么，有好打不平的闲汉，在当地另成一帮，豁达大度，谦卑接物，为友报仇，爱义好施，且多非常孝顺。但这类人物为时代所陶冶，到民五以后也就渐渐消灭了。虽有些青年军官还保存那点风格，风格中最重要的一点儿洒脱处，却为了军纪一类影响，大不如前辈了。

我有三个堂叔叔、两个姑姑都住在城南乡下，离城四十里左右。那地方名黄罗寨，出强悍的人同猛鸷的兽。我爸爸三岁时在那里差一点儿被老虎咬去。我四岁左右，到那里第一天，就看见四个乡下人抬了一只死虎进城，给我留下极深刻的印象。

我还有一个表哥，住在城北十里地名长宁哨的乡下，从那里再过去十里便是苗乡。表哥是一个紫色脸膛的人，一个守碉堡的战兵。我四岁时被他带到乡下去过了三天，二十年后还记得那个小小城堡黄昏来时鼓角的声音。

这战兵在苗乡有点儿威信，很能喊叫一些苗人。每次来城时，必为我带一只小斗鸡或一点儿别的东西。一来为我说苗人故事，临走时我总不让他走。我欢喜他，觉得他比乡下叔父能干有趣。

女难

接近人生时，我永远是个艺术家的感情

我欢喜辰州那个河滩，不管水落水涨，每天总有个时节在那河滩上散步。那地方上水船下水船虽那么多，由一个内行眼中看来，就不会有两只相同的船。我尤其欢喜那些从辰溪一带载运货物下来的高腹昂头"广舶子"，一来总斜斜地孤独地搁在河滩黄泥里，小水手从那上面搬取南瓜、茄子、成束的生麻、黑色放光的圆瓮。那船在暗褐色的尾梢上，常常晾得有朱红裤褂，背景是黄色或浅碧色一派清波，一切皆那么和谐，那么愁人。

美丽总是愁人的，我或者很快乐，却用的是发愁字样。但事实上每每见到这种光景，我总默默地注视许久。我要人同我说一句话，我要一个最熟的人，来同我讨论这些光景。可是这一次来到这地方，部队既完全开拨了，事情也无可做的，玩时也不能如前一次那么高兴了。虽仍然常常到城门边去吃汤圆，同那老人谈谈天，看看街，可是能在一堆玩，一处过日子，一块儿说话的已无一个人。

我感觉到我是寂寞的。记得大白天太阳很好时,我就常常爬到墙头上去看驻扎在考棚的卫队上操。有时又跑到井边去,看人家轮流接水,看人家洗衣,看做豆芽菜的如何浇水进高桶里去。我坐在那井栏一看就是半天。有时来了一个挑水的老妇人,就帮着这妇人做做事,把桶递过去,把瓢递过去。我有时又到那靠近学校的城墙上去,看那些教会中学学生玩球,或互相用小小绿色柚子抛掷,或在那坪里追赶扭打。我就独自坐在城墙上看热闹,间或他们无意中把球踢上城时,学生们懒得上城捡取,总装成怪和气的样子:"小副爷,小副爷,帮个忙,把我们皮球抛下来。"

我便赶快把球拾起,且仿照他们把脚尖那么一踢,于是那皮球便高高地向空中蹿去,且很快地落到那些年轻学生身边了。那些人把赞许与感谢安置在一个微笑里,有的还轻轻地呀了一声,看我一眼,即刻又竞争皮球去了。我便微笑着,照旧坐下来看别人的游戏,心中充满了不可名言的快乐。我虽做了司书,因为穿的还是灰布袄子,故走到什么地方去,别人总是称呼我作"小副爷"。我就在这些情形中,以为人家全不知道我身份,感到一点儿秘密的快乐。且在这些情形中,仿佛同别个世界里的人也接近了一点儿。我需要的就是这种接近。事实上却是十分孤独的。

可是不到一会儿,那学校响了上堂铃,大家一窝蜂散了,只剩下一个圆圆的皮球在草坪角隅。墙边不知名的繁花正在谢落,天空静静的。我望到日头下自己的扁扁影子,有说不出的无聊。我得离开这个地方,得沿了城墙走去。有时在城墙上见一群穿了花衣的女人从对面走来,小点儿的女孩子远远地一看到我,就"三姐二姐"地乱喊,且说"有兵有兵",意思便想回头走去。我那时总十分害羞,赶忙把脸向雉堞缺口向外望去,好让这些人从我身后走过,心里却又对于身上的灰布军衣有点儿抱歉。我以为我是读书人，不应当被别人厌恶。可是我有什么方法使不认识我的人也给我一分尊敬？我想起那两册厚厚的《辞源》，想起三个人共同订的那一份《申报》，还想起《秋水轩尺牍》。

就在这一类隐隐约约的刺激下，我有时回到部中，坐在用公文纸裱糊的桌面上，发愤去写小楷字，一写便是半天。

时间过去了，春天夏天过去了，且重新又过年了。川东鄂西的消息来得够坏。只听说我们军队在川边已同当地神兵接了火，接着就说得退回湖南。第三次消息来时，却说我们军队全部覆灭了。一个早上，闪不知被神兵和民兵一道扑营，营长、团长、旅长、军法长、秘书长、参谋长完全被杀了。这件事最初不能完全相信，做留守的老副官长就亲自跑过二军留守部去问信，到时那边正接到一封详细电报，把我们总司令部如何被人袭击，如何占领，如何残杀的事，一一说明。拍发电报的就正是我的上司。他幸运先带一团人过湘境龙山布防，因此方不遇难。

好，这一下可好！熟人全杀尽了，兵队全打散了，这留守处还有什么用处？自从得到了详细报告后，五天之中，我们便领了遣散费，各人带了护照，各自回家。

回到家中约在八月左右。一到十二月，我又离开家中过沅州。家中实在待不住，军队中不成，还得另想生路，沅州地方应当有机会。那时正值大雪，既出了几次门，有了出门的经验，把生棕衣毛松松地包裹到两只脚，背了个小小包袱，跟着我一个亲戚的轿后走去，脚倒全不怕冻。雪实在大了点儿，山路又窄，有时跌倒了雪坑里去，便大声呼喊，必得那脚夫把扁担来援引方能出险。可是天保佑，跌了许多次数我却不曾受伤。走了四天到地以后，我暂住在一个卸任县长舅父家中。不久舅父做了警察所长，我就做了那小小警察所的办事员。办事处在旧县衙门，我的职务只是每天抄写违警处罚的条子。隔壁是个典狱署，每夜皆可听到监狱里犯人受狱中老犯拷掠的呼喊。警察署也常常捉来些偷鸡摸狗的小窃，一时不即发落，便寄存到牢狱里去。因此每天黄昏将近，牢狱里应当收封点名时，照例我也得同一个巡官，拿一本点名册，跟着进牢狱里去，点我们这边寄押人犯的名。点完名后，看着他们那方面的人把重要犯人一一加上手铐，必须套枷的还戴好方枷，必须固定的还把他们系在横梁铁环上，几个人方走出牢狱。

警察署不久从地方财产保管处接收了本地的屠宰税，我这办事员因此每天又多了一份职务。每只猪抽收六百四十文的税捐，牛收两千文，我便每天填写税单。另外派了人去查验。恐怕那查验的舞弊不实，我自己也得常常出来到全城每个屠案桌边看看。这份职务有趣味处倒不是查出多少漏税的行为，却是我可以因此见识许多事情。我每天得把全城跑到，还得过一个长约一里在湘西说来十分著名的长桥，往对河黄家街去看看。各个店铺里的人都认识我，同时我也认识他们。成衣铺、银匠铺、南纸店、丝烟店，不拘走到什么地方，便有人向我打招呼，我随处也照例谈谈玩玩。这些商店主人照例就是本地小绅士，常常同我舅父喝酒，也知道许多事情皆得警察所帮忙，因此款待我很不坏。

另外还有个亲戚，我的姨父，在本地算是一个大拇指人物，有钱，有势，从知事起任何人物任何军队都对他十分尊敬，从不敢稍稍得罪他。这个亲戚对于我的能力也异常称赞。

那时我的薪水每月只有十二千文，一切事倒做得有条不紊。

大约正因为舅父同另外那个亲戚每天作诗的原因，我虽不会作诗，却学会了看诗。我成天看他们作诗，替他们抄诗，工作得很有兴致。因为盼望所抄的诗被人嘉奖，我十分认真地来写小楷字。因为空暇的时间仍然很多，恰恰那亲戚家中有两大箱商务印行的《说部丛书》，这些书便轮流做了我最好的朋友。我记得狄更斯的《冰雪姻缘》《滑稽外史》《贼史》这三部书，反复约占去了我两个月的时间。我欢喜这种书，因为他告给我的正是我所要明白的。他不像别的书尽说道理，他只记下一些生活现象。即或书中包含的还是一种很陈腐的道理，但作者却有本领把道理包含在现象中。我就是个不想明白道理却永远为现象所倾心的人。我看一切，却并不把那个社会价值搀加进去，估定我的爱憎。我不愿问价钱多少来为百物做一个好坏批评，却愿意考查它在我官觉上使我愉快不愉快的分量。我永远不厌倦的是"看"一切。宇宙万汇在动作中，在静止中，在我印象里，我都能抓定它的最美丽与最调和的风度，但我的爱好显然却不能同一般目的相合。我不明白一切同人类生活相联结时的美恶，换句话说，就是我不大能领会伦理的美。接近人生时，我永远是个艺术家的感情，却绝不是所谓道德君子的感情。可是，由于社会人与人的关系产生的各种无固定性的流动的美、德性的愉快、责任的愉快，在当时从别人看来，我也是毫无瑕疵的。我玩得厉害，职分上的事仍然做得极好。

那时节我的母亲同姊妹，已把家中房屋售去，剩下约三千块钱。既把老屋售去，不大好意思在本城租人房子住下，且因为我事情做得很好，沅州的亲戚又多，便坐了轿子来到沅州，我们一同住下。本地人只知道我家中是旧家，且以为我们还能够把钱拿来存放钱铺里，我又那么懂事明理有作有为，那在当地有势力的亲戚太太，且恰恰是我母亲的妹妹，因此无人不同我十分要好，母亲也以为一家的转机快到了。

假若命运不给我一些折磨，允许我那么把岁月送走，我想象这时节我应当在那地方做了一个小绅士，我的太太一定是个略有财产商人的女儿，我一定做了两任知事，还一定做了四个以上孩子的父亲，而且必然还学会了吸鸦片烟。照情形看来，我的生活是应当在那么一个公式里发展的。这点估计不是现在的想象,当时那亲戚就说到了。因为照他意思看来,我最好便是做他的女婿,所以别的人请他向我母亲询问对于我的婚事意见时,他总说不妨慢一点儿。

不意事业刚好有些头绪,那做警察所长的舅父,却害肺病死掉了。

因他一死,本地捐税抽收保管改归一个新的团防局。我得到职务上"不疏忽"的考语,仍然把职务接续下去,改到了新的地方,做了新机关的收税员。改变以后情形稍稍不同的是,我得每天早上一面把票填好,一面还得在十点后各处去查查。不久在那团防局里我认识了十来个绅士,同时还认识一个白脸长身的小孩子。由于这小孩子同我十分要好,半年后便有一个脸儿白白的身材高的女孩印象,把我生活完全弄乱了。

我是个乡下人,我的月薪已从十二千增加到十六千,我已从那些本地乡绅方面学会了刻图章,写草字,做点儿半通不通的五律七律,我年龄也已经到了十七岁。在这样情形下,一个样子诚实聪明懂事的年轻人,和和气气邀我到他家中去看他的姐姐,请想想,我结果怎么样?

乡下人有什么办法,可以抵抗这命运所摊派的一份?

当那在本地翘大拇指的亲戚,隐隐约约明白了这件事情时,当一些乡绅知道了这件事情时,每个人都劝告我不要这么傻。有些本来看中了我,同我常常作诗的绅士,就向我那有势力的亲戚示意,愿意得到这样一个女婿。那亲戚于是把我叫去,当着我的母亲,把四个女孩子提出来问我看谁好就定谁。四个女孩子中就有我一个表妹。老实说来,我当时也还明白,四个女孩子生得皆很体面,比另外那一个强得多,全是在平时不敢希望得到的女孩子。可是上帝的意思与魔鬼的意思两者必居其一,我以为我爱了另外那个白脸女孩子,且相信那白脸男孩子的谎话,以为那白脸女孩子也正爱我。一份离奇的命运,行将把我从这种庸俗生活中攫去，再安置到此后各样变故里，因此我当时同我那亲戚说："那不成，我不做你的女婿，也不做店老板的女婿。我有计划，得照我自己的计划做去。"什么计划？真只有天知道。

我母亲什么也不说，似乎早知道我应分还该受很多折磨，家中人也免不了受许多磨难的样子，只是微笑。那亲戚便说："好，那我们看，一切有命，莫勉强。"

那时节正是三月。四月中起了战争，八百土匪把一个小城团团围住，在域外各处放火。四百左右驻军同一百左右团丁站在城墙上对抗。到夜来流弹满天交织，如无数紫色小鸟展翅，各处皆喊杀连天。三点钟内城外即烧去了七百栋房屋。小城被围困共计四天，外县援军赶到方解了围。这四天中城外的枪炮声我一点儿也不关心，那白脸孩子的谎话使我只知道有一件事情，就是我已经被一个女孩子十分关切，我行将成为他的亲戚。我为他姐姐无日无夜作旧诗，把诗作成他一来时便为我捎去。我以为我这些诗必成为不朽作品，他说过，他姐姐便最欢喜看我的诗。

我家中那点儿余款本来归我保管存放的。直到如今，我还不明白为什么那白脸孩子今天向我把钱借去，明天即刻还我，后天再借去，大后天又还给我。结果算去算来却有一千块钱左右的数目，任何方法也算不出用它到什么方面去了。这钱全然无着落了。但还有更坏的事。

到这时节一切全变了，他再不来为我把每天送他姐姐的情诗捎去了，那件事情不消说也到了结束时节了。

我有点儿明白，我这乡下人吃了亏。我为那一笔巨大数目十分着骇，每天不拘做什么事都无心情。每天想办法处置，却想不出比逃走更好的办法。

因此有一天，我就离开那一本账簿，同那两个白脸姊弟，几个一见我就问我"诗作得怎么样"的理想岳丈,四个眼睛漆黑身长苗条发辫极大的女孩印象,以及我那个可怜的母亲同姊妹走了。为这件事情我母亲哭了半年。这老年人不是不原谅我的荒唐,因我不可靠用去了这笔钱而流泪,却只为的是我这种乡下人的气质,到任何处总免不了吃亏,想来十分伤心。

腊八粥

糊糊涂涂煮成一锅，让它在锅中叹气似的沸腾着

初学喊爸爸的小孩子，会出门叫洋车了的大孩子，嘴巴上长了许多白胡子的老孩子，提到腊八粥，谁不是嘴里就立时生出一种甜甜的腻腻的感觉呢。把小米、饭豆、枣、栗、白糖、花生仁合拢来，糊糊涂涂煮成一锅，让它在锅中叹气似的沸腾着，单看它那叹气样儿，闻闻那种香味，就够咽三口以上的唾沫了，何况是，大碗大碗地装着，大匙大匙朝嘴里塞灌呢！

住方家大院的八儿，今天喜得快要发疯了。他一个人出出进进灶房，看到一大锅粥正在叹气，碗盏都已预备整齐，摆到灶边好久了，但妈妈总是说时候还早。

他妈妈正拿起一把锅铲在粥里搅和。锅里的粥也像是益发浓稠了。

"妈，妈，要到什么时候才……"

"要到夜里！"其实他妈妈所说的夜里，并不是上灯以后。但八儿听了这种松劲的话，眼睛可急红了。锅中的粥，有声无力的叹气还

在继续。

"那我饿了!"八儿要哭的样子。

"饿了,也得到太阳落下时才准吃。"

饿了,也得到太阳落下时才准吃。你们想,妈妈的命令,看羊还不够资格的八儿,难道还能设什么法来反抗吗?并且八儿所说的饿,也不可靠,不过因为一进灶房,就听到那锅中叹气又像是正在嘟囔的声音,因好奇而急于想尝尝这奇怪的东西罢了。

"妈,妈,等一下我要吃三碗!我们只准大哥吃一碗。大哥同爹都吃不得甜的,我们俩光吃甜的也行……妈,妈,你吃三碗我也吃三碗,大哥同爹只准各吃一碗,一共八碗,是吗?"

"是呀!孥孥说得对。"

"要不然我吃三碗半,你就吃两碗半……"

"噗……"锅内又叹了声气。八儿回过头来,也不过是看到一股淡淡烟气往上一冲而已!

锅中的一切,对八儿来说,只能猜想:栗子已稀烂到认不清楚了吧,饭豆会煮得浑身肿胀了吧,花生仁吃来总该是面面的了!枣子必大了三四倍——要是真的干红枣也有那么大,那就妙极了!糖若放多了,它会起锅巴……"妈,妈,你抱我起来看看吧!"于是妈妈就如八儿所求的把他抱了起来。

"呃……"他惊异得喊起来了,锅中的一切已进了他的眼中。

这不能不说是奇怪呀,栗子跌进锅里,不久就得粉碎,那是他知道的。他曾见过跌进黄焖鸡锅子里的一群栗子,不久就融掉了。饭豆煮得肿胀,那也是往常熬粥时常见的事。花生仁脱了它的红外套,这是不消说的事。锅巴,正是围了锅边成一圈。总之,一切都成了如他所猜的样子了,但他却没想到今日粥的颜色是深褐。

"怎么，黑的！"八儿同时想起染缸里的脏水。

"枣子同赤豆搁多了。"妈妈解释的结果，是拣了一枚大得特别吓人的赤枣给了八儿。

虽说是枣子同饭豆搁得多了一点儿，但大家都承认味道是比普通的粥要好吃得多了。

晚饭桌边，靠着妈妈斜立着的八儿，肚子已成了一面小鼓了。他身边桌上那两支筷子，很浪漫地摆成一个十字。桌上那大青花碗中的半碗陈腊肉，八儿的爹同妈也都奈何它不来了。

一九二五年十二月二十六日于北京

炉边

在鸭子粥没有到口以前,我们都觉得寂寞

　　四个人,围着火盆烤手。

　　妈,同我,同九妹,同六弟,就是那么四个人。八点了吧,街上那个卖春卷的嘶了个嗓子,大声大气嚷着,已过了两次了。关于睡,我们总以九妹为中心,自己属于被人支配一类。见到她低下头去,伏在妈膝上时,我们就不待命令,也不要再抱希望,叫春秀丫头做伴,送到对面大房去睡了。所谓我们,当然就是说我同六弟两人。

　　平常八点至九点,九妹是任怎样高兴,也必支持不来了。但先时预备了消夜的东西时,却又当别论。把燕窝尖子放到粥里去,我们就吃燕窝粥,把莲子放进去,我们于是又吃莲子稀饭了。虽然是所下的燕窝并不怎样多,我们总是那样说,我同六弟不拘谁一个人的量,都敌得过九妹同妈两人。但妈的说法,总是九妹饿了,为九妹煮一点消夜的东西吧。名义上,我们是托九妹的福的,因此我们都愿九妹每天晚饭吃不饱,好到夜来嚷饿,我们一同沾光。我们又异常聪明,若对消夜先有了把握,则晚饭那一顿就老早留下肚子,这事大概从不为妈注意及,但九妹却瞒不过。

"娘,为老九煮一点稀饭吧。"

倘若六弟的提议不见妈否决,于是我就耀武扬威催促春秀丫头:"春秀!为九小姐同我们煮稀饭,加莲子,快!"

有时,妈也会说没有糖了,或是今夜太饱了,"老九哪会饿呢?"遇到这种运气坏的日子,我们也只好准备着睡,没有他法。

"九妹,你说饿了,要煮鸽子蛋吃吧。"

"我不!"

"为我们说,明天我为你到老端处去买一个大金陀螺。"

"……"

背了妈,很轻地同九妹说,要她为我们说谎一次,好吃同冰糖白煮的鸽子蛋也有过。这事总是顶坏的我(妈是这样批评我的)教唆六弟,要六弟去说,用金陀螺为贿。九妹的陀螺正值坏时,于是也就慨然答应了。把鸽子蛋吃后,金陀螺还只在口上,让九妹去怨也全然不理,在当时,反觉得出的主意并不算坏。但在另一次另一种事上,待到六弟把话说完时,她也会到妈身边去,扳了妈的头,把嘴放在妈耳朵边,唧唧说着我们的计划。在那时,想用贿去收买九妹的我们,除了哭着嚷着分辩着,说是自己并没有同九妹说过什么话外,也只有脸红。结果是出我们意料以外,妈仍然照我们的希望,把吃的叫春秀去办。如此看来,妈以前所说全是为妹的话,又显然是在哄九妹了。

然而九妹在家中因为一人独小而得到全家——尤其是母亲加倍的爱怜,也是真事。因了母亲的专私的爱,三姨也笑过我们了。而令我们不服的,是外祖母常向许多姨娘说我们并不可爱。

此次又是在一次消夜的期待中。把日里剩下的鸭子肉汤煮鸭肉粥,听到春秀丫头把一双筷子唏哩活落在外面铜锅子里搅和，似乎又闻到一点香气，妈怕我们伤风不准我们出去视察，六弟是在火盆边急得要不得了。

"春秀。还不好么？"盛气地问那丫头。

"不呢。"

"你莫打盹，让它起锅巴！"

"不呢。"

"快扇一扇火，会是火熄了，才那么慢！"

"不呢，我扇着！"

六弟到无可奈何时，乘到九妹的不注意，就把她手上那本初等字课抢到手，朗朗地像是要在妈面前显一手本事的样子，大声念起来了。

"娘，我都背得呢，你看我闭上眼睛吧。"眼睛是果真闭上了，但到第五课"狼，野狗也——"就把眼睛睁开了。

"说大话的！二哥你为我把书拿在手上，我来背。"九妹是接着又朗朗地背诵起来。

大门前，卖面的正敲着竹梆梆，口上喊着各样惊心动魄的口号，在那里引诱人。我们只要从梆梆声中就早知道这人是有名的何二了。那是卖饺子的；也卖面，在城里却以饺子著名。三个铜元，则可以又有饺子又有面，得吃凤牌湘潭酱油。他的油辣子也极好。大姐每一次从学校回来，总是吃不要汤的加辣子干挑饺子。因为妈的禁止，我们却只能用眼睛去看。

那何二，照例挨了一会儿，又把担子扛起，一路敲打着梆梆，往南门坨方面去了，嚷着的声音是渐渐小下来，到后便只余那虽然很小还是清脆分明的柝声。

大门前，因为宽敞，一些卖小吃的，到门前休息便成了例了。日里是不消说，还有那类在一把无大不大的"遮阳伞王"（那是老九取的名）下头炸油条糯米糍的。到夜间呢，还是可以时时刻刻听得一个什么担子过路停下的知会，锣呀，梆梆呀，单是口号呀，少有休息。这类声音，在我们听来是难受极了。每种声音下都附有一个足以使我们流涎的食物，且在习惯中我们从各样不同的知会中又分出食物的种类。听到这类声音，我们觉得难受，不听到又感到寂寞。最令人兴奋的是大姐礼拜六回家，有了她，我们消夜的东西，差不多是每一种从门前过去的都可以尝试。

何二去后不久，一个敲小锣卖丁丁糖的又在门前休息了。我知道，这锣的大小，是正如我那面小圆砚池，是用一根红绳子挂在手上那么随随便便敲着的。许是有人在那里抽了签吧，锣声停下来，就听到一把竹签子在筒内搅动的响声了。又听到说话，但不很清楚。那卖糖的是一个别处地方人，譬如说，湖北的吧。因为常听他说"你哪家"；只有湖北人口上离不得"你哪家"，那是从久到武昌的陈老板的说话就早知道了。在他来此以前，我似乎还不曾见过像那样敲着小锣落雨天晴都是满街满巷走着的卖糖的人。顶特别的是他休息到什么地方时，把一个独脚凳塞到屁股底下去坐，就悠悠扬扬打起那面小锣来了。我们因为欣赏那张特别有趣的独脚凳，白天一听当当的响声，就争着跑出去。六弟有一次要他让自己坐坐看，我们奇怪它怎么不会倒，也想自己有那么一张，每天让我们坐着吃饭玩，还可以扛到三姨家去送五姐她们看。

大的木方盘内，分划成了许多区。每一区陈列糖一种。有的颜色式样虽相同味道却两样，有的样子不一样味道却又相同。有用红绿色纸包成三角形小包的薄荷糖，吃来是又凉又甜的。有成片的姜糖，味道微辣。圆的同三角形的各种果子糖，大的十枚五枚，小的两枚一枚。藕糖就真像小藕，有孔有节。红的同真红椒一般大的辣子糖，可以把尖端同蒂咬去，当牛角吹。茄子糖则比真茄子小了许多，但颜色同形式都同，把茶倾到茄子中空处再倒到口里去也很甜。还有用模子做成的糖菩萨：顶小的同一个拇指那么大，大的如执鞭的财神、大肚罗汉，则一斤糖还不够做一个。那湖北人，把菩萨安放在盘子正中，各样糖同小菩萨，则四围绕着陈列。大菩萨之间，又放了一个小瓶子，有四季花同云之类画在瓶上。瓶子中，按时插上月季、兰、石榴、茶花、菊、梅以及各样应时的草花。袁小楼警察所长卸事后，于是极其大方地把抽糖的签筒也拿出来了。签从一点到六点各六根，把这六六三十六根竹签管束在一个外用黄铜皮包裹描金髹过的小竹筒内。"过五关"的抽法是一个小钱只能得小菩萨一名。若用铜元，若过了三次五关以后，胜利还是属于自己，则供着在盘子正中手里鞭子高高举着的那位财神爷就归自己所有了。三次五关都顺顺当当过去，这似乎是很难；但每天那湖北人回家时那一对大财神总不能一同回家，似乎是又并不怎样不容易了。

等了一会儿，外面的签筒还在搅动。

六弟是早把神魂飞出大门傍到那盘子边去了。

我说："老九，你听！"我是知道九妹衣兜里还有四十多枚小钱的。

其实九妹也正是张了耳朵在听。

"去吧。"九妹用目答应我。

她把手去前衣兜里抓她的财产，又看着母亲老实温驯地说："娘，我去买点薄荷糖吃吧！"

"他们想吃了，莫听他们的话。"

"我又不抽签。"九妹很伶便地分解，都知道妈怕我们去抽签。

"那等一会儿粥又不能吃了！"

本来并不想到糖吃的九妹，经母亲一说，在衣兜里抓数着钱的那只手是极自然地取出来了。

妈又说必是六生的怂恿。这当然是太冤屈六弟了。六弟就忙着分辩，说是自己正想到别的事，连话也不讲，说是他，那真冤枉极了。

六弟说正想到别的事，也是诚然。他想到许多事情出奇地凶……那位像活的生了长胡子横骑着老虎的财神爷怎么内部是空的？那大肚子罗汉怎么同卖糖的杨怒山竟一个样的胖实！那个花瓶为什么必得四名小菩萨围绕？

签筒声停止后，那当当当漂亮的锣声便又响着了。

这样不到二十声，就会把独脚凳收起来，将盘子顶到头上，也用不着手扶，一面高兴打着锣走向道门口去吧。到道门口后，把顶上的木盘放下，于是一群嘴边正抹满了包家娘醋萝卜碗里辣子水的小孩，就蜂子样飞了过来围着，胡乱地投着钱，吵着骂着，乘了胜利，把盘子中的若干名大小菩萨一齐搬走。眼看到菩萨随到小孩子走尽后，于是又把独脚凳收起，心中装了欢喜，盘中装了钱，用快步的跑转家去吧。回家大约还得把明天待用的各样糖配齐，财神重新再做，小菩萨也补足五百数目，到三更以后始能上床睡……为那糖客设想着，又为那糖客担心着财神的失去，还极其无意思地唝视着又羡企着那群快要二炮了还不归家去的放浪孩子，糖客是当真收起独脚凳走去了。

"那丁丁糖已经过道门口去了！"六弟嗒然地说。

"每夜都是这时来。"我接着说。

"娘，那是一个湖北佬，不论见到了谁个小孩子都是'你哪家'的，正像陈老板娘的老板，我讨厌他那种恭敬，"九妹从我手上把那本字课抢过手去，"娘，这书里也画得有个卖糖的人呢。"

妈没有作声。

湖北佬真是走了。在鸭子粥没有到口以前，我们都觉得寂寞。

玫瑰与九妹

*九妹对着那深红浅红的花朵微笑，
花也正觑着她微笑的样子*

　　大哥从学堂归来时，手上拿了一大束有刺的青绿树枝。

　　"妈，我从萧家讨得玫瑰花来了。"

　　大哥高兴的神气，像捡得"八宝精"似的。

　　"不知大哥到哪个地方找得这些刺条子来，却还来扯谎说是玫瑰花，"九妹说，"妈，你莫要信他话！"

　　"你不信不要紧。到明年子四月间开出各种花时，我可不准你戴……还有好吃的玫瑰糖。"大哥见九妹不相信，故意这样逗她。说到玫瑰花时，又把手上那一束青绿刺条子举了一举——像大朵大朵的绯红玫瑰花已满缀在枝上，而立即就可以摘下来做玫瑰糖似的！

　　"谁稀罕你的，我顾自不会跑到三姨家去摘吗！妈，是吧？"

　　"是！我宝宝不有几多，会稀罕他的？"

　　妈虽说是顺到九妹的话，但这原是她要大哥到萧家讨的，是以又要我去帮大哥的忙：

"芸儿去帮大哥的忙,把那蓝花六角形钵子的鸡冠花拔出不要了,就用那四个钵子分栽。剩下的插到花坛海棠边去。"

大哥在九妹脸上轻轻地刮了一下,就走到院中去了。娇纵的小九妹气得两脚乱跳,非要走出去报复一下不可。但给妈扯住了。

"乖崽,让他一次就是了!我们夜里煮鸽子蛋吃,莫分他……那你打妈一下好吧。"

"妈讨厌!专卫护大哥,他有理无理打了人家一个耳巴子,难道就算了?"

妈把九妹正在眼睛角边干擦的小手放到自己脸上拍了几下,九妹又笑了。

大哥这一刮,自然是为的报复九妹多嘴的仇。

满院坝散着红墨色土沙,有些细小的红色曲蟮四处乱爬着。几只小鸡在那里用脚乱扒,赶了去又复拢来。大哥卷起两只衣袖筒,拿了外祖母剪麻绳那把方头大剪刀,把玫瑰枝条一律剪成一尺多长短。又把剪处各粘上一片糯泥巴,说是免得走气。

"老二,这一共是三种(大哥用手指点),这是红的,这是水红,这是大红,那种是白的。是栽成各自一钵好呢,还是混合起栽好——你说?"

"打伙儿栽好玩点。开花时也必定更热闹有趣……大哥,怎么又不将那种黄色镶边的弄来呢?"

"那种难活,萧子敬说不容易插,到分株时答应分给我两钵……好,依你办,打伙儿栽好玩点。"

我们把钵子的底各放了一片小瓦,才将新泥放下。大哥扶着枝条,待我把泥土堆到与钵口齐平时,大哥才敢松手,又用手筑实一下,洒了点水,然后放到花架子上去。

每钵的枝条均有十根左右，花坛上，却只插了三根。

其中最关心花发育的自然要数大哥了。他时时去看视，间或又背到妈偷悄儿拔出钵中小的枝条来验看是否生了根须。妈也能记到每早上拿着那把白铁喷壶去洒水。当小小的翠绿叶片从枝条上嫩杈丫间长出时，大家都觉得极高兴。

"妈，妈，玫瑰有许多苞了！有个大点的尖尖上已红。往天我们总不去注意过它，还以为今年不会开花呢。"

六弟发狂似的高兴，跑到妈床边来说。九妹还刚睡醒，正搂着妈手臂说笑，听见了，忙要挣着起来，催妈帮她穿衣。

她连袜子也不及穿，披着那头黄发，便同六弟站在那蓝花钵子边旁数花苞了。

"妈，第一个钵子有七个，第二个钵子有二十几个，第三个钵子有十七个，第四个钵子有三个；六哥说第四个是不大向阳，但它叶子却又分外多分外绿。花坛上六哥不准我爬上去，他说有十几个。"

当妈为九妹在窗下梳理头上那一脑壳黄头发时，九妹便把刚才同六弟所数的花苞数目告妈。

没有作声的妈，大概又想到去年秋天栽花的大哥身上去了。

当第一朵水红的玫瑰在第二个钵子上开放时，九妹记着妈的教训，连洗衣的张嫂进屋时见到刚要想用手去抚摩一下，也为她"嘿！不准抓呀！张嫂"忙制止着了。以后花越开越多，九妹同六弟两人每早上都各争先起床跑到花钵边去数夜来新开的花朵有多少。九妹还时常一人站立在花钵边对着那深红浅红的花朵微笑，像花也正觑着她微笑的样子。

花坛上大概是土多一点吧。虽只三四个枝条，开的花却不次于钵头中的。并且花也似乎更大一点。不久，接近檐下那一钵子也开得满身满体了，而新的苞还是继续从各枝条嫩芽中茁壮。

屋里似乎比往年热闹一点。

凡到我家来玩的人，都说这花各种颜色开在一个钵子内，真是错杂得好看。同大姐同学的一些女学生到我家来看花时，也都夸奖这花有趣。三姨并且说，比她花园里的开得茂盛得远。

妈因为爱惜，从不忍摘一朵下来给人，因此，谢落了的，不久便都各于它的蒂上长了一个小绿果子。妈又要我写信去告在长沙读书的大哥，信封里九妹附上了十多片谢落下的玫瑰花瓣。

那年的玫瑰糖呢，还是九妹到三姨家里摘了一大篮单瓣玫瑰做的。

一九二五年十一月于北京窄而霉小斋

往事

凡是走长路的人，只要放一个石头
到树上，便不倦了

这事说来又是十多年了。

算来我是六岁。因为第二次我见到长子四叔时，他那条有趣的辫子就不见了。

那是夏天秋天之间。我仿佛还没有上过学。妈因怕我到外面同瑞龙他们玩时又打架，或是乱吃东西，每天都要靠到她身边坐着，除了吃晚饭后洗完澡同大哥各人拿五个小钱到道门口去买士元的凉粉外，剩下便都不准出去了！至于为甚又能吃凉粉，那大概是妈知道士元凉粉是玫瑰糖，不至于吃后生病吧。本来那时的时疫也真凶，听瑞龙妈说，杨老六一家四口人，从十五得病，不到三天便都死了！

我们是在堂屋背后那小天井内席子上坐着的。妈为我从一个小黑洋铁箱子内取出一束一束方块儿字来念，她便膝头上搁着一个麻篮绩麻。弄子里跑来的风又凉又软，很易引人瞌睡，当我倒在席子上时，妈总每每停了她的工作，为我拿蒲扇来赶那些专爱停留在人脸上的饭蚊子。间或有个时候妈也会睡觉，必到大哥从学校夹着书包回来嚷肚子饿时才醒，那么，夜饭必定便又要晚一点了！

爹好像到乡下江家坪老屋去了好久了，有天忽然要四叔来接我们。接的意思四叔也不大清楚，大概也就是闻到城里时疫的事情吧。妈也不说什么，她知道大姐二姐都在乡里，我自然有她们料理。只嘱咐了四叔不准大哥到乡下溪里去洗澡。因大哥前几天回来略晚，妈摩他小辫子还湿漉漉的，知他必是同几个同学到大河里洗过澡了，还重重地打了他一顿呢。四叔是一个长子，人又不大肥，但很精壮。妈常说这是会走路的人。铜仁到我凤凰是一百二十里蛮路，他能扛六十斤担子一早动身，不抹黑就到了，这怎么不算狠！他到了家时，便忙自去厨房烧水洗脚。那夜我们吃的夜饭菜是南瓜炒牛肉。

妈捡菜劝他时，他又选出无辣子的牛肉放到我碗里。真是好四叔啁！

那时人真小，我同大哥还是各人坐在一只箩筐里为四叔担去的！大哥虽大我五六岁，但在四叔肩上似乎并无什么不匀称。乡下隔城有十多里，妈怕太阳把我们晒出病来，所以我们天刚一发白就动身，到行有一半的唐峒山时，太阳还才红红的。到了山顶，四叔把我们抱出来各人放了一泡尿，我们便都坐在一株大刺栎树下歇憩。那树的杈丫上搁了无数小石头，树左边又有一个石头堆成的小屋子。四叔为我们解说，小屋子是山神土地，为赶山打野猪人设的；树上石头是寄倦的：凡是走长路的人，只要放一个石头到树上，便不倦了。但大哥问他为甚不也放个石子时，他却不作声。

他那条辫子细而长正同他身子一样。本来是挽放头上后再加上草帽的，不知是那辫子长了呢还是他太随意，总是动不动又掉下来，当我是在他背后那头时，辫子梢梢便时时在我头上晃。

"芸儿，莫闹！扯着我不好走！"

我伸出手扯着他辫子只是拽，他总是和和气气这样说。

"四满，到了？"大哥很着急地这么问。

"快了，快了，快了！芸弟都不急，你怎么这样慌？你看我跑！"他略略把脚步放快点，大哥便又嚷摇得头痛了。

他一路笑大哥不济。

到时，爹正同姨婆五叔四婶他们在院中土坪上各坐在一条小凳上说话。姨婆有两年不见我了，抱了我亲了又亲。爹又问我们饿了不曾，其实我们到路上吃甜酒、米豆腐已吃胀了。上灯时，方见大姐二姐大姑满姑各人手上提了一捆地萝卜进来。

我夜里便同大姐等到姨婆房里睡。

乡里有趣多了！既不怎么很热，夜里蚊子也很少。大姐到久一点，似乎各样事情都熟习，第二天一早便引我去羊栏边看睡着比猫还小的白羊，牛栏里正歪起颈项在吃奶的牛儿。我们又到竹园中去看竹子。那时觉得竹子实在是一种很奇怪的东西。本来城里的竹子，通常大到屠桌边卖肉做钱筒的已算出奇了！但后园里那些南竹，大姐教我去试抱一下时，两手竟不能相掺。满姑又偷偷地到园坎上摘了十多个桃子。接着我们便跑到大门外溪沟边上拾得一衣兜花蚌壳。

事事都感到新奇：譬如五叔喂的那十多只白鸭子，它们会一翅从塘坎上飞过溪沟。夜里四叔他们到溪里去照鱼时，却不用什么网，单拿个火把，拿把镰刀。姨婆喂有七八只野鸡，能飞上屋，也能上树，却不飞去；并且，只要你拿一捧包谷米在手，口中略略一逗，它们便争先恐后地到你身边来了。什么事情都有味。我们白天便跑到附近村子里去玩，晚上总是同坐在院中听姨婆学打野猪打獾子的故事。姨婆真好，我们上床时，她还每每为从大油坛里取出炒米、栗子同脆酥酥的豆子给我们吃!

后园坎上那桃子已透熟了,满姑一天总为我们去偷几次。爹又不大出来,四叔五叔又从不说话,间或碰到姨婆见了时,也不过笑笑地说:

"小娥,你又忘记嚷肚子痛了!真不听讲——芸儿,莫听你满姑的话,吃多了要坏肚子!拿把我,不然晚上又吃不得鸡膊腿了!"

乡里去有场集的地方似乎并不很近;而小小村中除每五天逢一六赶场外通常都无肉卖。因此,我们几乎天天吃鸡,唯我一人年小,鸡的大腿便时时归我。

我们最爱看又怕看的是溪南头那坝上小碾房的磨石同自动的水车;碾房是五叔在料理。那圆圆的磨石,固定在一株木桩上只是转只是转。五叔像个卖灰的人,满身是糠皮,只是在旋转不息的磨石间拿扫把扫那跑出碾槽外的谷米。他似乎并不着一点忙,磨石走到他跟前时一跳又让过磨石了。我们为他着急又佩服他胆子大。水车也有味,是一些七长八短的竹篙子扎成的。它的用处就是在灌水到比溪身还高的田面。大的有些比屋子还大,小的也还有一床晒簟大小。它们接接连连竖立在大路近旁,为溪沟里急水冲着快快地转动,有些还咿哩咿哩发出怪难听的喊声,由车旁竹筒中运水倒到悬空的枧①上去。它的怕人就是筒子里水间或溢出枧外时,那水便砰地倒到路上了,你稍不措意,衣服便打得透湿。我们远远地立着看行路人抱着头冲过去时那样子好笑。满姑虽只大我四岁,但看惯了,她却敢在下面走来走去。大姐同大姑,则知道那个车子溢出后便是那一个接脚,不消说是不怕水淋了!只我同大哥二姐,却无论如何不敢去尝试。

---

①枧:剜木以引水之物。

生之记录

抬头去看天,黑色,星子却更多更明亮

一

下午时,我倚在一堵矮矮的围墙上,浴着微温的太阳。春天快到了,一切草,一切树,还不见绿,但太阳已很可恋了。从太阳的光上我认出春来。

没有大风,天上全是蓝色。我同一切,浴着在这温暾的晚阳下,都没言语。

"松树,怎么这时又不做出昨夜那类响声来吓我呢?""那是风,何尝是我意思!"有微风树间在动,做出小小声子在答应我了!

"你风也无耻,只会在夜间来!"

"那你为什么又不常常在阳光下生活?"

我默然了。

因为疲倦,腰隐隐在痛,我想哭了。在太阳下还哭,那不是可羞的事吗?我怕在墙坎下松树根边侧卧着那一对黄鸡笑我,竟不哭了。

"快活的东西,明天我就要叫老田杀了你!"

"因为妒嫉的缘故。"松树间的风,如在揶揄我。

我妒嫉一切,不止是人!我要一切,把手伸出去,别人把工作扔在我手上了,并没有见我所要的同来到。候了又候,我的工作已为人取去,随意地一看,又放下到别处去了,我所希望的仍然没有得到。

第二次,第三次,扔给我的还是工作。我的灵魂受了别的希望所哄骗,工作接到手后,又低头在一间又窄又霉的小房中做着了,完后再伸手出去,所得的还是工作!

我见过别的朋友们,忍受着饥寒,伸着手去接得工作到手,毕后,又伸手出去,直到灵魂的火焰烧完,伸出的手还空着,就此僵硬,让漠不相关的人抬进土里去,也不知有多少了。

这类烧完了热安息了的幽魂,我就有点妒嫉它。我还不能像它们那样安静地睡觉!梦中有人在追赶我,把我不能做的工作扔在我手上,我怎么不妒嫉那些失了热的幽魂呢?

我想着,低下头去,不再顾到抖着脚曝于日的鸡笑我,仍然哭了。

在我的泪点坠跌际,我就妒嫉它,泪能坠到地上,很快地消灭。

我不愿我身体在灵魂还有热的以前消灭。有谁人能告我以灵魂的火先身体而消灭的方法吗?我称他为弟兄、朋友、师长——或更好听一点的什么,只要把方法告我!

我忽然想起我浪了那么多年为什么还没烧完这火的事情了,研究它,是谁在暗里增加我的热。

——母亲,瘦黄的憔悴的脸,是我第一次出门做别人副兵时记下来的……

——妹,我一次转到家去,见我灰的军服,为灰的军服把我们弄得稍稍陌生了一点,躲到母亲的背后去;头上扎着青的绸巾,因为额角在前一天涨水时玩着碰伤了……

——大哥，说是"少喝一点吧"，答说"将来很难再见了"。看看第二支烛又只剩一寸了，说是"听鸡叫从到关外就如此了"，大的泪，沿着为酒灼红了的瘦颊流着……

"我要把妈的脸变胖一点"，单想起这一桩事，我的火就永不能熄了。

若把这事忘却，我就要把我的手缩回，不再有希望了。……

可以证明春天将到的日头快沉到山后去了。我腰还在痛。想拾片石头来打那骄人的一对黄鸡一下，鸡咯咯地笑着逃走去。

把石子向空中用力掷去后，我只有准备夜来受风的恐吓。

二

灰的幕，罩上一切，月不能就出来，星子很多在动。在那只留下一个方的轮廓的建筑下面，人还能知道是相互在这世上活着，我却不能相信世上还有两个活人。世上还有活东西我也不肯信。因为一切死样的静寂，且无风。

我没有动作，倚在廊下听自己的出气。

若是世界永远是这样死样沉寂下去，我的身子也就这样不必动弹，作为死了，让我的思想来活，管领这世界。凡是在我眼面前生过的，将再在我思想中活起来了，不论仇人或朋友，连那被我无意中捏死的吸血蚊子。

我要再来受一道你们世上人所给我的侮辱。

我要再见一次所见过人类的残酷。

我要追出那些眼泪同笑声的损失。

我要捉住那些过去的每一个天上的月亮拿来比较。我要称称我朋友们送我的感情的分量。

我要摸摸那个把我心碰成永远伤创的人的眼。

我要哈哈地笑,像我小时的笑。

我要在地下打起滚来哭,像我小时的哭!

我没有那样好的运,就是把这死寂空气再延下去一个或半个时间也不可能——一支笛子,在比那堆只剩下轮廓的建筑更远一点的地方,提高喉咙在歌了。

听不出他是怒还是喜来,孩子们的嘴上,所吹得出的是天真。

"小小的朋友,你把笛子离开嘴,像我这样,倚在墙或树上,地上的石板干净你就坐下,我们两人来在这死寂的世界中,各人把过去的世界活在思想里,岂不是好吗?在那里,你可以看见你所爱的一切,比你吹笛子好多了!"

我的声音没有笛子的尖锐,当然他不会听到。

笛子又在吹了,不成腔调,正可证明他的天真。

他这个时候是无须乎把世界来活在思想里的,听他的笛子的快乐的调子可以知道。

"小小的朋友,你不应当这样!别人都没有作声,为什么你来搅乱这安宁,用你的不成腔的调子?你把我一切可爱的复活过来的东西都破坏了,罪人!"

笛子还在吹。他若能知道他的笛子有怎样大的破坏性,怕也能看点情面把笛子放下吧。

什么都不能不想了,只随到笛子的声音。

沿着笛子我记起一个故事,六岁到八岁时,家中一个苗老阿姆,对我说许多故事。关于笛子,她说原先有个皇帝,要算喜欢每日里打着哈哈大笑,成了疯子。皇后无法,把赏格悬出去,治得好皇帝的赏公主一名。这一来人就多了。公主美丽像朵花,谁都想把这花带回家去。

可是谁都想不出什么好法子来。有些人甚至于把他自己的儿子，牵来当到皇帝面前，切去四肢，皇帝还是笑！同样这类笨法子很多。皇帝以后且笑得更凶了。到后来了一个人，乡下人样子，短衣，手上拿一支竹子。皇后问：你可以治好皇帝的病吗？来人点头。又问他要什么药物，那乡下人递竹子给皇后看。竹子上有眼，皇后看了还是不懂。一个乡下人，看样子还老实，就叫他去试试吧。见了皇帝，那人把竹子放在嘴边，略一出气，皇帝就不笑了。第一段完后，皇帝笑病也好了。大家喜欢得了不得。……那公主后来自然是归了乡下人。不过，公主学会吹笛子后，皇后却把乡下人杀了。……从此笛子就传下来，因为有这样一段惨事，笛子的声音听起来就很悲伤。

阿妚人是早死了，所留下的，也许只有这一个苗中的神话了。（愿她安宁！）

我从那时起，就觉得笛子用到和尚道士们做法事顶合适。因为笛子有催人下泪的能力，做道场接亡时，不能因丧事流泪的，便可以使笛子掘开他的泪泉！

听着笛子就下泪，那是儿时的事，虽然不一定家中死什么人。二姐因为这样，笑我是孩子脾气，有过许多回了。后来到她的丧事，一个师傅，正拿起笛子想要逗引家中人哭泣，我想及二姐生时笑我的情形，竟哭得晕去了。

近来人真大了，虽然有许多事情养成我还保存小孩爱哭的脾气，可是笛子不能令我下泪。近来闻笛，我追随笛声，飏到虚空，重现那些过去与笛子有关的事，人一大，感觉是自然而然也钝了。

笛声歇了，我骤然感到空虚起来。

——小小的吹笛的朋友，你也在想什么吧？你是望着天空一个人在想什么吧？我愿你这时年纪，是只晓得吹笛的年纪！你若是真懂得像我那样想，静静地想从这中抓取些渺然而过的旧梦，我又希望你再把笛勒在嘴边吹起来！年纪小一点的人，载多悲哀的回忆，他将不能再吹笛了！还是吹吧，夜深了，不然你也就睡得了！

像知道我在期望，笛又吹着了，声音略变，大约换了一个较年长的人了。

抬起头去看天，黑色，星子却更多更明亮。

三

在雨后的中夏白日里，麻雀的吱喳虽然使人略略感到一点单调的寂寞，但既没有沙子被风吹扬，拿本书来坐在槐树林下去看，还不至于枯燥。

镇日为街市电车弄得耳朵长是嗡嗡隆隆的我，忽又跑到这半乡村式的学校来了。名为骆驼庄，我却不见过一匹负有石灰包的骆驼，大概它们这时是都在休息了吧。在这里可以听到富于生趣的鸡声，还是我到北京来一个新发现。这些小喉咙喊声，是夹在农场上和煦可亲的母牛唤犊的喊声里的，还有坐在榆树林里躲荫的流氓鹧鸪同它们相应和。

鸡声我至少是有了两年以上没有听到过了，乡下的鸡声则是民十时在沅州的三里坪农场中听过。也许是还有别种缘故吧，凡是鸡声，不问它是荒村午夜还是晴阴白昼，总能给我一种极深的新的感动。过去的切慕与怀恋，而我也会从这些在别人听来或许但会感到夏日过长催人疲倦思眠的单调长声中找出。

初来北京时，我爱听火车的呜呜汽笛。从这中我发见了它的伟大，使我不驯的野心常随着那些呜呜声向天涯不可知的辽远渺茫中驰去。但这不过是一种空虚寂寞的客寓中寄托罢了！若拿来同乡村中午鸡相互唱酬的叫声相比，给人的趣味，可又不相同了。

我以前从不会在寓中半夜里有过一回被鸡声叫醒的事情。至于白日里，除了电车的隆隆隆以外，便是百音合奏的市声！连母鸡下蛋时"咯哒咯"也没有听到过。我于是疑心北京城里的住户人家是没有养过一只活鸡的。然而，我又知道我猜测得不对了，我每次为相识扯到饭馆子去，总听到"辣子鸡""熏鸡"等等名色。我到菜市去玩时，似乎看到那些小摊子下面竹罩笼里，的确也又还有些活鲜鲜（能伸翅膀，能走动，能低头用嘴壳去清理翅子但不作声）的鸡。它们如同哑子，挤挤挨挨站着却没有作声。倘若一个从没看见过鸡的人，仅仅根据书上或别人口中传说"鸡是好勇狠斗，能引吭高唱……"鸡的样子，那末，见了这罩笼里的鸡，我敢说他绝不会相信这就是鸡！

它们之所以不能叫，或者并不是不会叫（因为凡鸡都会叫，就是鸡婆也能"咯哒咯"），只是时时担惊受怕，想着那锋利的刀，沸滚的水，忧愁不堪，把叫的事就忘怀了呢！这本不奇怪，譬如我们人到忧愁无聊（还不至于死）时，不是连讲话也不大愿意开口吗？

然而我还有不解者，是：北京的鸡，固然是日陷于宰割忧惧中，但别的地方的鸡，就不是拿来让人宰割的？为甚别的地方的鸡就有兴致高唱愉快的调子呢？我于是乎觉得北京古怪。

看着沉静不语的深蓝天空，想着北京城中的古怪，为那些一递一声鸡唱弄得有点疲倦来了。日光下的小生物，行动野佻的蚊子，在空中如流星般晃去，似乎更其愉快活泼，我记起了"飘若惊鸿，宛若游龙"两句古典文章来。

四

夜来听到淅沥的雨声，还夹着嗡嗡隆隆的轻雷，屈指计算今年消失了的日月，记起小时觉得有趣的端阳节将临了。

这样的雨，在故乡说来是为划龙舟而落。若在故乡听着，将默默地数着雨点，为一年来老是卧在龙王庙仓房里那几只长而狭的木舟高

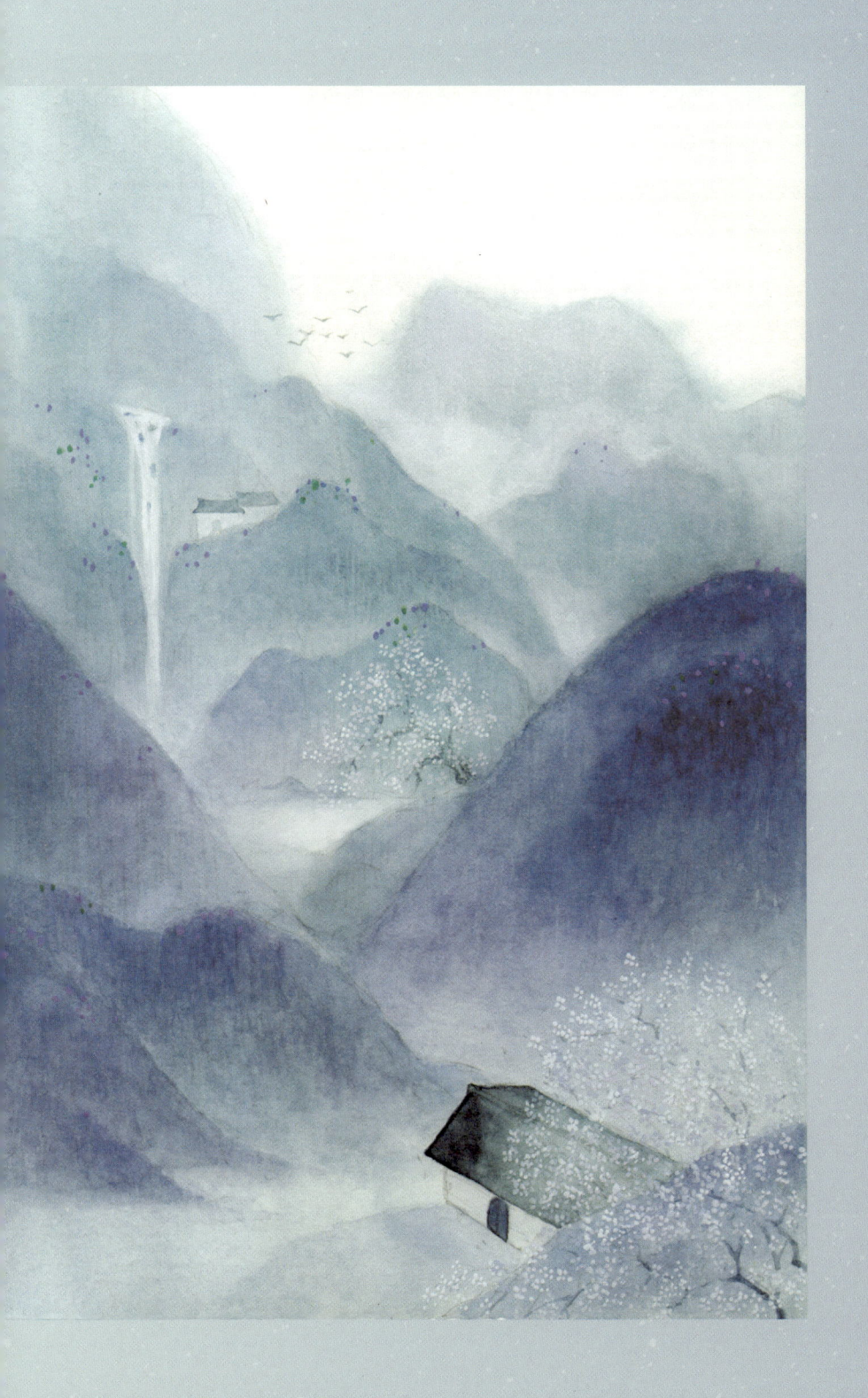

兴，童心的欢悦，连梦也是甜蜜而舒适！北京没有一条小河，足供五月节龙舟竞赛，所以我觉得北京的端阳寂寞。既没有划龙舟的小河，为划龙舟而落的雨又这样落个不止，我于是又觉得这雨也落得异常寂寞无聊了。

雨是哗喇哗喇地落，且当作故乡的夜雨吧：卧在床上已睡去几时候的九妹，为一个炸雷惊醒后，听到点点滴滴的雨声，又怕又喜，将搂着并头睡着妈的脖颈，极轻地说："妈，妈，你醒了吧。你听又在落雨了！明天街上会涨水，河里自然也会涨水。莫把北门河的跳岩淹过了。我们看龙舟又非要到二哥干爹那吊楼上不可了！那桥上的吊楼好是好，可是若不涨大水，我们仍然能站到玉英姨她家那低一点的地方去看，无论如何要有趣一点。我又怕那楼高，我们不放炮仗，站到那么高高的楼上去看有什么意思呢。妈，妈，你讲看：到底是二哥干爹那高楼上好呢，还是玉英姨家好？"

"我宝宝说得都是。你喜欢到哪处就去哪处。你讲哪处好就是哪处。"妈的答复，若是这样能够使九妹听来满意，那么，九妹便不再作声，又闭眼睛做她的龙舟梦去了。第二天早上，我倘若说：——老九，老九，又涨大水了。明天，后天，看龙船快了！你预备的衣服怎样？这无论如何不到十天了啦！

她必又格登格登跑到妈身边去催妈赶快把新的花纺绸衣衫缝好，说是免得又穿那件旧的花格子洋纱衫子出丑。其实她那新衣只差一排扣子同领口没完工，然而终不能禁止她去同妈唠叨。

晚上既下这样大雨，一到早上，放在檐口下的那些木盆木桶会满盆满桶地装着雨水了。

这雨水省却了我们到街上喊卖水老江进屋的工夫。包粽子的竹叶子便将在这些桶里洗漂。

只要是落雨，可以不用问他大小，都能把小孩子引到端节来临的欢喜中去。大人们呢，将为这雨增添了几分忙碌。但雨有时会偏偏到五日那一天也不知趣大落而特落的。（这是天的事情，谁能断料得定？）所以，在这几天，小孩子人人都有一点工作——这是没有哪一个小孩子不愿抢着做的工作：就是祈祷。他们诚心祈祷那一天万万莫要落下雨来，纵天阴没有太阳也无妨。他们祈祷的意思如像请求天一样，是各个用心来默祝，口上却不好意思说出。这既是一般小孩的事，是以九妹同六弟两人都免不了背人偷偷地许下愿心——大点的我，人虽大了，愿天晴的心思却不下于他俩。

于是，这中间就又生出争持来了。譬如谁个胆虚一点，说了句。

"我猜那一天必要落雨呀。"

那一个便："不，不，决不！我敢同谁打赌：落下了雨，让你打二十个耳刮子以外还同你磕一个头。若是不，你就为我——"

"我猜必定要下，但不大。"心虚者又若极有把握地说。

"那我同你打赌吧。'

不消说为天晴袒护这一方面的人，当听到雨必定要下的话时气已登脖颈了！但你若疑心到说下雨方面的人就是存心愿意下雨，这话也说不去。这里两人心虚，两人都生怕下雨而愿意莫下雨，却是一样。

侥幸雨是不落了。那些小孩子们对天的赞美与感谢，虽然是在心里，但你也可从那微笑的脸上找出。这些诚恳的谢词若用东西来贮藏，恐怕找不出那么大的一个口袋呢。

我们在小的孩子们（虽然有不少的大人，但这样美丽佳节原只是为小孩子预备的，大人们不过是搭秤的猪肝罢了）喝彩声里，可以看到那儿只狭长得同一把刀一样的木船在水面上如掷梭一般抛来抛去。一个上前去了，一个又退后了；一个停顿不动了，一个又打起圈子演龙穿花起来。使船行动的是几个红背心绿背心——不红不绿之花背心的水手。他们用小的桡桨促船进退,而他们身子又让船载着来往,这在他们,真可以说是用手在那里走路呢。

……

过了这样发狂似的玩闹一天,那些小孩子如像把期待尽让划船的人划了去,又太平无事了。那几只长狭木船自然会有些当事人把它拖上岸放到龙王庙去休息,我们也不用再去管它。"它不寂寞吗?"幸好遇事爱发问的小孩们还没有提出这么一个问题来为难他妈。但我想即或有聪明小孩子问到这事,还可以用这样话来回答:"它已结结实实同你们玩了一整天,这时应得规规矩矩睡到龙王庙仓下去休息!它不像小孩子爱热闹,所以它不会寂寞。"

从这一天后,大人小孩似乎又渐渐地把前一日那几把水上抛去的梭子忘却了——一般就很难听人从闲话中提到这梭子的故事。直到第二年五月节将近,龙舟雨再落时,又才有人从点点滴滴中把这位被忘却的朋友记起。

五

我看我桌上绿的花瓶,新来的花瓶,我很客气地待它,把它位置在墨水瓶与小茶壶之间。

气候近初夏了,各样的花都已谢去。这样古雅美丽的瓶子,适宜插丁香花,适宜插藤花。一枝两枝,或夹点草,只要是青的,或是不很老的柳枝,都极其可爱。但是,各样花都谢了,或者是不谢,我无从去找。

让新来的花瓶,寂寞地在茶壶与墨水瓶之间过了一天。

花瓶还是空着,我对它用得着一点羞惭了。这羞惭,是我曾对我的从不曾放过茶叶的小壶,和从不曾借重它来写一点可以自慰的文字的墨水瓶，都有过的。

　　新的羞惭，使我感到轻微的不安，心想，把来送像廷蔚那种过时的生活的人，岂不是很好么？因为疲倦，虽想到，亦不去做，让它很陌生地，仍立在茶壶与墨水瓶中间。

　　懂事的老田，见了新的绿色花瓶，知道自己新添了怎样一种职务了，不待盼咐，便走到农场边去，采得束二月兰和另外一种不知名的草花，把来一同插到瓶子里，用冷水灌满了瓶腹。

　　既无香气，连颜色也觉可憎……我又想到把瓶子也一同摔到窗外去，但只不过想而已。

　　看到二月兰同那株野花吸瓶中的冷水。乘到我无力对我所憎的加以惩治的疲倦时，这些野花得到不应得的幸福了。

　　节候近初夏了，各样的花都已谢去，或者不谢，我也无从去找。

　　从窗子望过去，柏树的叶子，都已成了深绿，预备抵抗炎夏的烈日，似乎绿也是不得已。能够抵抗，也算罢了。我能用什么来抵抗这晚春的懊恼呢？我不能拒绝一个极其无聊按时敲打的校钟，我不能……我不能再拒绝一点什么。凡是我所憎的都不能拒绝。这时远远的正有一个木匠或铁匠在用斧凿之类做件什么工作，钉钉地响，我想拒绝这种声音，用手蒙了两个耳朵，我就无力去抬手。

　　心太疲倦了。

　　绿的花瓶还在眼前，仿佛知道我的意思的老田，换上了新从外面要来的一枝有五穗的紫色藤花。淡淡的香气，想到昨日的那个女人。

　　看到新来的绿瓶，插着新鲜的藤花，呵，三月的梦，那么昏昏地做过……想要写些什么，把笔提起，又无力地放下了。

一九二六年二月完成

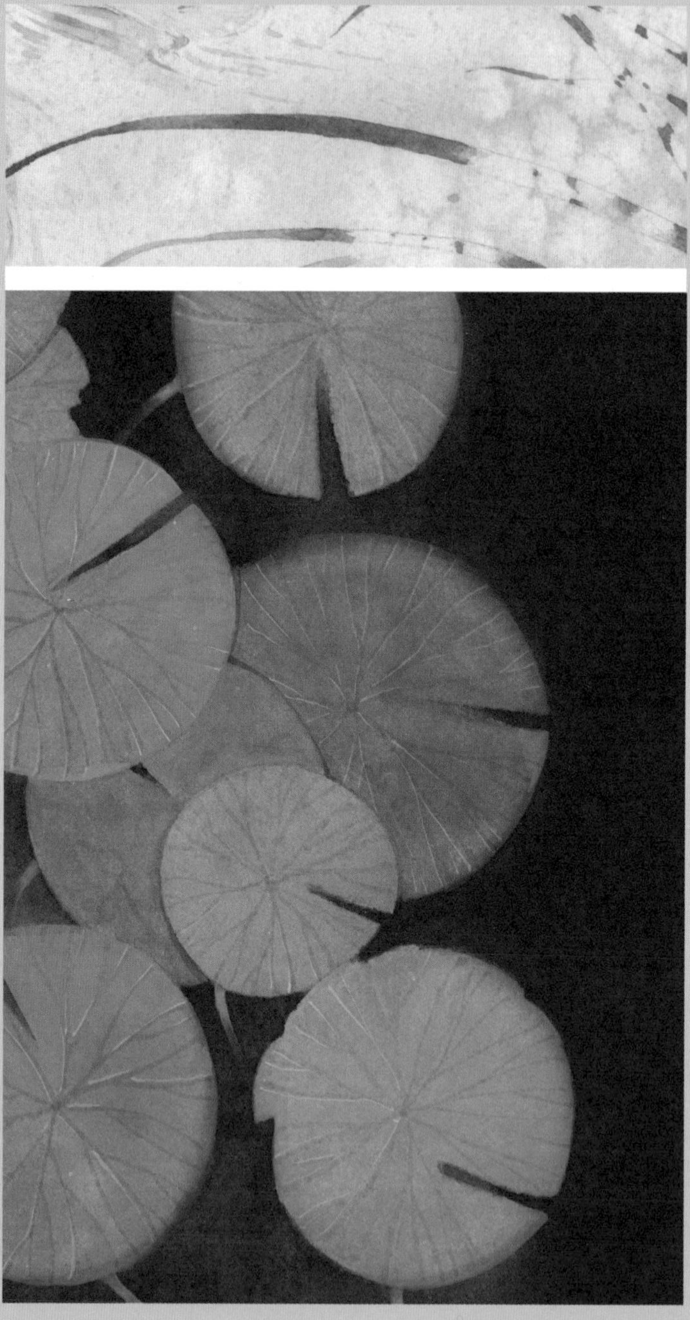

辑二

我就这样一面看水，
一面想你

「我行过许多地方的桥，看过许多次数的云，喝过许多种类的酒，却只爱过一个正当最好年龄的人。」

小船上的信

我就这样一面看水，一面想你

（一九三四年一月十三日第一信）

　　船在慢慢地上滩，我背船坐在被盖里，用自来水笔来给你写封长信。这样坐下写信并不吃力，你放心。这时已经三点钟，还可以走两个钟头。应停泊在什么地方，照俗谚说，"行船莫算，打架莫看"，我不过问。大约可再走廿里，应歇下时，船就泊到小村边去，可保平安无事。船泊定后我必可上岸去画张画。你不知见到了我常德长堤那张画不？那张窄的长的。这里小河两岸全是如此美丽动人，我画得出它的轮廓，但声音、颜色、光，可永远无本领画出了。你实在应来这小河里看看，你看过一次，所得的也许比我还多，就因为你梦里也不会想到的光景，一到这船上，便无不朗然入目了。这种时节两边岸上还是绿树青山，水则透明如无物，小船用两个人拉着，便在这种清水里向上滑行，水底全是各色各样的石子。舵手抿起个嘴唇微笑，我问他："姓什么？""姓刘。""在这条河里划了几年船？""我今年五十三，十六岁就划船。"来，三三，请你为我算算这个数目。这人厉害得很，四百里的河道，涨水干涸河道的变迁，他无不明明白白。他知道这河里有多少滩、多少潭。看那样子，若许我来形容形容，他还可以说知道这河中有多少石头！是的，凡是较大的，知名的石头，他无一不知！水手一共是三个，除了舵手在后面管舵管篷管纤索的伸缩，前面舱板有两个人。其中一个是小孩子，一个是大人。两个人的职务是船在滩上时，就撑急水篙，左边右边下篙，把钢钻打得水中石头作出好听的声音。到长潭时则荡桨，躬起个腰推扳长桨，把水弄得哗哗的，声音也很幽静温柔。到急水滩时，则两人背了纤索，把船拉去，水急了些，吃力时就伏在石滩上，手足并用地爬行上去。船是只新船，油得黄黄的，干净得可以作为教堂的神龛。我卧的地方较低一些，可听得出水在船底流过的细碎声音。前舱用板隔断，故我可以不被风吹。我坐的是后面，凡为船后的天、地、水，我全可以看到。我就这样一面看水，一面想你。我快乐，就想应当同你快乐，我闷，就想要你在我必可以不闷。我同船老板吃饭，我盼望你也在一角吃饭。我至少还得在船上过七个日子，还不把下行的计算在内。你说，这七个日子我怎么办？天气又不很好，并无太阳，天是灰灰的，一切较远的边岸小山同树木，皆裹在一层轻雾里，我又不能照相，也不宜画画。看看船走动时的情形，我还可以在上面写文章，感谢天，我的文章既然提到的是水上的事，在船上实在太方便了。倘若写文章得选择一个地方，我如今所在的地方是太好了一点的。不过我离得你那么远，文章如何写得下去。"我不能写文章，就写信。"我这么打算，我一定做到。我每天可以写四张，若写完四张事情还不说完，我再写。这只手既然离开了你，也只有那么来折磨它了。

我来再说点船上事情吧。船现在正在上滩，有白浪在船旁奔驰，我不怕,船上除了寂寞,别的是无可怕的。我只怕寂寞。但这也正可训练一下我自己。我知道对我这人不宜太好,到你身边,我有时真会使你皱眉。我疏忽了你,使我疏忽的原因便只是你待我太好,纵容了我。但你一生气,我即刻就不同了。现在则用一件人事把两人分开,用别离来训练我,我明白你如何在支配我管领我!为了只想同你说话,我便钻进被盖中去,闭着眼睛。你瞧,这小船多好!你听,水声多幽雅!你听,船那么轧轧响着,它在说话!它说:"两个人尽管说笑,不必担心那掌舵人。他的职务在看水,他忙着。"船真轧轧地响着。可是我如今同谁去说?我不高兴!

梦里来赶我吧,我的船是黄的,船主名字叫作"童松柏",桃源县人。尽管从梦里赶来,沿了我所画的小堤一直向西走,沿河的船虽万万千千,我的船你自然会认识的。这里地方狗并不咬人,不必在梦里为狗吓醒!

你们为我预备的铺盖,下面太薄了点,上面太硬了点,故我很不暖和,在旅馆已嫌不够,到了船上可更糟了。盖的那床被大而不暖,不知为什么独选着它陪我旅行。我在常德买了一斤腊肝、半斤腊肉,在船上吃饭很合适……莫说吃的吧,因为摇船歌又在我耳边响着了,多美丽的声音!

我们的船在煮饭了,烟味儿不讨人嫌。我们吃的饭是粗米饭,很香很好吃。可惜我们忘了带点豆腐乳,忘了带点北京酱菜。想不到的是路上那么方便,早知道那么方便,我们还可带许多北京宝贝来上面,当"真宝贝"去送人!

你这时节应当在桌边做事的。

山水美得很,我想你一同来坐在舱里,从窗口望那点紫色的小山。我想让一个木筏使你惊讶,因为那木筏上面还种菜!我想要你来使我的手暖和一些……

十三日下午五时

过柳林岔

把这日子一部分用牙齿嚼掉

（一九三四年一月十五日第一信）

十五日上午九点三十分

昨天晚上我又睡不好，不知什么原因，尽得醒。船走得太慢，使人着急。但天气那么冷，也不好意思催人下水拉船。我昨天不是说已经够冷了吗？今天还更糟！

今早开船时还只七点左右，落的是子子雪，撒在舱板上、船篷上如抛豆子，篙桨把手处皆起了凌，可是船还依然得上滩。从今天为始，我这小船就时时刻刻得上滩了，大约有成百个急水滩得上。

现在已十点，我们业已吃过早饭，船又在开动了。算算日子我已离开了你八天。我的信写了一大堆，皆得到辰州付邮。我知道你着急，可是这信还仍然无法寄来。

路上过的日子，照我们动身时打算，总以为可担心处是危险。现在我方明白，路上危险倒没有，却只是寂寞。一个孤单单的人，坐在一个见方六尺的船舱里，一寸木板下就是汤汤的流水，风雪大了随时皆得泊下……我们的船太不凑巧了点，恰好就遇到这种风雪日子。

船又停了，你说急不急人。船正泊到一个泥堤下，一切声音皆没有，只有水在船底流过的声音。远处的雪一片白，天气好冷！船夫不好意思似的一面骂野话，一面跳上岸去拉纤，望到他们那个背影，我有说不出的同情，不好意思催促。

船开后，我坐在外面看了他们拉船半点钟。雪子落得很密。真冷。若落软雪就好了，目前可似乎还不能落那种雪。照这样走去，也许从桃源到浦市这一段路，将超过七天，可能要十天以上。这预算一超过，我回北平的日子也一定得延长了。我的急与你们的盼望，同样是不能把这路程缩短的。路太长了。

你得好好地做事，不要为我着急，不要为我担忧。我算定这信到你身边时，至迟十来天也就可以回到北平了。这信到辰州方能发出，辰州上浦市两天，浦市过家乡还得坐轿子两天，我在家蹲三天四天，下来有十一天可到北平，故总拢来算算，减去这信在路上的日子，这信到你手边十天后，我也一定可以到北平的。应当这么估计。

冷得很，我手也木了，等等再写。

十五日十一点十五分

三三，我们的船挂了篷，人不必上岸拉，不必用手摇结冰的篙桨，自动地在水面跑了。走得很快，很稳。水手便在火灶旁说笑话。我听他们说了半点钟。

现在还是用帆，风大了些，船也斜斜的。你若到这里来一定怕得喊叫，因为船在水面全是斜的，船边贴水不到一寸。但放心，这船是不作兴入水的。这小船好处在此，上下行全无危险。分量轻，码子小，吃水浅，因此来去自如。我嫌帆小了些，故只想让他们把被单也加上去。但办不到，因为天气太冷了，做什么皆极其费事的。现在还大落子子雪，同雨一样，比雨讨嫌。船上一切皆起了一层薄薄的冰，哑哑的返着薄光。两个水手在灶边烤火，一个舵手就在后梢管绳子同舵把。风景美得很，若人不忙，还带了些酒来，想充雅人，在这船上一定还可作诗的。但我实在无雅兴。我只想着早到早离开。

我苹果还剩八个，这就是说，我只吃了两个，送了别人两个，其余还好好地保留下来，预备送家中人吃。九九那个大的也还好好地在箱子里。我们忘了带点甜东西了，实在应当带些饼干，方能把这日子一部分用牙齿嚼掉。船上冬天最需要的恐怕便是饼干，水果全不想吃。我很想得点稀饭吃，因为不方便也就不要求水手做了。

十二点

这时船已到了柳林岔，多美丽！地方出金子，冬天也有人在水中淘金子！我生平还是第一次看到这样好看地方的。气派大方而又秀丽，真是个怪地方。千家积雪，高山皆作紫色，疏林绵延三四里，林中皆是人家的白屋顶。我船便在这种景致中，快快地在水面上跑。我为了看山看水，也忘掉了手冷身上冷了。什么唐人宋人画都赶不上。看一年也不会讨厌。船就要上滩了，我等等再写。这信让四丫头先看，因为她看了才会把她的送你看。

二哥
十五下二时半

历史是一条河

不管怎么样活,却从不逃避为了活而应有的一切努力

(一九三四年一月十八日第二信)

十八日下午二时卅分

我小船已把主要滩水全上完了,这时已到了一个如同一面镜子的潭里。山水秀丽如西湖,日头已出,两岸小山皆浅绿色。到辰州只差十里,故今天到地必很早。我照了个相,为一群拉纤人照的。现在太阳正照到我的小船舱中,光景明媚,正同你有些相似处。我因为在外边站久了一点,手已发了木,故写字也不成了。我一定得戴那双手套的,可是这同写信恰好是鱼同熊掌,不能同时得到。我不要熊掌,还是做近于吃鱼的写信吧。这信再过三四点钟就可发出,我高兴得很。记得从前为你寄快信时,那时心情真有说不出的紧处,可怜的事,这已成为过去了。现在我不怕你从我这种信中挑眼儿了,我需要你从这些无头无绪的信上,找出些我不必说的话……

我已快到地了，假若这时节是我们两个人，一同上岸去，一同进街且一同去找人，那多有趣味！我一到地见到了有点亲戚关系的人，他们第一句话，必问及你！我真想凡是有人问到你，就答复他们"在口袋里"！

　　三三，我因为天气太好了一点，故站在船后舱看了许久水，我心中忽然好像澈悟了一些，同时又好像从这条河中得到了许多智慧。三三，的的确确，得到了许多智慧，不是知识。我轻轻地叹息了好些次。山头夕阳极感动我，水底各色圆石也极感动我，我心中似乎毫无什么渣滓，透明烛照，对河水、对夕阳，对拉船人同船，皆那么爱着，十分温暖地爱着！我们平时不是读历史吗？一本历史书除了告我们些另一时代最笨的人相斫相杀以外有些什么？但真的历史却是一条河。从那日夜长流千古不变的水里，石头和砂子，腐了的草木，破烂的船板，使我触着平时我们所疏忽了若干年代若干人类的哀乐！我看到小小渔船，载了它的黑色鸬鹚向下流缓缓划去，看到石滩上拉船人的姿势，我皆异常感动且异常爱他们。我先前一时不还提到过这些人可怜的生、无所为的生吗？不，三三，我错了。这些人不需我们来可怜，我们应当来尊敬来爱。他们那么庄严忠实的生，却在自然上各担负自己那份命运，为自己、为儿女而活下去。不管怎么样活，却从不逃避为了活而应有的一切努力。他们在他们那份习惯生活里、命运里，也依然是哭、笑、吃、喝，对于寒暑的来临，更感觉到这四时交递的严重。三三，我不知为什么，我感动得很！我希望活得长一点，同时把生活完全发展到我自己这份工作上来。我会用我自己的力量，为所谓人生，解释得比任何人皆庄严些与透入些！三三，我看久了水，从水里的石头得到一点平时好像不能得到的东西，对于人生，对于爱憎，仿佛全然与人不同了。我觉得惆怅得很，我总像看得太深太远，对于我自己，便成为受难者了。这时节我软弱得很,因为我爱了世界,爱了人类。三三,倘若我们这时正是两人同在一处,你瞧我眼睛湿到什么样子!

　　三三,船已到关上了,我半点钟就会上岸的。今晚上我恐怕无时间写信了,我们当说声再见!三三,请把这信用你那体面温和眼睛多吻几次!我明天若上行,会把信留到浦市发出的。

二哥
一月十八下午四点半

这里全是船了!

小草与浮萍

同在这靠着做一点梦来填补
痛苦的寂寞旅途上走着

小萍儿被风吹着停止在一个陌生的岸旁。他打着旋身睁起两个小眼睛察看这新天地。他想认识他现在停泊的地方究竟还同不同以前住过的那种不惬意的地方。他还想：

——这也许便是诗人告给我们的那个虹的国度里！

自然这是非常容易解决的事！他立时就知道所猜的是失望了。他并不见什么玫瑰色的云朵，也不见什么金刚石的小星。既不见到一个生银白翅膀，而翅膀尖端还蘸上天空明蓝色的小仙人，更不见一个坐在蝴蝶背上，用花瓣上露颗当酒喝的真宰。他看见的世界，依然是骚动骚动像一盆泥鳅那么不绝地无意识骚动的世界。天空苍白灰颓同一个病死的囚犯脸子一样，使他不敢再昂起头去第二次注视。

他真要哭了！他于是唱着歌安顿自己凄惶的心情：

侬是失家人，萍身伤无寄。江湖多风雪，频送侬来去。

风雪送侬去，又送侬归来；不敢识旧途，恐乱侬行迹……

他很相信他的歌唱出后，能够换取别人一些眼泪来。在过去的时代波光中，有一只折了翅膀的蝴蝶堕在草间，寻找不着它的相恋者，曾在他面前流过一次眼泪，此外，再没有第二回同样的事情了！这时忽然有个突如其来的声音止住了他："小萍儿，漫伤嗟！同样漂泊有杨花。"

这声音既温和又清婉，正像春风吹到他肩背时一样，是一种同情的爱抚。他很觉得惊异，他想：

——这是谁？为甚认识我？莫非就是那只许久不通消息的小小蝴蝶吧？或者杨花是她的女儿……

但当他抬起含有晶莹泪珠的眼睛四处探望时，却不见一个小生物。他忙提高嗓子："喂！朋友，你是谁？你在什么地方说话？"

"朋友，你寻不到我吧？我不是那些伟大的东西！虽然我心在我自己看来并不很小，但实在的身子却同你不差什么。你把你视线放低一点，就看见我了。……是，是，再低一点……对了！"

他随着这声音才从路坎上一间玻璃房子旁发见一株小草。她穿件旧到将褪色了的绿衣裳。看样子，是可以做一个朋友的。当小萍儿眼睛转到身上时，她含笑说："朋友，我听你唱歌，很好。什么伤心事使你唱出这样调子？倘若你认为我够得上做你一个朋友，我愿意你把你所有的痛苦细细地同我讲讲。我们是同在这靠着做一点梦来填补痛苦的寂寞旅途上走着呢！"

小萍儿又哭了，因为用这样温和口气同他说话的，他还是初次入耳呢。

他于是把他往时常同月亮诉说而月亮却不理他的一些伤心事都

——同小草说了。他接着又问她是怎样过活。

"我吗？同你似乎不同了一点。但我也不是少小就生长在这里的。我的家我还记着：从不见到什么冷得打战的大雪，也不见什么吹得头痛的大风，也不像这里那么空气干燥，时时感到口渴——总之，比这好多了。幸好，我有机会傍在这温室边旁居住，不然，比你还许不如！"

他曾听过别的相识者说过，温室是一个很奇怪的东西。凡是在温室中打住的，不知道什么叫作季节，永远过着春天的生活。虽然是残秋将尽的天气，碧桃同樱花一类东西还会恣情地开放。这之间，卑卑不足道的虎耳草也能开出美丽动人的花朵，最无气节的石菖蒲也会变成异样的壮大。但他却还始终没有亲眼见到过温室是什么样子。

"呵！你是在温室旁住着的，我请你不要笑我浅陋可怜，我还不知道温室是怎么样一种地方呢。"

从他这问话中，可以见他略略有点羡慕的神气。

"你不知道却是一桩很好的事情。并不巧，我——"

他又抢住问："朋友，我听说温室是长年四季过着春天生活的！为甚你又这般憔悴？你莫非是闹着失恋的一类事吧？"

"一言难尽！"小草叹了一口气。歇了一阵，她像在脑子里搜索什么似的，接着又说："这话说来又长了。你若不嫌烦，我可以从头一一告你。我先前正是像你们所猜想的那么愉快，每日里同一些姑娘们少年们有说有笑地过日子。什么跳舞会啦，牡丹与芍药结婚啦……你看我这样子虽不怎么漂亮，但筵席上少了我她们是不欢的。有一次，真的春天到了，跑来了一位诗人。她们都说他是诗人，我看他那样子，同不会唱歌的少年并没有什么不同。我一见他那尖瘦有毛的脸嘴，就不高兴。嘴巴尖瘦并不是什么奇怪事，但他却尖得格外讨厌。又是长长的眉毛，又是崭新的绿森森的衣裳，又是清亮的嗓子，直惹得那一群不顾羞耻的轻薄骨头发癫！就中尤其是小桃——"

"那不是莺哥大诗人吗？"他照她所说的那诗人形状着想，以为必定是会唱赞美诗的莺哥了。但穿绿衣裳又会唱歌的却很多，因此又这样问。

"嘘！诗人？单是口齿伶便一点，简直一个僞薄儿罢了！我分明看到他弃了他居停的女人，飞到园角落同海棠偷偷地去接吻。"

——她所说的话无非是不满意于那位漂亮诗人。小萍儿想：或者她对于这诗人有点妒意吧！

但他不好意思将这疑问质之于小草，他们不过是新交。他只问："那么，她们都为那诗人轻薄了？"

"不。还有——"

"还有谁？"

"还有玫瑰。我虽然是常常含着笑听那尖嘴无聊的诗人唱情歌，但当他嬉皮涎脸地飞到她身边，想在那鲜嫩小嘴唇上接一个吻时，她却给他狠狠地刺了一下。"

"以后——你？"

"你是不是问我以后怎么又不到温室中了吗？我本来是可以在那里住身的。因为秋的饯行筵席上，大众约同开一个跳舞会，我这好动的心思，又跑去参加了。在这当中，大家都觉到有点惨沮，虽然是明知春天终不会永久消逝。"

"诗人呢？"

"诗人早不知到什么地方去了。有些姐妹们也想，因为无人唱诗，所以弄得满席抑郁不欢。不久就从别处请了一位小小跛脚诗人来。他小得可怜，身上还不到一粒白果那么大。穿一件黑油绸短袄子，行路一跳一跳。"

"那是蟋蟀吧？"其实小萍儿并不与蟋蟀认识，不过这名字对他很熟罢了！

"对。他名字后来我才知道是叫蟋蟀。那你大概是与他认识了！他真会唱。他的歌能感动一切，虽然调子很简单。——我所以不到温室中过冬，愿到这外面同一些不幸者为风雪暴虐下的牺牲者一道，就是为他的歌所感动呢。——看他样子那么渺小，真不值得用正眼刷一下。但第一句歌声唱出时，她们的眼泪便一起为他挤出来了！他唱的是'萧条异代不同时'。这本是一句旧诗，但请想，这样一个饯行的筵席上，这种诗句如何不敲动她们的心呢？就中尤其感到伤心的是那位密司柳。她原是那绿衣诗人的旧居停。想着当日'临流顾影，婀娜丰姿'，真是难过！到后又唱到'姣艳芳姿人阿谀，断枝残梗人遗弃……'把密司荷又弄得号啕大哭了。……还有许多好句子，可惜我不能一一记下。到后跛脚诗人便在我这里住下了。我们因为时常谈话，才知道他原也是流浪性成了随遇而安的脾气。——"

他想，这样诗人倒可以认识认识，就问："现在呢？"

"他因性子不大安定，不久就又走了！"

小萍儿听到他朋友的答复，怃然若有所失，好久好久不作声。他末后又问她唱的"小萍儿，漫伤嗟，同样漂泊有杨花！"那首歌是什么人教给她的时，小草却掉过头去，羞涩地说，就是那跛脚诗人。

一九二五年二月十四日作

流 光

感情的结合，两方各在赠予，不在获得

上前天，从鱼处见到三表兄由湘寄来的信，说是第二个儿子已有了四个月，会从他妈怀抱中做出那天真神秘可爱的笑样子了。我惘然想起了过去的事。

那是三年前的秋末。我正因为对一个女人的热恋得到轻蔑的报复，决心到北国来变更我不堪的生活，由芷江到了常德。三表兄正从一处学校辞了事不久，住在常德一个旅馆中。他留着我说待明春同行。本来失了家的我，无目的地流浪，没有什么不可，自然就答应了。我们同在一个旅馆同住一间房，并且还同在一铺床上睡觉。

穷困也正同如今一样。不过衣衫比这时似乎阔绰了一点。我还记得我身上穿的那件蓝绸棉袍，初几次因无罩衫，竟不大好意思到街上去。脚下那英国式尖头皮鞋，也还是新从上海买的。小孩子的天真，也要多一点，我们还时常斗嘴哭脸呢。

也许还有别种缘故吧，那时的心情，比如今要快乐高兴得多了。

并不很小的一个常德城，大街小巷，几乎被我俩走遍。尤其感生兴味不觉厌倦的，便是熊伯妈家中与F女校了。熊家大概是在高山巷一带，这时印象稍稍模糊了。她家有极好吃的腌莴苣、四季豆、醋辣子、大蒜；每次我们到时，都会满盘满碗从大腹水坛内取出给我们尝。F女校却是去看望三表嫂——那时的密司易——而常常走动。

我们同密司易是同行。但在我未到常德以前却没有认识过。我们是怎么认识的，这时想不起了！大概是死去不久的漪舅母为介绍过一次。……唔！是了！漪舅妈在未去汉口以前，原是住在F校中！而我们同三表兄到F校中去会过她。当第一次见面时，谁曾想到这就是半年后的三表嫂呢！两人也许发现了一种特别足以注意的处所！我们在回去路上，似乎就说到她。

她那时是在F女校充级任教员。

我们是这样一天一天地熟下去了。两个月以后，我们差不多是每天要到F女校一次。我们旅馆去女校，有三里远近。间或因有一点别的事情——如有客，或下雨，但那都很少——不能在下午到F校同上课那样按时看望她时，她每每会打发校役送来一封信。信中大致说有事相商，或请代办一点什么。事情当然是有。不过，总不是那么紧急应当即时就办的。不待说，他们是在那里创造永远的爱了。

不知为甚，我那时竟那样愚笨，单把兴味放在一架小小风琴上面去了，完全没有发现自己已成了别人配角。

三表哥是一个富于美术思想的人。他会用彩色绫缎或通草粘出各样乱真的花卉，又会绘画，又会弄有键乐器。性格呢，是一个又细腻、又懦怯，极富于女性的，掺合黏液神经二质而成的人。虽说几年来常在外面跑，做一点清苦教书事业，把先时在凤凰充当我小学校教师时那种活泼优美的容貌，用衰颓沉郁颜色代去了一半，然清癯的丰姿，温和的性格，用一般女性看来，依然还是很能使人愉快满意的！

在当时的谈话中，我还记着有许多次不知怎么便谈到了恋爱上去。其实这也很自然！这时想来，便又不能不令人疑到两方的机锋上，都隐着一个小小针。我们谈到婚姻问题时，她每每这样说："运用书本上得来一点理智——虽然浅薄——便可以吸引异性虚荣心、企慕心，为永远或零碎的卖身，成了现代婚姻的，其实同用金钱成交的又相差几许？我以为感情的结合，两方各在赠予，不在获得。……"

她结论是"我不爱……其实独身还好些"。这话用我的经验归纳起来，其意正是：

过去所见的男性，没有我满意的，故不愿结婚。

一个有资格为人做主妇，为小孩子做母亲，却寻不到适意对手的女人，大都是这么说法。这正是一点她们应有的牢骚。她当然也不例外。

凡是两方都在那里用高热力创造爱情时，谁也会承认，这是非常容易达到"中和"途径的！于是，不久，他们便都以为可以共同生活下去，好过这未来的春天了。虽然他俩也会在稍稍冷静时，察觉到对方的不足与缺陷，不过那时的热情狂潮，已自动地流过去弥缝了。所以他们就昂然毅然……自然别人没法阻间也不须阻间。

这消息传出后，就有许多同学姐姐妹妹，不断地写信来劝她再思三思。这是一些不懂人情、不明事理人的蠢话罢了！哪能听得许多？

在他们还没有结婚之前，我被不可抵抗的命运之流又冲到别处去了，虽然也曾得到他们结婚照片，也曾得过他夫妇几次平常的通信。

不久，又听到三表兄已成为一个孩子的父亲了。不久，又听到小孩子满七天时得惊风症殇掉了！……在第一次我叫三表嫂、三表兄觑着我做出会心的微笑，而她却很高兴地亲自跑进厨房为我蒸清汤鲫鱼时，那时他们仍在常德住着，我到她寓中候轮。这又是去年夏天的事了！

在这三四年当中,她生命上自必有许多值得追怀、值得流泪、值得歌咏的经过;可是,我,还依然是我!几年前所眷恋的女人,早安分地为别人做二夫人养小孩子了!到最近来便连梦也难于梦见。人呢,一天一天地老去了!长年还丧魂失魄似的东荡西荡,也许生活的结束才是归宿。……

原载一九二五年三月二十一日《晨报副刊》

给低着头的葵

别人认为不合理，却能发现你生命
欢喜的路径，应不用迟疑走去

我明知道你不快，所以才下蛮劲扯你起床。我的希望是想把能够使杏花开放到癫狂样子的春日骄阳也能晒你一下；使你苏生：谁知道吹皱一池春水的春风，又是这样可恶！

我有好多要向你说的话，说来请你莫以为是传教师口吻：

在生的方面，我们全个儿责任，似乎应该委托一部分于理智，才能够生得下去。若果是一任感情之火来焚烧自己脆弱的灵魂，也许它会为炽热的火焰炙枯，至于平平稳稳生下去是否我们所愿意？当然可以干脆地说一个"不"字，但是你想着"有得青山在，何愁没柴烧"的两句话，也应稍稍地把你头抬一下了！

人不能用理智来抑勒着感情，使自己好好地醉于梦的未来天地中，是一桩多么可怜的事情啊！

单单醉于梦中的可怜处，自然我也知道。

话从你说到我耳边时，我是不愿意承认的。但如今又到我拿来劝你的时候了。我比你似乎还应值得可怜！你尚能喝一盏欲向阳而不得的酸酒。

你说做梦已不能。但我除了劝你宽宽心，不妨从已撕破了的梦的画片中再重新勉强拼一张涂上红红绿绿的虹之国图来安置你的空虚的心外，还有什么话可说呢？我也不仅是劝你！就是我自己，也还是赖着这还未完全幻灭的梦之帷幕来罩着这颗灰色小心呢。

以我这么一个人间摈弃者，在过去与未来的生命史上，还加上许多疑问符号来维系自己生趣，你又何苦这样用酒精来作践自己？

爱，是上帝造人的时候，为使世界生物在日月无情的转轮下不致灭亡的缘故，同时颁给人的。因为这在实际上便是一种传衍族种义务的报酬，更可以说是单纯的义务。不过，义务虽是义务，但从这中可以得生命的愉悦，是以人人都不以这义务烦苦（除了生在特殊病态下的少数人）。

失恋，想恋，得来的苦闷，不过是一个人应负责任而不得尽责时一种神的惩罚罢了！这惩罚似乎是把人睡于蔚苍苍的天宇下的一张绿色天鹅绒摇椅上，强制他数算眨眼的星星；大概谁都乐意。

因此你那囚犯似的颓丧，在我并不以为奇怪。

不过，你想鞠躬尽瘁地来负这种义务的时候还多着！又何必就这样小孩子般哭哭啼啼？你负这义务的能力既有，你负这义务的青春也还未消失……说到这里，我却不敢去反顾一下自己。我还是一个想负义务连对象也没有的光棍；然而，空虚的我，还不是依然要从挣扎中生下去吗！

看到你急于想把担子加到肩上却又生怕担子落到别人头上去的那种恓惶情形，真使我好笑！我不是你说的"为幸灾乐祸"而大笑；只是觉得上帝造人的巧妙，与世界上像这一类人的可怜罢了。

好像有一个什么人曾这样说过：梦只要你肯做，它也会孕育着幻美的花苞，结出真实希望之果的。我但愿你能从我的话里找出一分（也不敢多想）做梦的勇气；好来调和你这在万一中想扛担子而不得的时候失望与悲哀的心绪。

另一个希望，自然是祝你想扛的担子早早地加到你的肩上。

我还要附带地告诉你的是：别人认为不合理的途径，但这实在是可以发现你生命欢喜的一条路，你便应不用迟疑地走去；就是所谓在良心上不大认可的事，但这也可以使你掘到爱的奥秘之矿源时，你也须莫加选择地做去。所谓"良心"，乃是人类一种虽应当负——但谁都不曾负过的奴隶德行。也许有些狡猾东西把"良心"常常放到嘴巴边；也许有些傻瓜把"良心"紧紧把握着生怕它跑掉就不能做人：其实除了谋自己愉悦——尽传衍义务找一点报酬——以外，已没有什么事情在你我生命上可称为更有价值了！

果真是要想把爱的义务加到自己身上的人，除了对象时时在灵魂上微笑，生出璀璨不熄的杂色火花外，世界存在与否，本不值得再去顾视。

在梦中尝嗅到兰花香味的可怜人

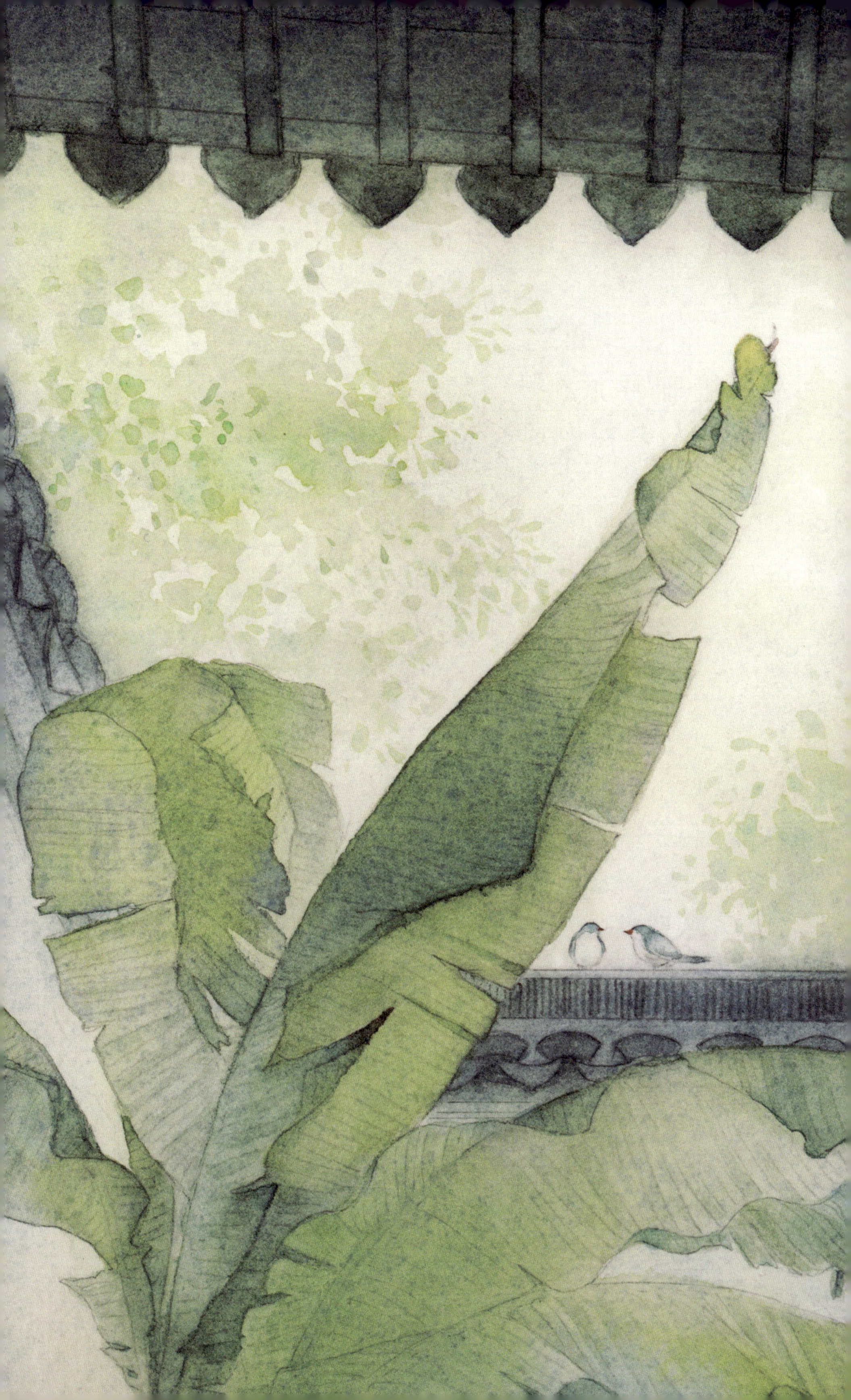

废邮存底

走到任何地方去，照到我们头上的，还是那个月亮

一

我行过许多地方的桥，看过许多次数的云，喝过许多种类的酒，却只爱过一个正当最好年龄的人。

××：

你们想一定很快要放假了。我要玖①到××来看看你，我说："玖，你去为我看看××，等于我自己见到了她。去时高兴一点，因为哥哥是以见到××为幸福的。"不知道玖来过没有？玖大约秋天要到北平女子大学学音乐，我预备秋天到青岛去。这两个地方都不像上海，你们将来有机会时，很可以到各处去看看。北平地方是非常好的，历史上为保留下一些有意义极美丽的东西，物质生活极低，人极和平，春天各处可放风筝，夏天多花，秋天有云，冬天刮风落雪，气候使人严肃，

---

① 玖：即沈从文的九妹沈岳萌。

同时也使人平静。××毕了业若还要读几年书，倒是来北平读书好。

你的戏不知已演过了没有？北平倒好，许多大教授也演戏，还有从女大毕业的，到各处台上去唱昆曲，也不为人笑话。使戏子身份提高，北平是和上海稍稍不同的。

听说××到过你们学校演讲，不知说了些什么话。我是同她顶熟的一个人，我想她也一定同我初次上台差不多，除了红脸不会有再好的印象留给学生。这真是无办法的，我即或写了一百本书，把世界上一切人的言语都能写到文章上去，写得极其生动，也不会做一次体面的讲话。说话一定有什么天才，×××是大家明白的一个人，说话嗓子洪亮，使人倾倒，不管他说的是什么空话废话，天才还是存在的。

我给你那本书，《××》同《丈夫》都是我自己欢喜的，其中《丈夫》更保留到一个最好的记忆，因为那时我正在吴淞，因爱你到要发狂的情形下，一面给你写信，一面却在苦恼中写了这样一篇文章。我照例是这样子，做得出很傻的事，也写得出很多的文章，一面糊涂处到使别人生气，一面清明处，却似乎比平时更适宜于做我自己的事。××，这时我来同你说这个，是当一个故事说到的，希望你不要因此感到难受。这是过去的事情，这些过去的事，等于我们那些死亡了最好的朋友，值得保留在记忆里，虽想到这些，使人也仍然十分惆怅，可是那已经成为过去了。这些随了岁月而消失的东西，都不能再在同样情形下再现了的，所以说，现在只有那一篇文章，代替我保留到一些生活的意义。这文章得到许多好评，我反而十分难过，任什么人皆不知道我为了什么原因，写出一篇这样文章，使一些下等人皆以一个完美的人格出现。

我近日来看到过一篇文章，说到似乎下面的话："每人都有一种奴隶的德行，故世界上才有首领这东西出现，给人尊敬崇拜。因这奴隶的德行，为每一个不可少的东西，所以不崇拜首领的人，也总得选择一种机会低头到另一种事上去。"××，我在你面前，这德行也显然存在的。为了尊敬你，使我看轻了我自己一切事业。我先是不知道我为什么这样无用，所以还只想自己应当有用一点。到后看到那篇文章，才明白，这奴隶的德行，原来是先天的。我们若都相信崇拜首领是一种人类自然行为，便不会再觉得崇拜女子有什么稀奇难懂了。

你注意一下，不要让我这个话又伤害到你的心情，因为我不是在窘你做什么你所做不到的事情，我只在告诉你，一个爱你的人，如何不能忘你的理由。我希望说到这些时，我们都能够快乐一点，如同读一本书一样，仿佛与当前的你我都没有多少关系，却同时是一本很好的书。

我还要说，你那个奴隶，为了他自己，为了别人起见，也努力想脱离羁绊过。当然这事做不到，因为不是一件容易事情。为了使你感到窘迫，使你觉得负疚，我以为很不好。我曾做过可笑的努力，极力去同另外一些人要好，到别人崇拜我愿意做我的奴隶时，我才明白，我不是一个首领，用不着别的女人用奴隶的心来服侍我，却愿意自己做奴隶，献上自己的心，给我所爱的人。我说我很顽固地爱你，这种话到现在还不能用别的话来代替，就因为这是我的奴性。

××，我求你，以后许可我做我要做的事，凡是我要向你说什么时，你都能当我是一个比较愚蠢还并不讨厌的人，让我有一种机会，说出一些有奴性的卑屈的话，这点是你容易办到的。你莫想，每一次我说到"我爱你"时你就觉得受窘，你也不用说"我偏不爱你"，作为抗拒别人对你的倾心。你那打算是小孩子的打算，到事实上却毫无用处的。有些人对天成日成夜说："我赞美你，上帝！"有些人又成日成夜对人世的皇帝说："我赞美你，有权力的人！"你听到被称赞的"天"

同"皇帝",以及常常被称赞的日头同月亮,好的花,精致的艺术回答说"我偏不赞美你"的话没有?一切可称赞的,使人倾心的,都像天生就是这个世界的主人,他们管领一切,统治一切,都看得极其自然,毫不勉强。一个好人当然也就有权利使人倾倒,使人移易哀乐,变更性情,而自己却生存到一个高高的王座上,不必做任何声明。凡是能用自己各方面的美攫住别的人灵魂的,他就有无限威权,处置这些东西,他可以永远沉默,日头、云、花、这些例举不胜举。除了一只莺,他被人崇拜处,原是他的歌曲,不应当哑口外,其余被称赞的,大都是沉默的。××,你并不是一只莺。一个皇帝,吃任何阔气东西他都觉得不够,总得臣子恭维,用恭维作为营养,他才适意,因为恭维不甚得体,所以他有时还发气骂人,让人充军流血。××,你不会像帝皇,一个月亮可不是这样的,一个月亮不拘听到任何人赞美,不拘这赞美如何不得体,如何不恰当,它不拒绝这些从心中涌出的呼喊。××,你是我的月亮。你能听一个并不十分聪明的人,用各种声音,各样言语,向你说出各样的感想,而这感想却因为你的存在,如一个光明,照耀到我的生活里而起的,你不觉得这也是生存里一件有趣味的事吗?

"人生"原是一个宽泛的题目,但这上面说到的,也就是人生。

为帝王作颂的人,他用口舌"娱乐"到帝王,同时他也就"希望"到帝王。为月亮写诗的人,他从它照耀到身上的光明里,已就得到他所要的一切东西了。他是在感谢情形中而说话的,他感谢他能在某一时望到蓝天满月的一轮。××,我看你同月亮一样。……是的,我感谢我的幸运,仍常常为忧愁扼着,常常有苦恼(我想到这个时,我不能说我写这个信时还快乐)。因为一年内我们可以看过无数次月亮,而且走到任何地方去,照到我们头上的,还是那个月亮。这个无私的月亮不单是各处皆照到,并且从我们很小到老还是同样照到的。至于你,"人事"的云翳,却阻拦到我的眼睛,我不能常常看到我的月亮!一个白日带走了一点青春,日子虽不能毁坏我印象里你所给我的光明,却慢慢地使我不同了。"一个女子在诗人的诗中,永远不会老去,但诗人,他自己却老去了。"我想到这些,我十分忧郁了。生命都是太脆薄的一种东西,并不比一株花更经得住年月风雨,用对自然倾心的眼,反观人生,使我不能不觉得热情的可珍,而看重人与人凑巧的藤葛。在同一人事上,第二次的凑巧是不会有的。我生平只看过一回满月。我也安慰自己过,我说:"我行过许多地方的桥,看过许多次数的云,喝过许多种类的酒,却只爱过一个正当最好年龄的人。我应当为自己庆幸……"这样安慰到自己也还是毫无用处,为"人生的飘忽"这类感觉,我不能够忍受这件事来强作欢笑了。我的月亮就只在回忆里光明全圆,这悲哀,自然不是你用得着负疚的,因为并不是由于你爱不爱我。

仿佛有些方面是一个透明了人事的我,反而时时为这人生现象所苦,这无办法处,也是使我只想说明却反而窘了你的理由。

××,我希望这个信不是窘你的信。我把你当成我的神,敬重你,同时也要在一些方便上,诉说到即或真神也很糊涂的心情,你高兴,你注意听一下,不高兴,不要那么注意吧。天下原有许多稀奇事情,我××××十年,都缺少能力解释到它,也不能用任何方法说明,譬如想到所爱的一个人的时候,血就流走得快了许多,全身就发热作寒,听到旁人提到这人的名字,就似乎又十分害怕,又十分快乐。究竟为什么原因,任何书上提到的都说不清楚,然而任何书上也总时常提到。"爱"解作一种病的名称,是一个法国心理学者的发明,那病的现象,大致就是上述所及的。

你是还没有害过这种病的人,所以你不知道它如何厉害。有些人永远不害这种病,正如有些人永远不患麻疹伤寒,所以还不大相信伤寒病使人发狂的事情。××,你能不害这种病,同时不理解别人这种病,也真是一种幸福。因为这病是与童心成为仇敌的,我愿意你是一个小孩子,真不必明白这些事。不过你却可以明白另一个爱你而害着这难受的病的痛苦的人,在任何情形下,却总想不到是要害你的。我现在,并且也没有什么痛苦了,我很安静,似乎为爱你而活着的,故只想怎么样好好地来生活。假使当真时间一晃就是十年,你那时或者还是眼前一样,或者已做了某某大学的一个教授,或者自己不再是小孩子,倒已成了许多小孩子的母亲,我们见到时,那真是有意思的事。任何一个作品上,以及任何一个世界名作作者的传记上,最动人的一章,总是那人与人纠纷藤葛的一章。许多诗是专为这点热情的指使而写出的,许多动人的诗,所写的就是这些事,我们能欣赏那些东西,为那些东西而感动,也照例轻视到自己,以及别人因受自己所影响而发生传奇的行为,这个事好像不大公平。因为这个理由,天将不许你长是小孩子。"自然"使苹果由青而黄,也一定使你在适当的时间里,转为一个"大人"。××,到你觉得你已经不是小孩子,愿意做大人时,我倒极希望知道你那时在什么地方做些什么事,有些什么感想。"蓷苇"是易折的,"磐石"是难动的,我的生命等于"蓷苇",爱你的心希望它能如"磐石"。

望到北平高空明蓝的天,使人只想下跪,你给我的影响恰如这天空,距离得那么远,我日里望着,晚上做梦,总梦到生着翅膀,向上飞举。向上飞去,便看到许多星子,都成为你的眼睛了。

××,莫生我的气,许我在梦里,用嘴吻你的脚,我的自卑处,是觉得如一个奴隶蹲到地下用嘴接近你的脚,也近于十分亵渎了你的。

我念到我自己所写的"蓷苇是易折的,磐石是难动的"时候,我很悲哀。易折的蓷苇,一生中,每当一次风吹过时,皆低下头去,然而风过后,便又重新立起了。只有你使它永远折伏,永远不再作立起的希望。

一九三一年六月

二

今天是我生平看到最美一次的天气,在落雨以后的达园,我望到不可形容的虹,望到不可形容的云,望到雨后的小小柳树,望到雨点。……天上各处是燕子。……虹边还在响雷,耳里听到雷声,我在一条松树夹道上走了好久。我想起许多朋友,许多故事,仿佛三十年人事都在一刻儿到跟前清清楚楚地重现出来。因为这雨后的黄昏,透明的美,好像同××的诗太相像了,我想起××。

××你瞧,我在这时什么话也说不出了的。我这几年来写了我自己也数不清楚的多少篇文章,人家说的任何种言语,我几乎都学会写到纸上了,任何聪明话,我都能使用了,任何对自然的美的恭维,我都可以模仿了;可是,到这些时节,我真差不多同哑子一样,什么也说不出。一切的美说不出,想到朋友们,一切鲜明印象,在回忆里如何放光，这些是更说不出的。

我想到××，我仿佛很快乐，因为同时我还想到你的朋友小麦，我称赞她爸爸妈妈真是两个大诗人。把一切印象拼合拢来，我非常满意我这一天的生存。我对于自己生存感到幸福，平生也只有这一天。

今天真是一个最可记忆的一天，还有一个故事可以同你说：诗人××到这里来，来时已快落雨了。在落雨以前，他又走了。落雨时，他的洋车一定还在×××左右，即或落下的是刀子，他也应当上山去，因为若把诗人全身淋湿如落汤鸡，这印象保留在另一时当更有意义。他有一个"老朋友"在×××养病，这诗人，是去欣赏那一首"诗"的。我写这个信时，或者正是他们并肩立在松下望到残虹谈话的时节。××，得到这信时，试去做一次梦，想到×××的雨后的他们，并想到达园小茅亭的从文，今天是六月十九日，我提醒你不要忘记是这个日子。这时已快夜了，一切光景都很快要消失了，这信还没有写完，这一切都似乎就已成为过去了。××，这信到你手边时，应当是一个月以后的事，我盼望它可以在你心里，有小小的光明重现。××，这信到你手边时，你一定也想起从文吧？我告你，我还是老样子，什么也没有改变。在你记忆里保留到的从文，是你到庆华公寓第一次见到的从文，也是其他时节你所知道的从文，我如今就还是那个情形，这不知道应使人快乐还是忧郁？我也有了些不同处，为朋友料不到的，便是"生活"比以前好多了。社会太优待了我，使我想到时十分难受。另一方面，朋友都对我太好了，我也极其难受。因为几年来我做的事并不勤快认真，人越大且越糊涂，任性处更见其任性，不能服侍女人处，也更把弱点加深了。这些事，想到时，我是很忧愁的。关心到我的朋友们，即或自己生活很不在意，总以为从文有些自苦的事情，是应当因为生活好了一点年龄大了一点便可改好的。谁知这些希望都完全是空事情，事实且常常与希望相反,便是我自己越活越无"生趣"。这些话是用口说不分明的,一切猜疑也不会找到恰当的解释,连我自己也不知道,为什么到现在还成天只想"死"。

感谢社会的变迁,时代一转移,就到手中方便,胡乱写下点文章,居然什么工也不必做,就活得很舒服了。同时因这轻便不过的事业,还得到了不知多少的朋友,不拘远近都仿佛用作品成立了一种最好的友谊,算起来我是太幸福了的。可是我好像要的不是这些东西。或者是得到这些太多,我厌烦了。我成天只想做一个小刻字铺的学徒,或一个打铁店里的学徒,似乎那些才是我分上的事业,在那事业里,我一定还可以方便一点,本分一点。我自然不会去找那些事业,也自然不会死去,可是,生活真是厌烦极了。因为这什么人也不懂的烦躁,使我不能安心在任何地方住满一年。去年我在武昌,今年春天到上海,六月来北平,过不久,我又要过青岛去了,过青岛也一定不会久的,我还得走。我自己也不知道我走到哪儿去好。一年人老一年,将来也许跑到蒙古去。这自愿的充军,如分析起来,使人很伤心的。我这"多疑""自卑""怯弱""执着"的性格,综合以后便成为我人格的一半。××,我并不欢喜这人格。我愿意做一个平常的人,有一颗为平常事业得失而哀乐的心,在人事上去竞争,出人头地便快乐,小小失望便忧愁,见好女人多看几眼,见有利可图就上前,这种我们常常瞧不上眼的所谓俗人,我是十分羡慕却永远学不会的。我羡慕他们的平凡,因为在平凡里的他们才真是"生活"。但我的坏性情,使我同这些人世幸福离远了。我在我文章里写到的事,却正是人家成天在另个地方生活着的事,人家在"生活"里"存在",我便在"想象"里"生活"。××,一个作家我们去"尊敬"他,实在不如去"怜悯"他。我自己觉得是无聊到万分,在生活的糟粕里生活的。也有些人即或自己只剩下了一点儿糟粕，如××、××；一个无酒可啜的人，是应分用糟粕过日子的。但在我生活里，我是不是已经喝过我分上那杯？××，我并没有向人生举杯！我分上就没有酒。我分上没有一滴。我的事业等于为人酿酒，我为年轻人解释爱与人生，我告他们女人是什么，灵魂是什么，我又告他们什么是德行，什么是美。许多人从我文章里得到为人生而战的武器，许多人从我文章里取去与女人作战保护自己的盔甲。我得到什么呢？许多女人都为岁月刻薄而老去了，这些人在我印象却永远还是十分年轻。我的义务——我生存的义务，似乎就是保留这些印象。这些印象日子再久一点，总依然还是活泼、娇艳、尊贵。让这些女人活在我的记忆里，我自己，却一天比一天老了。××，这是我的一份。

××，我应当感谢社会而烦怨自己，这一切原是我自己的不是。自然使一切皆生存在美丽里；一年有无数的好天气，开无数的好花，成熟无数的女人，使气候常常变幻，使花有各种的香，使女人具各种的美，任何一个活人，他都可以占有他应得那一份。一个"诗人"或一个"疯子"，他还常常因为特殊聪明，与异常禀赋，可以得到更多的赏赐。××，我的两手是空的，我并没有得到什么，我的空手，因为我是一个"乖僻的汉子"。

读我另一个信吧。我要预备告给你，那是我向虚空里伸手，攫着的风的一个故事。我想象有一个已经同我那么熟习了的女人，有一个黑黑的脸，一双黑黑的手……是有这样一个人，像黑夜一样，黑夜来时，她仿佛也同我接近了。因为我住到这里，每当黑夜来时，一个人独自坐在这亭子的栏杆上，一望无尽的芦苇在我面前展开，小小清风过处，朦胧里的芦苇皆细脆作声如有所诉说。我同它们谈我的事情，我告给它们如何寂寞，它们似乎比我最好的读者，比一切年轻女人更能理解我的一切。

××，黑夜已来了，我很软弱。我写了那么多空话，还预备更多的空话去向黑夜诉说。我那个如黑夜的人却永不伴同黑夜而来的，提到这件事，我很软弱，心情陷于一种无可奈何的泥淖中。

"年轻休面女人，使用一千个奴仆也仍然要很快地老去，这女人在诗人的诗中，以及诗人的心中，却永远不能老去。"××，你心中一定也有许多年轻人鲜明的影子。

××，对不起，你这时成为我的芦苇了。我为你请安。我捏你的手。我手已经冰冷，因为不知什么原因，我在老朋友面前哭了。

（这个信，给留在美国的《山花集》作者）

一九三一年六月作

三

××：

我想跟你写一个信寄到山上来，赞美天气使你"作"一首好诗。

今天真美，因为那么好天气，是我平生少见的。雨后的虹同雨后的雷还不出奇，最值得玩味的，还是一个人坐在洋车上颠颠簸簸，头上淋着雨，心中想着"诗"。你从前作的诗不行了，因为你今天的生活是一首超越一切的好诗。

自然你上山去不只作诗，也是去读"诗"的。我算到天上虹还剩下一只脚时，你已经爬上山顶了。若在路上不淋雨自然很好，若淋了雨也一定更好。因为目下湿湿的身体，只是目下的事，这事情在回忆里却能放光，非常炫目。回忆的温暖烘得干现在的透湿衣裳，所以我想你不会着凉的。

因为这天气，我这会写散文的人，也写了三千字散文。可是我这散文是写在黑夜做成的纸上的，因为坐在亭子前面，在黑暗里听蛙叫了四点钟。照规矩我是一点钟写八百字,所以算他一个三千的数目。我想到今天倒是顶快乐的日子,因为从没有能安安静静坐到玩四个钟头的。

现在荷花塘里的青蛙还在叫,可是我的灯已经熄了,各处都有声音。一定有鬼,一定有鬼!我睡了是好的,睡到床上就不再怕鬼了,大约鬼是不上床的。

可是我当真应当睡了,蜡烛不知烧死了多少小飞虫,看到这事真是怪凄惨。这时忽然有个绿翅膀蜻蜓一类小东西,扑到蜡汁上,翅膀振动得厉害,我望到那小东西的胡子,在嘴巴边上(一定是胡子)!你说,长了胡子的还不懂厉害,还不知道小心,年轻的怎么能避免在追求光明中烧死?

大约人也有这种就光的兴味,我单是想象到我那一支烛,就很难受了(不吃酒的人听到人说"酒"字脸也得红)。让我提起个你已经忘掉的事,就是我去武昌前到你家里那次谈到哭脸的事。现在还是不行。到武昌,到上海,到北京,再到青岛,我没有办法把那一支蜡烛的影子去掉。我是不是应当烧枯,还是可以用什么观念保护到自己?这件事我得学习。一只小虫飞到火上去,仿佛那情形很可怜的。虽说想象中的烛不能使翅膀烧焦,想象中的热情也还依然能把我绊倒。

一九三一年六月十九日
寄冒雨上 × 山的诗人

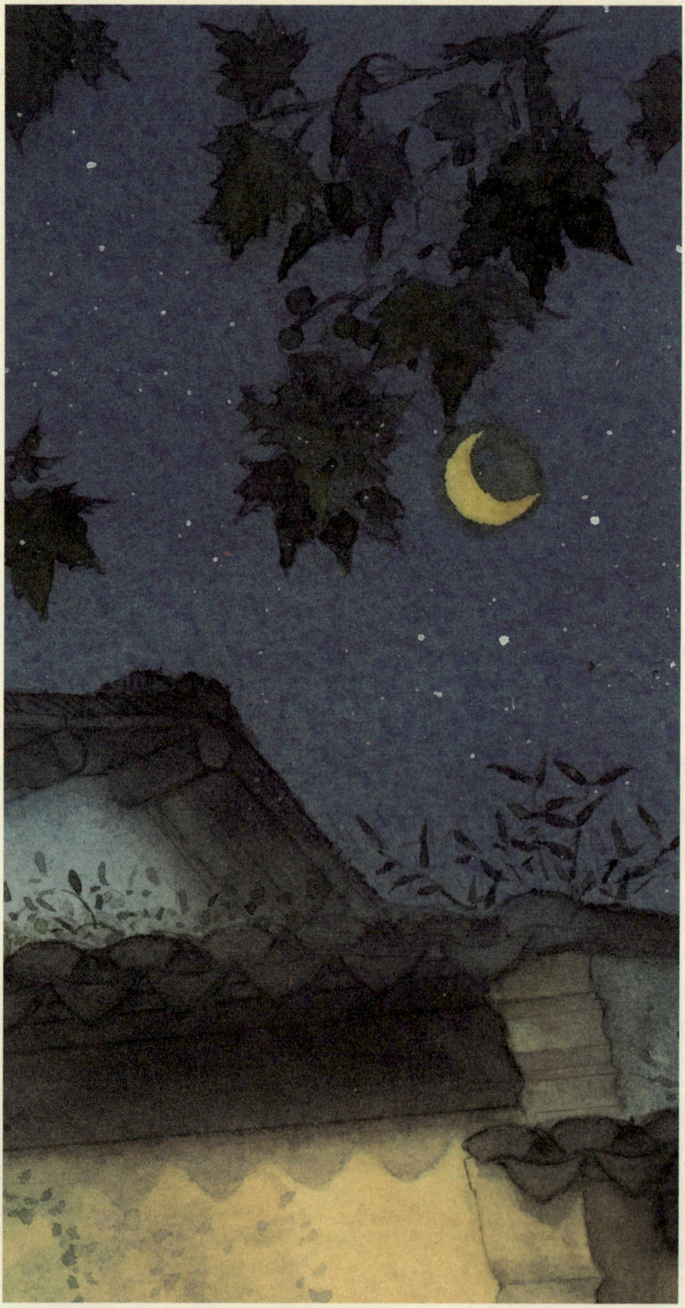

辑三

在长长的日子里有所待

「在淡黄色月亮下归来,<u>我的心涂上了月的光明</u>。倘他日独行旷野时,将用这光明照我行路。」

鸭窠围的夜

仿佛触着了，看明白了这世界上一点东西，心里软和得很

　　天快黄昏时落了一阵雪子，不久就停了。天气真冷，在寒气中一切都仿佛结了冰。便是空气，也像快要冻结的样子。我包定的那一只小船，在天空大把撒着雪子时已泊了岸。从桃源县沿河而上这已是第五个夜晚。看情形晚上还会有风有雪，故船泊岸边时便从各处挑选好地方。沿岸除了某一处有片沙咀宜于泊船以外，其余地方全是黛色如屋的大岩石。石头既然那么大，船又那么小，我们都希望寻觅得到一个能做小船风雪屏障，同时要上岸又还方便的处所。凡是可以泊船的地方早已被当地渔船占去了。小船上的水手，把船上下各处撑去，钢钻头敲打着沿岸大石头，发出好听的声音，结果这只小船，还是不能不同许多大小船只一样，在正当泊船处插了篙子，把当作锚头用的石碇抛到沙上去，尽那行将来到的风雪，摊派到这只船上。

　　这地方是个长潭的转折处，两岸是高大壁立千丈的山，山头上长着小小竹子，长年翠色逼人。这时节两山只剩余一抹深黑，赖天空微明为画出一个轮廓。但在黄昏里看来如一种奇迹的,却是两岸高处去水已三十丈上下的吊脚楼。这些房子莫不俨然悬挂在半空中,借着黄昏的余光,还可以把这些稀奇的楼房形体看得出个大略。这些房子同沿河一切房子有个共通相似处,便是从结构上说来,处处显出对于木材的浪费。房屋既在半山上,不用那么多木料,便不能成为房子吗?半山上也用吊脚楼形式,这形式是必需的吗?然而这条河水的大宗出口是木料,木材比石块还不值价。因此,即或是河水永远涨不到处,吊脚楼房子依然存在,似乎也不应当有何惹眼惊奇了。但沿河因为有了这些楼房,长年与流水斗争的水手,寄身船中枯闷成疾的旅行者,以及其他过路人,却有了落脚处了。这些人的疲劳与寂寞是从这些房子中可以一律解除的。地方既好看,也好玩。

河面大小船只泊定后,莫不点了小小的油灯,拉了篷。各个船上皆在后舱烧了火,用铁鼎罐煮饭,饭焖熟后,又换锅子熬油,哗地把菜蔬倒进热锅里去。一切齐全了,各人蹲在舱板上三碗五碗把腹中填满后,天已夜了。水手们怕冷怕动的,收拾碗盏后,就莫不在舱板上摊开了被盖,把身体钻进那个预先卷成一筒又冷又湿的硬棉被里去休息。至于那些想喝一杯的,发了烟瘾得靠靠灯,船上烟灰又翻尽了的,或一无所为,只是不甘寂寞,好事好玩想到岸上去烤烤火谈谈天的,便莫不提了桅灯,或燃一段废缆子,摇晃着从船头跳上了岸,从一堆石头间的小路径,爬到半山上吊脚楼房子那边去,找寻自己的熟人,找寻自己的熟地。陌生人自然也有来到这条河中来到这种吊脚楼房子里的时节,但一到地,在火堆旁小板凳上一坐,便是陌生人,即刻也就可以称为熟人乡亲了。

这河边两岸除了停泊有上下行的大小船只三十左右以外,还有无数在日前趁融雪涨水放下形体大小不一的木筏。较小的木筏,上面供给人住宿过夜的棚子也不见,一到了码头,便各自上岸找住处去了。大些的木筏呢,则有房屋,有船只,有小小菜园与养猪养鸡栅栏,还有女眷和小孩子。

黑夜占领了全个河面时,还可以看到木筏上的火光,吊脚楼窗口的灯光,以及上岸下船在河岸大石间飘忽动人的火炬红光。这时节岸上船上都有人说话,吊脚楼上且有妇人在暗淡灯光下唱小曲的声音,每次唱完一支小曲时,就有人笑嚷。什么人家吊脚楼下有匹小羊叫,固执而且柔和的声音,使人听来觉得忧郁。我心中想着:"这一定是从别一处牵来的,另外一个地方,那小畜生的母亲,一定也那么固执地鸣着吧。"算算日子,再过十一天便过年了。"小畜生明不明白只能在这个世界上活过十天八天?"明白也罢,不明白也罢,这小畜生是为了过年而赶来,应在这个地方死去的。此后固执而又柔和的声音,将在我耳边永远不会消失。我觉得忧郁起来了。我仿佛触着了这世界上一点东西,看明白了这世界上一点东西,心里软和得很。

但我不能这样子打发这个长夜。我把我的想象,追随了一个唱曲时清中夹沙的妇女声音到她的身边去了。于是仿佛看到了一个床铺,下面是草荐,上面摊了一床用旧帆布或别的旧货做成脏而又硬的棉被,搁在床正中被单上面的是一个长方木托盘,盘中有一把小茶盏,一个小烟匣,一支烟枪,一块小石头,一盏灯。盘边躺着一个人在烧烟。唱曲子的妇人,或是袖了手捏着自己的膀子站在吃烟者的面前,或是靠在男子对面的床头,为客人烧烟。房子分两进,前面临街,地是土地,后面临河,便是所谓吊脚楼了。这些人房子窗口既一面临河,可以凭了窗口呼喊河下船中人,当船上人过了瘾,胡闹已够,下船时,或者尚有些事情嘱托,或有其他原因,一个晃着火炬停顿在大石间,一个便凭立在窗口,"大佬你记着,船下行时又来。""好,我来的,我记着的。""你见了顺顺就说：会呢，完了；孩子大牛呢，脚膝骨好了，细粉带三斤，冰糖或片糖带三斤。""记得到，记得到，大娘你放心，我见了顺顺大爷就说：'会呢，完了。大牛呢，好了。细粉来三斤，冰糖来三斤。'""杨氏，杨氏，一共四吊七，莫错账！""是的，放心呵，你说四吊七就四吊七，年三十夜莫会要你多的！你自己记着就是了！"这样那样地说着，我都可听到，而且一面还可以听着在黑暗中某一处咩咩的羊鸣。我明白这些回船的人是上岸吃过"荤烟"了的。

我还估计得出，这些人不吃"荤烟"，上岸时只去烤烤火的，到了那些屋子里时，便多数只在临街那一面铺子里。这时节天气太冷，大门必已上好了，屋里一隅或点了小小油灯，屋中必就地掘了个浅凹，烧了些树根柴块。火光煜煜，且时时刻刻爆炸着一种难于形容的声音。火旁矮板凳上坐有船上人，木筏上人，有对河住家的熟人。且有虽为天所厌弃还不自弃年过七十的老妇人，闭着眼睛蜷成一团蹲在火边，悄悄地从大袖筒里取出一片薯干或一枚红枣，塞到嘴里去咀嚼。有穿着肮脏身体瘦弱的孩子，手擦着眼睛傍着火旁的母亲打盹。屋主人有位退伍的老军人，有翻船背运的老水手，有单身寡妇。借着火光灯光，可以看得出这屋中的大略情形，三堵木板壁上，一面必有个供奉祖宗的神龛，神龛下空处或另一面，必贴了些大小不一的红白名片。这些名片倘若有那些好事者加以注意，用小油灯照着，去仔细检查检查，便可以发现许多动人的名衔。军队上的连副、上士、一等兵，商号中的管事，当地的团总、保正、催租吏，以及照例姓滕的船主，洪江的木簰商人，与其他各行各业人物，无所不有。这是近一二十年来经过此地若干人中小部分的题名录。这些人各用一种不同的生活，来到这个地方，且同样地来到这些屋子里，坐在火边或靠近床上，逗留过若干时间。这些人离开了此地后，在另一世界里还是继续活下去，但除了同自己的生活圈子中人发生关系以外，与一同在这个世界上其他的人，却仿佛便毫无关系可言了。他们如今也许早已死掉了；水淹死的，枪打死的，被外妻用砒霜谋杀的，然而这些名片却依然将好好地保留下去。也许有些人已成了富人名人，成了当地的小军阀，这些名片却仍然写着催租人、上士等等的头衔。除了这些名片，那屋子里是不是还有比它更引人注意的东西呢？锯子、小捞兜、香烟大画片、装干栗子的口袋……

提起这些问题时使人心中很激动。我到船头上去眺望了一阵。河面静静的，木筏上火光小了，船上的灯光已很少了，远近一切只能借着水面微光看出个大略情形。另外一处的吊脚楼上，又有了妇人唱小曲的声音，灯光摇摇不定，且有猜拳声音。我估计那些灯光同声音所在处，不是木筏上的簰头在取乐，就是水手们小商人在喝酒。妇人手指上说不定还戴了水手特别为从常德府捎带来的镀金戒指，一面唱曲一面把那只手理着鬓角，多动人的一幅图画！我认识他们的哀乐，这一切我也有份。看他们在那里把每个日子打发下去，也是眼泪也是笑，离我虽那么远，同时又与我那么相近。这正同读一篇描写西伯利亚的农人生活动人作品一样，使人掩卷引起无言的哀戚。我如今只用想象去领味这些人生活的表面姿态，却用过去一份经验，接触着了这种人的灵魂。

羊还固执地鸣着。远处不知什么地方有锣鼓声音，那一定是某个人家禳土酬神还愿巫师的锣鼓。声音所在处必有火燎与九品蜡，照耀争辉。炫目火光下必有头包红布的老巫师独立作旋风舞，门上架上有黄钱，平地有装满了谷米的平斗。有新宰的猪羊伏在木架上，头上插着小小五色纸旗。有行将为巫师用口把头咬下的活公鸡，缚了双脚与翼翅，在土坛边无可奈何地躺卧。主人锅灶边则热了满锅猪血稀粥，灶中正火光熊熊。

邻近一只大船上，水手们已静静地睡下了，只剩余一个人吸着烟，且时时刻刻把烟管敲着船舷。也像听着吊脚楼的声音，为那点声音所激动，引起种种联想。忽然按捺自己不住了，只听到他轻轻地骂着野话，擦了支自来火，点上一段废缆，跳上岸往吊脚楼那里去了。他在岸上大石间走动时，火光便从船篷空处漏进我的船中。也是同样的情形吧，在一只装载棉军服向上行驶的船上，泊到同样的岸边，躺在成束成捆的军服上面，夜既太长，水手们爱玩牌的各蹲坐在舱板上小油灯光下玩天九，睡既不成，便胡乱穿了两套棉军服，空手上岸，借着石块间还未融尽残雪返照的微光，一直向高岸上有灯光处走去。到了街上，除了从人家门罅里露出的灯光成一条长线横卧着，此外一无所有。在计算中以为应可见到的小摊上成堆的花生，用"哈德门"长烟匣装着干瘪瘪的小橘子，切成小方块的片糖，以及在灯光下看守摊子把眉毛扯得极细的妇人（这些妇人无事可做时还会在灯光下做点针线的），如今什么也没有。既不敢冒昧闯进一个人家里面去，便只好又回转河边船上了。但上山时向灯光凝聚处走去，方向不会错误。下河时可糟了。糊糊涂涂在大石小石间走了许久，且大声喊着，才走近自己所坐的一只船。上船时，两脚全是泥，刚攀上船舷还不及脱鞋落舱，就有人在棉被中大喊："伙计哥子们，脱鞋呀！"把鞋脱了还不即睡，便镶到水手身旁去看牌，一直看到半夜。——十五年前自己的事，在这样地方温习起来，使人对于命运感到十分惊异。我懂得那个忽然独自跑上岸去的人，为什么上去的理由！

等了一会儿，邻船上那人还不回到他自己的船上来，我明白他所得的必比我多了一些。我想听听他回来时，是不是也像别的船上人，有一个妇人在吊脚楼窗口喊叫他。许多人都陆续回到船上了，这人却没有下船。我记起水手柏子。但是，同样是水上人，一个那么快乐地赶到岸上去，一个却是那么寂寞地跟着别人后面走上岸去，到了那些地方，情形不会同柏子一样，也是很显然的事了。

　　为了我想听听那个人上船时那点推篷声音，我打算着，在一切声音全已安静时，我仍然不能睡觉。我等待那点声音，大约到午夜十二点，水面上却起了另外种声音。仿佛鼓声，也仿佛汽油船马达转动声，声音慢慢地近了，可是慢慢地又远了。像是一个有魔力的歌唱，单纯到不可比方，也便是那种固执的单调，以及单调的延长，使一个身临其境的人，想用一组文字去捕捉那点声音，以及捕捉在那长潭深夜一个人为那声音所迷惑时节的心情，实近于一种徒劳无功的努力。那点声音使我不得不再从那个业已用被单塞好空罅的舱门，到船头去搜索它的来源。河面一片红光，古怪声音也就从红光一面掠水而来。原来日里隐藏在大岩下的一些小渔船，在半夜前早已静悄悄地下了拦江网。到了半夜，把一个从船头伸在水面的铁兜，盛上燃着熊熊烈火的油柴，一面用木棒槌有节奏地敲着船舷各处漂去。身在水中见了火光而来与受了柝声吃惊四窜的鱼类，便在这种情形中触了网，成为渔人的俘虏。

　　一切光，一切声音，到这时节已为黑夜所抚慰而安静了，只有水面上那一分红火与那一派声音。那种声音与光明，正为着水中的鱼和水面的渔人生存的搏战，已在这河面上存在了若干年，且将在接连而来的每个夜晚依然继续存在。我弄明白了，回到舱中以后，依然默听着那个单调的声音。我所看到的仿佛是一种原始人与自然战争的情景。那声音，那火光，都近于原始人类的战争，把我带回到四五千年那个"过去"时间里去。

　　不知在什么时候开始落了很大的雪，听船上人细语着，我心想，第二天我一定可以看到邻船上那个人上船时节，在岸边雪地上留下那一行足迹。那寂寞的足迹,事实上我却不曾见到,因为第二天到我醒来时,小船已离开那个泊船处很远了。

作于一九三四年

一九三四年一月十八

> 这河水过去给我的是"知识",如今给我的却是"智慧"。

　　我仿佛被一个极熟的人喊了又喊,人清醒后那个声音还在耳朵边。原来我的小船已开行了许久,这时节正在一个长潭中顺风滑行,河水从船舷轻轻擦过,把我弄醒了。

　　我的小船今天应当停泊到一个大码头,想起这件事,我就有点儿慌张起来了。小船应停泊的地方,照史籍上所说,出丹砂,出辰州符,事实上却只出胖人,出肥猪,出鞭炮,出雨伞。一条长长的河街,在那里可以见到无数水手柏了与无数柏子的情妇。长街尽头飘扬着用红黑二色写上扁方体字税关的幡信,税关前停泊了无数上下行验关的船只。长街尽头油坊围墙如城垣,长年有油可打,打油匠摇荡悬空油槌,訇地向前抛去时,莫不伴以摇曳长歌,由日到夜,不知休止。河中长年有大木筏停泊,每一木筏浮江而下时,同时四方角隅至少有三十个人举桡激水。沿河吊脚楼下泊定了大而明黄的船只,船尾高张,长到两丈左右,小船从下面过身时,仰头看去恰如一间大屋(那上面必用金漆写得有福字同顺字）。这个地方就是我一提及它时充满了感情的辰州。

小船去辰州还约三十里，两岸山头已较小，不再壁立拔峰，渐渐成为一堆堆黛色与浅绿相间的丘阜，山势既较和平，河水也温和多了。两岸人家渐渐越来越多，随处可以见到毛竹林。山头已无雪，虽尚不出太阳，气候干冷，天空倒明明朗朗。小船顺风张帆向上流走去时，似乎异常稳定。

但小船今天至少还得上三个滩与一个长长的急流。

大约九点钟时，小船到了第一个长滩脚下了，白浪从船旁跑过快如奔马，在惊心眩目情形中小船居然上了滩。小船上滩照例并不如何困难，大船可不同一点。滩头上就有四只大船斜卧在白浪中大石上，毫无出险的希望。其中一只货船，大致还是昨天才坏事的，只见许多水手在石滩上搭了棚子住下，且摊晒了许多被水浸湿的货物。正当我那只小船上完第一滩时，却见一只大船，正搁浅在滩头激流里。只见一个水手赤裸着全身向水中跳去，想在水中用肩背之力使船只活动，可是人一下水后，就即刻为激流带走了。在浪声哮吼里尚听到岸上人沿岸追喊着，水中那一个大约也回答着一些遗嘱之类，过一会儿，人便不见了。这个滩共有九段，这件事从船上人看来，可太平常了。

小船上第二段时，河流已随山势曲折，再不能张帆取风，我担心到这小小船只的安全问题，就向掌舵水手提议，增加一个临时纤手，钱由我出。得到了他的同意，一个老头子，牙齿已脱，白须满腮，却如古罗马战士那么健壮，光着手脚蹲在河边那个大青石上讲生意来了。两方面都大声嚷着而且辱骂着，一个要一千，一个却只出九百，相差那一百钱折合银洋约一分一厘。那方面既坚持非一千文不出卖这点气力，这一方面却以为小船根本不必多出这笔钱给一个老头子。我即或答应了不拘多少钱统由我出，船上三个水手，一面与那老头子对骂，一面把船开到急流里去了。见小船已开出后，老头子方不再坚持那一分钱，却赶忙从大石上一跃而下，自动把背后纤板上短绳，缚定了小船的竹缆，躬着腰向前走去了。待到小船业已完全上滩后，那老头就赶到船边来取钱，互相又是一阵辱骂。得了钱，坐在水边大石上一五一十数着。我问他有多少年纪，他说七十七。那样子，简直是一个托尔斯泰！眉毛那么长，鼻子那么大，胡子那么多，一切都同画像上的托尔斯泰相去不远。看他那数钱神气，人快到八十了，对于生存还那么努力执着，这人给我的印象真太深了。但这个人在他们弄船人看来，一个又老又狡猾的东西罢了。

小船上尽长滩后，到了一个小小水村边，有母鸡生蛋的声音，有隔河喊人的声音，两山不高而翠色迎人。许多等待修理的小船，一字排开斜卧在岸上，有人在一只船边敲敲打打，我知道他们正用麻头与桐油石灰嵌进船缝里去。一个木筏上面还搁了一只小船，在平潭中溜着，忽然村中有炮仗声音，有唢呐声音，且有锣声；原来村中人正接媳妇。锣声一起，修船的、放木筏的、划船的，无不停止了工作，向锣声起处望去。——多美丽的一幅图画，一首诗！但除了一个从城市中因事挤出的人觉得惊讶，难道还有谁看到这些光景蘧然神往？

下午二时左右，我坐的那只小船，已经把辰河由桃源到沅陵一段路程主要滩水上完，到了一个平静长潭里。天气转晴，日头初出，两岸小山作浅绿色，山水秀雅明丽如西湖。船离辰州只差十里，过不久，船到了白塔下再上个小滩，转过山岨，就可以见到税关上飘扬的长幡信了。

想起再过两点钟，小船泊到泥滩上后，我就会如同我小说写到的那个柏子一样，从跳板一端摇摇荡荡地上了岸，直向有吊脚楼人家的河街走去，再也不能蜷伏在船里了。

我坐到后舱口日光下，向着河流清算我对于这条河水这个地方的一切旧账。原来我离开这地方已十六年。十六年的日子实在过得太快了一点。想起从这堆日子中所有人事的变迁，我轻轻地叹息了好些次。这地方是我第二个故乡。我第一次离乡背井，随了那一群肩扛刀枪向外发展的武士为生存而战斗，就停顿到这个码头上。这地方每一条街每一处衙署，每一间商店，每一个城洞里做小生意的小担子，还如何在我睡梦里占据一个位置！这个河码头在十六年前教育我，给我明白了多少人事，帮助我做过多少幻想，如今却又轮到它来为我温习那个业已消逝的童年梦境来了。

望着汤汤的流水，我心中好像忽然彻悟了一点人生，同时又好像从这条河上，新得到了一点智慧。的的确确，这河水过去给我的是"知识"，如今给我的却是"智慧"。山头一抹淡淡的午后阳光感动我，水底各色圆如棋子的石头也感动我。我心中似乎毫无渣滓，透明烛照，对万汇百物，对拉船人与小小船只，一切都那么爱着，十分温暖地爱着！我的感情早已融入这第二故乡一切光景声色里了。我仿佛很渺小很谦卑，对一切有生无生似乎都在伸手，且微笑地轻轻地说："我来了，是的，我仍然同从前一样地来了。我们全是原来的样子，真令人高兴。你，充满了牛粪桐油气味的小小河街，虽稍稍不同了一点，我这张脸，大约也不同了一点。可是，很可喜的是我们还互相认识，只因为我们过去实在太熟习了！"

看到日夜不断千古长流的河水里的石头和沙子，以及水面腐烂的草木、破碎的船板，使我触着了一个使人感觉惆怅的名词。我想起"历史"。一套用文字写成的历史，除了告给我们一些另一时代另一群人在这地面上相斫相杀的故事以外，我们绝不会再多知道一些要知道的事情。但这条河流，却告给了我若干年来若干人类的哀乐！小小灰色的渔船，船舷船顶站满了黑色沉默的鱼鹰，向下游缓缓划去了。石滩上走着脊梁略弯的拉船人。这些东西于历史似乎毫无关系，百年前或百年后皆仿佛同目前一样。他们那么忠实庄严地生活，担负了自己那份命运，为自己，为儿女，继续在这世界中活下去。不问所过的是如何贫贱艰难的日子，却从不逃避为了求生而应有的一切努力。在他们生活爱憎得失里，也依然摊派了哭、笑、吃、喝。对于寒暑的来临，他们便更比其他世界上人感到四时交替的严肃。历史对于他们俨然毫无意义，然而提到他们这点千年不变无可记载的历史，却使人引起无言的哀戚。

　　我有点担心，地方一切虽没有什么变动。我或者变得太多了一点。

　　船到了税关前迤船旁泊定时，我想象那些税关办事人，因为见我是个陌生旅客，一定上船来盘问我、麻烦我。我于是便假定恰如数年前做的一篇文章上我那个样子，故意不大理会，希望引起那个公务人员的愤怒，直到把我带局里为止。我正想要那么一个人引路到局上去，好去见他们的局长！还很希望他们带到当地驻军旅部去，因为若果能够这样，就使我进衙门去找熟人时，省得许多琐碎的手续了。

　　可是验关的来了，一个宽脸大身材的青年苗人。见到他头上那个盘成一饼的青布包头，引动了我一点乡情。我上岸的计划不得不变更了。他还来不及开口，我就说："同年，你来查关！这是我坐的一只空船，你尽管看。我想问你，你局长姓什么！"

　　那苗人已上了小船在我面前站定，看看舱里一无所有，且听我喊他为"同年"，从乡音中得到了点快乐。便用着小孩子似的口音问我："你到哪里去，你从哪里来呀？"

　　"我从常德来，就到这地方。你不是梨林人吗？我是……我要会你局长！"

那关吏说："我是凤凰县人！你问局长，我们局长姓陈！"

第一个碰到的原来就是自己的县亲，我觉得十分激动，赶忙请他进舱来坐坐。可是这个人看看我的衣服行李，大约以为我是个什么代表，一种身份的自觉，不敢进舱里来了。就告我若要找陈局长，可以把船泊到中南门去。一面说着一面且把手中的粉笔，在船篷上画了个放行的记号，却回到大船上去："你们走！"他挥手要水手开船，且告水手应当把船停到中南门，上岸方便。

船开上去一点，又到了一个复查处。仍然来了一个头裹青布帕的乡亲，从舱口看看船中的我。我想这一次应当故意不理会这个公务人，使他生气方可到局里去。可是这个复查员看看我不作声的神气，一问水手，水手说了两句话，又挥挥手把我们放走了。

我心想：这不成，他们那么和气，把我想象中安排的计划全给毁了。若到中南门起岸，水手在身后扛了行李，到城门边检查时，只须水手一句话，又无条件通过，很无意思。我多久不见到故乡的军队了，我得看看他们对于职务上的兴味与责任，过去和现在有什么不同处。我便变更了计划，要小船在东门下傍码头停停，我一个人先上岸去，上了岸后小船仍然开到中南门，等等我再派人来取行李。我于是上了岸，不一会儿就到河街上了。当我打从那河街上过身时，做炮仗的，卖油盐杂货的，收买发卖船上一切零件的，所有小铺子皆牵引了我的眼睛，因此我走得特别慢些。但到进城时却使我很失望，城门口并无一个兵。原来地方既不戒严，兵移到乡下去驻防，城市中已用不着守城兵了。长街路上虽有穿着整齐军服的年轻人，我却不便如何故意向他们生点事。看看一切皆如十六年前的样子，只是兵不同了一点。

我既从东门从从容容地进了城，不生问题，不能被带过旅部去，心想时间还早，不如到我弟弟哥哥共同在这地方新建筑的"芸庐"新家里看看，那新房子全在山上。到了那个外观十分体面的房子大门前，问问工人谁在监工，才知道我哥哥来此刚三天。这就太妙了，若不来此问问，我以为我家中人还依然全在凤凰县城里！我进了门一直向楼边走去时，还有使我更惊异而快乐的，是我第一个见着的人原来就正是五年来行踪不明的虎雏。这人五年前在上海从我住处逃亡后，一直就无他的消息，我还以为他早已腐了烂了。他把我引导到我哥哥住的房中，告给我哥哥已出门，过三点钟方能回来。在这三点钟之内，他在我很惊讶盘问之下，却告给了我他的全部历史。八岁时他就因为用石块撞死了人逃出家乡，做过玩龙头宝的助手，做过土匪，做过采茶人，当过兵。到上海发生了那件事情后，这六年中又是从一想象不到的生活里，转到我军官兄弟手边来做一名"副爷"。

见到哥哥时，我第一句话说的是"家中虎雏真是个了不起的人物"。我哥哥却回答得妙："了不起的人吗？这里比他了不起的人多着哪。"

到了晚上，我哥哥说的话，便被我所见到的五个青年军官证实了。

作于一九三四年

一个多情水手与一个多情妇人

在一分长长的日子里有所期待

我的小表到了七点四十分时,天光还不很亮。停船地方两山过高,故住在河上的人,睡眠仿佛也就可以多些了。小船上水手昨晚上吃了我五斤河鱼,鱼虽吃过,大约还记着那吃鱼的原因,不好意思再睡,这时节业已起身,卷了铺盖,在烧水扫雪了。两个水手一面工作一面用野话编成韵语骂着玩着,对于恶劣天气与那些昨晚上能晃着火炬到有吊脚楼人家去同宽脸大奶子妇人纠缠的水手,含着无可奈何的妒忌。

大木筏都得天明时漂滩,正预备开头,寄宿在岸上的人已陆续下了河,与宿在筏上的水手们,共同开始从各处移动木料,筏上有斧斤声与大摇槌嘭嘭的敲打木桩声音。许多在吊脚楼寄宿的人,从妇人热被里脱身,皆在河滩大石间跟跄走着,回归船上。妇人们恩情所结,也多和衣靠着窗边,与河下人遥遥传述那种种"后会有期各自珍重"的话语。很显然的事,便是这些人从昨夜那点露水恩情上,已经各在那里支付分上一把眼泪与一把埋怨。想到这些眼泪与埋怨,如何糅进这些人的生命中，成为生活之一部分时，使人心中柔和得很！

第一个大木筏开始移动时，在八点左右。木筏四隅数十支大桡，泼水而前，筏上且起了有节奏的"唉"声。接着又移动了第二个。……木筏上的桡手，各在微明中画出一个黑色的轮廓。木筏上某一处必扬着一片红红的火光，火堆旁必有人正蹲下用钢罐煮水。

我的小船到这时节一切业已安排就绪，也行将离岸，向长潭上游溯江而上了。

只听到河下小船邻近不远某一只船上，有个水手哑着嗓子喊人：

"牛保，牛保，不早了，开船了呀！"

许久没有回答，于是又听那个人喊道：

"牛保，牛保，你不来当真船开动了！"

再过一阵，催促的转而成为辱骂，不好听的话已上口了。

"牛保，牛保，狗×的，你个狗就见不得河街女人的×！"

吊脚楼上那一个，到此方仿佛初从好梦中惊醒，从热被里妇人手臂中逃出，光身爬到窗边来答着：

"宋宋，宋宋，你喊什么？天气还早咧。"

"早你的娘，人家木簰全开了，你玩了一夜还尽不够！"

"好兄弟，忙什么？今天到白鹿潭好好地喝一杯！天气早得很！"

"天气早得很，哼，早你的娘！"

"就算是早我的娘吧。"

最后一句话，不过是我的想象。因为河岸水面那一个，虽尚呶呶不已，楼上那一个却业已沉默了。大约这时节那个妇人还卧在床上，也开了口："牛保，牛保，你别理他，冷得很！"因此即刻又回到床上热被里去了。

只听到河边那个水手喃喃地骂着各种野话，且有意识把船上家伙撞磕得很响。我心想：这是个什么样子的人，我倒应该看看他。且很希望认识岸上那一个。我知道他们那只船也正预备上行，就告给我小船上水手，不忙开头，等等同那只船一块儿开。

不多久，许多木筏离岸了，许多下行船也拔了锚，推开篷，着手荡桨摇橹了。我卧在船舱中，就只听到水面人语声，以及橹桨激水声，与橹桨本身被扳动时咿咿呀呀声。河岸吊脚楼上妇人在晓气迷蒙中锐声地喊人，正如同音乐中的笙管一样，超越众声而上。河面杂声的综合，交织了庄严与流动，一切真是一个圣境。

我出到舱外去站了一会儿，天已亮了，雪已止了，河面寒气逼人。眼看这些船筏各载上白雪浮江而下，这里那里扬着红红的火焰同白烟，两岸高山则直矗而上，如对立巨魔，颜色淡白，无雪处皆作一片墨绿。奇景当前，有不可形容的瑰丽。

一会儿，河面安静了。只剩下几只小船同两片小木筏，还无开头意思。

河岸上有个蓝布短衣青年水手，正从半山高处人家下来，到一只小船上去。因为必须从我小船边过身，我把这人看得清清楚楚。大眼、宽脸、鼻子短，宽阔肩膊下挂着两只大手（手上还提了一个棕衣口袋，里面填得满满的），走路时肩背微微向前弯曲，看来处处皆证明这个人是一个能干得力的水手！我就冒昧地喊他，同他说话："牛保，牛保！你玩得好！"

谁知那水手当真就是牛保。

那家伙回过头来看看是我叫他，就笑了。我们的小船好几天以来，皆一同停泊，一同启碇，我虽不认识他，他原来早就认识了我的。经我一问，他有点害羞起来了。他把那口袋举起带笑说道："先生，冷呀！你不怕冷吗？我这里有核桃，你要不要吃核桃？"

我以为他想卖给我些核桃，不愿意扫他的兴，就说我要，等等我一定向他买些。

他刚走到他自己那只小船边，就快乐地唱起来了。忽然税关复查处比邻吊脚楼人家窗口，露出一个年轻妇人鬈发散乱的头颅，向河下人锐声叫将起来："牛保，牛保，我同你说的话，你记着吗？"

年轻水手向吊脚楼一方把手挥动着。

"唉，唉，我记得到！……你是怎么的啊！快上床去！"大约他知道妇人起身到窗边时，是还不穿衣服的。

妇人似乎因为一番好意不能使水手领会，有点不高兴的神气。

"我等你十天，你有良心，你就来——"说着，"砰"的一声把格子窗放下了。这时节眼睛一定已红了。

那一个还向吊脚楼喃喃说着什么，随即也上了船。我看看，那是一只深棕色的小货船。

我的小船行将开头时，那个青年水手牛保却跑来送了一包核桃。我以为他是拿来卖给我的，赶快取了一张值五角的票子递给他。这人见了钱只是笑。他把钱交还，把那包核桃从我手中抢了回去。

"先生，先生，你买我的核桃，我不卖！我不是做生意人。（他把手向吊脚楼指了一下，话说得轻了些）那婊子同我要好，她送我的。送了我那么多，还有栗子、干鱼。还说了许多痴话，等我回来过年咧……"

慷慨原是辰河水手一种通常的性格，既不要我的钱，皮箱上正搁了一包烟台苹果，我随手取了四个大苹果送给他，且问他："你回不回来过年？"

他只笑嘻嘻地把头点点，就带了那四个苹果飞奔而去。我要水手开了船。小船已开到长潭中心时，忽然又听到河边那个哑嗓子在喊嚷："牛保，牛保，你是怎么的？我×你的妈，还不下河，我翻你的三代，还……"

一会儿，一切皆沉静了，就只听到我小船船头分水的声音。

听到水手的辱骂，我方明白那个快乐多情的水手，原来得了苹果后，并不即返船，仍然又到吊脚楼人家去了。他一定把苹果献给那个妇人，且告给妇人这苹果的来源，说来说去，到后自然又轮着来听妇人说的痴话，所以把下河的时间完全忘掉了。

小船已到了辰河多滩的一段路程，长潭尽后就是无数大滩小滩。河水半月来已落下六尺，雪后又照例无风，较小船只即或可以不从大漕上行，沿着河边浅水处走去也仍然十分费事。水太干了，天气又实在太冷了点。我伏在舱口看水手们一面骂野话，一面把长篙向急流乱石间掷去，心中却念及那个多情水手。船上滩时浪头俨然只想把船上人攫走。水流太急，故常常眼看业已到了滩头，过了最紧要处，但在抽篙换篙之际，忽然又会为急流冲下。河水又大又深，大浪头拍岸时常如一个小山，但它总使人觉得十分温和。河水可同一股火，太热情了一点，时时刻刻皆想把人攫走，且仿佛完全只凭自己意见做去。但古怪的是这些弄船人，他们逃避急流同漩水的方法十分巧妙。他们得靠水为生，明白水，比一般人更明白水的可怕处；但他们为了求生，却在每个日子里每一时间皆有向水中跳去的准备。小船一上滩时，就不能不向白浪里钻去，可是他们却又必有方法从白浪里找到出路。

在一个小滩上，因为河面太宽，小漕河水过浅，小船缆绳不够长不能拉纤，必须尽手足之力用篙撑上，我的小船连上了五次皆被急流冲下。船头全是水。到后想把船从对河另一处大漕走去，漂流过河时，从白浪中钻出钻进，篷上也沾了水。在大漕中又上了两次，还花钱加了个临时水手，方把这只小船弄上滩。上过滩后问水手是什么滩，方知道这滩名"骂娘滩"（说野话的滩），即或是父子弄船，一面弄船也一面得互骂各种野话，方可以把船弄上滩口。

一整天小船尽是上滩，我一面欣赏那些从船舷驶过急于奔马的白浪，一面便用船上的小斧头，敲剥那个风流水手见赠的核桃吃。我估想这些硬壳果，说不定每颗还都是那吊脚楼妇人亲手从树上摘下，用鞋底揉去一层苦皮，再一一加以选择，放到棕衣口袋里去的。望着那些棕色碎壳，那妇人说的"你有良心你就赶快来"一句话，也就尽在我耳边响着。那水手虽然这时节或许正在急水滩头趴伏到石头上拉船，或正脱了裤子涉水过溪，一定却记忆着吊脚楼妇人的一切，心中感觉十分温暖。每个日子的过去，便使他与那妇人接近一点点。十天完了，过年了，那吊脚楼上，照例门楣上全贴了红喜钱，被捉的雄鸡啊咯咯咯地叫着，雄鸡宰杀后，把它向门角落抛去，只听到翅膀扑地的声音。锅中蒸了一笼糯米饭倒下，两人就开始在一个石臼里捣将起来。一切事皆两个人共力合作，一切工作中皆掺和有笑谑与善意的诅骂。于是当真过年了。又是叮咛与眼泪，在一分长长的日子里有所期待，留在船上另一个放声地辱骂催促着，方下了船，又是核桃与栗子，干鲤鱼与……

到了午后，天气太冷，无从赶路。时间还只三点左右，我的小船便停泊了。停泊地方名为杨家岨。依然有吊脚楼，飞楼高阁悬在半山中，结构美丽悦目。小船傍在大石边，只需一跳就可以上岸。岸上吊脚楼前枯树边，正有两个妇人，穿了毛蓝布衣裳，不知商量些什么，幽幽地说着话。这里雪已极少，山头皆裸露作深棕色，远山则为深紫色。地方静得很，河边无一只船，无一个人，无一堆柴。不知河边哪一个大石后面，有人正在捶捣衣服，一下一下地捣。对河也有人说话，却看不清楚人在何处。

小船停泊到这些小地方，我真有点担心。船上那个壮年水手，是一个在军营中开过小差做过种种非凡事业的人物，成天在船上只唱着"过了一天又一天，心中好似滚油煎"，若误会了我箱中那些带回湘西送人的信笺信封，以为是值钱东西，在唱过了埋怨生活的戏文以后，转念头来玩个新花样，说不定我还来不及被询问"吃板刀面或吃馄饨"以前，就被他解决了。这些事我倒不怎么害怕，凡是蠢人做出的事我不知道什么叫吓怕的。只是有点儿担心。因为若果这个人做出了这种蠢事，我完了，他跑了，这地方可糟了。地方既属于我那些同乡军官大老管辖，就会把他们可忙坏了。

　　我盼望牛保那只小船赶来，也停泊到这个地方，一面可以不用担心，一面还可以同这个有人性的多情水手谈谈。

　　直等到黄昏，方来了一只邮船，靠着小船下了锚。过不久，邮船那一面有个年轻水手嚷着要支点钱上岸去吃"荤烟"，另一个管事的却不允许，两人便争吵起来了。只听到年轻的那一个呶呶絮语，声音神气简直同大清早上那个牛保一个样子。到后来，这个水手负气，似乎空着个荷包，也仍然上岸过吊脚楼人家去了。过了一会儿还不见他回船，我很想知道一下他到了那里做些什么事情，就要一个水手为我点上一段废缆，晃着那小小火把，引导我离了船，爬了一段小小山路，到了所谓河街。

　　五分钟后，我与这个穿绿衣的邮船水手，一同坐到一个人家正屋里火堆旁，默默地在烤火了。一个大油松树根株，正伴同一饼油渣，熊熊地燃着快乐的火焰。间或有人用脚或树枝拨了那么一下，便有好看的火星四散惊起。主人是一个中年妇人，另外还有两个老妇人，虽然向水手提出种种问题，且把关于下河的油价、木价、米价、盐价，一件一件来询问他，他却很散漫地回答，只低下头望着火堆。从那个颈项同肩膊，我认得这个人性格同灵魂，竟完全同早上那个牛保水手一样。我明白他沉默的理由,一定是船上管事的不给他钱,到岸上来赊烟不到手。他那闷闷不乐的神气,可以说是很妩媚。我心想请他一次客。又不便说出口。到后机会却来了。门开处进来了一个年事极轻的妇人,头上裹着大格子花布首巾,身穿绿色土布袄子,挂着条蓝色围裙,胸前还绣了一朵小小白花。那年轻妇人把两只手插在围裙里,轻脚轻手进了屋,就站在中年妇人身后。说真话,这个女人真使我有点儿"惊讶"。我似乎在什么地方另一时节见着这样一个人,眼目鼻子皆仿佛十分熟习。若不是当真在某一处见过,那就必定是在梦里了。公道一点说来,这妇人是个美丽得很的生物!

最先我以为这小妇人是无意中撞来玩玩,听听从下河来的客人谈谈下面事情,安慰安慰自己寂寞的。可是一瞬间,我却明白她是为另一件事而来的了。屋主人要她坐下,她却不肯坐下,只把一双放光的眼睛尽瞅着我,待到我抬起头去望她时,那眼睛却又赶快逃避了。她在一个水手面前一定没有这种羞怯,为这点羞怯我心中有点儿惆怅,引起了点儿怜悯。这怜悯一半给了这个小妇人,却留下一半给我自己。

那邮船水手眼睛为小妇人放了光,很快乐地说:"夭夭,夭夭,你打扮得真像个观音!"

那女人抿嘴笑着不理会,表示这点阿谀并不稀罕,一会儿方轻轻地说:"我问你,白师傅的大船到了桃源不到?"

邮船水手回答了,妇人又轻轻地问:"杨金保的船?"

邮船水手又回答了,妇人又继续问着这个那个。我一面向火一面听他们说话,却在心中计算一件事情。小妇人虽同邮船水手谈到岁暮年末水面上的情形,但一颗心却一定在另外一件事情上驰骋。我几乎本能地就感到了这个小妇人是正在对我怀着一点痴想头的。不用惊奇,这不是稀奇事情。我们若稍懂人情,就会明白一张为都市所折磨而成的白脸，同一件称身软料细毛衣服，在一个小家碧玉心中所能引起的是一种如何幻想，对目前的事也便不用多提了。

对于身边这个小妇人，也正如先前时对于身边那个邮船水手一样，我想不出用个什么方法，就可以使这个有了点儿野心与幻想的人，得到她所要得到的东西。其实我在两件事上皆不能再吝啬了，因为我对于他们皆十分同情。但试想想看，倘若这个小妇人所希望的是我本身，我这点同情，会不会引起五千里外另一个人的苦痛？我笑了。

……假若我给这水手一点钱，让这小妇人同他谈一个整夜？

我正那么计算着，且安排如何来给那个邮船水手的钱，使他不至于感觉难为情。忽然听那年轻妇人问道："牛保那只船？"

那邮船水手吐了一口气："牛保的船吗，我们一同上骂娘滩，溜了四次。末后船已上了滩，那拦头的伙计还同他在互骂，且不知为什么互相用篙子乱打乱转起来，船又溜下滩去了。看那样子不是有一个人落水，就得两个人同时落水。"

有谁发问："为什么？"

邮船水手感慨似的说："还不是为那一张×！"

几人听着这件事，皆大笑不已。那年轻小妇人，却长长地吁了口气。

忽然河街上有个老年人嘶声地喊人："夭夭小婊子，小婊子婆，卖×的，你是怎么的，夹着那两片小×，一眨眼又跑到哪里去了！你来！……

小妇人听门外街口有人叫她，把小嘴收敛做出一个爱娇的姿势，带着不高兴的神气自言自语说："叫骡子又叫了。夭夭小婊子偷人去了！投河吊颈去了！"咬着下唇很有情致地盯了我一眼，拉开门，放进了一阵寒风，人却冲出去，消失到黑暗中不见了。

那邮船水手望了望小妇人去处那扇大门，自言自语地说："小婊子偏偏嫁老烟鬼,天晓得!"

于是大家便来谈说刚才走去那个小妇人的一切。屋主中年妇人,告给我那小妇人年纪还只十九岁,却为一个年过五十的老兵所占有。老兵原是一个烟鬼,虽占有了她,只要谁有土有财就让床让位。至于小妇人呢,人太年轻了点,对于钱毫无用处,却似乎常常想得很远很远。屋主人且为我解释很远很远那句话的意思,给我证明了先前一时我所感觉到的一件事情的真实。原来这小妇人虽生在不能爱好的环境里,却天生有种爱好的性格。老烟鬼用名分缚着了她的身体,然而那颗心却无从拘束。一只船无意中在码头边停靠了,这只船又恰恰有那么一个年轻男子,一切派头都和水手不同,夭夭那颗心,将如何为这偶然而来的人跳跃!屋主人所说的话增加了我对于这个年轻妇人的关心。我还想多知道一点,请求她告给我,我居然又知道了些不应当写在纸上的事情。到后来,谈起命运,那屋主沉默了,众人也沉默了。各人眼望着熊熊的柴火,心中玩味着"命运"两个字的意义,而且皆俨然有一点儿痛苦。

我呢,在沉默中体会到一点"人生"的苦味。我不能给那个小妇人什么,也再不做给那水手一点点钱的打算了,我觉得他们的欲望同悲哀都十分神圣,我不配用钱或别的方法渗进他们命运里去,扰乱他们生活上那一份应有的哀乐。

下船时,在河边我听到一个人唱《十想郎》小曲,曲调卑陋声音却清圆悦耳。我知道那是由谁口中唱出且为谁唱的。我站在河边寒风中痴了许久。

作于一九三四年

箱子岩

这些人生活却仿佛同"自然"已相融合，很从容地各尽其性命之理

十五年以前，我有机会独坐一只小篷船，沿辰河上行，停船在箱子岩脚下。一列青黛崭削的石壁，夹江高矗，被夕阳烘炙成为一个五彩屏障。石壁半腰约百米高的石缝中，有古代巢居者的遗迹，石罅隙间横横地悬撑起无数巨大横梁，暗红色长方形大木柜尚依然好好地搁在木梁上。岩壁断折缺口处，看得见人家茅棚同水码头，上岸喝酒下船过渡人也得从这缺口通过。那天正是五月十五，河中人过大端阳节。箱子岩洞窟中最美丽的三只龙船，早被乡下人拖出浮在水面上。船只狭而长，船舷描绘有朱红线条，全船坐满了青年桨手，头腰各缠红布。鼓声起处，船便如一支没羽箭，在平静无波的长潭中来去如飞。河身大约一里路宽，两岸皆有人看船，大声呐喊助兴。且有好事者，从后山爬到悬岩顶上去，把"铺地锦"百子鞭炮从高岩上抛下，尽鞭炮在半空中爆裂，形成一团团五彩碎纸云尘。嘭嘭嘭嘭的鞭炮声与水面船中锣鼓声相应和，引起人对于历史回溯发生一种幻想，一点感慨。

当时我心想：多古怪的一切！两千年前那个楚国逐臣屈原，若本身不被放逐，疯疯癫癫来到这种充满了奇异光彩的地方，目击身经这些惊心动魄的景物，两千年来的读书人，或许就没有福分读《九歌》那类文章，中国文学史也就不会如现在的样子了。在这一段长长岁月中，世界上多少民族皆堕落了，衰老了，灭亡了。即如号称东亚大国的一片土地，也已经有过多少次被从西北方远来的沙漠中的蛮族，骑了膘壮的马匹，手持强弓硬弩，长枪大戟，到处践踏蹂躏！（辛亥革命前夕，在这苗蛮杂处的一个边镇上，向土民最后一次大规模施行杀戮的统治者，就是一个北方清朝的宗室！辛亥以后，老袁梦想做皇帝时，又有两师北佬在这里和滇军作战了大半年。）然而这地方的一切，虽在历史中照样发生不断的杀戮、争夺，以及一到改朝换代时，派人民担负种种不幸命运，死的因此死去，活的被逼迫留发、剪发，在生活上受新朝代种种限制与支配。然而细细一想，这些人根本上又似乎与历史毫无关系。从他们应付生存的方法与排泄感情的娱乐看上来，竟好像今古相同，不分彼此。这时节我所眼见的光景，或许就和两千年前屈原所见的完全一样。

那次我的小船停泊在箱子岩石壁下，附近还有十来只小渔船，大致打鱼人也有玩龙船竞渡的，所以渔船上妇女小孩们，精神无不十分兴奋，各站在尾梢上或船篷上锐声呼喊。其中有几个小孩子，我只担心他们太快乐兴奋了些，会把住家的小船跳沉。

日头落尽云影无光时，两岸渐渐消失在温柔暮色里。两岸看船人呼喝声越来越少，河面被一片紫雾笼罩，除了从锣鼓声中还能辨别那些龙船方向，此外已别无所见。然而岩壁缺口处却人声嘈杂，且闻有小孩子哭声，有妇女们尖锐叫唤声，综合给人一种悠然不尽的感觉。天气已经夜了，吃饭是正经事。我原先还以为再等一会儿，那龙船定就会傍近岩边来休息，被人拖进石窟里，在快乐呼喊中结束这个节日了。谁知过了许久，那种锣鼓声尚在河面飘扬着，表示一班人还不愿意离开小船，回转家中。待到我把晚饭吃过后，爬出舱外一望，呀，天上好一轮圆月。月光下石壁同河面，一切如镀了银，已完全变换了一种调子。岩壁缺口处水码头边，正有人用废竹缆或油柴燃着火燎，火光下只见许多穿白衣人的影子移动。问问船上水手，方知道那些人正把酒食搬移上船，预备分派给龙船上人。原来这些青年人白日里划了一整天船，看船的已慢慢散尽了，划船的还不尽兴，并且谁也不愿意扫兴示弱，先行上岸，因此三只长船还得在月光下玩个上半夜。

提起这件事，使我重新感到人类文字语言的贫俭。那一派声音，那一种情调，真不是用文字语言可以形容的事情。要一个长年身在城市里住下，以读读《楚辞》就"神往意移"的人，来描绘那月下竞舟的一切，更近于徒然的努力。我可以说的，只是自从我把这次水上所领略的印象保留到心上后，一切书本上的动人记载，全看得平平常常，不至于发生任何惊讶了。这正像我另外一时，看过人类许多不同花样的愚蠢杀戮，对于其余书上叙述到这件事情时，同样不能再给我如何感动。

十五年后我又有了机会乘坐小船沿辰河上行，应当经过箱子岩。我想温习温习那地方给我的印象，就要管船的不问迟早，把小船在箱子岩下停泊。这一天是十二月七号，快要过年的光景。没有太阳的阴沉酿雪天，气候异常寒冷。停船时还只下午三点钟左右，岩壁上藤萝草木叶子多已萎落，显得那一带斑驳岩壁十分瘦削。悬岩高处红木柜，只剩下三四具，其余早不知到哪里去了。小船最先泊在岩壁下洞窟边，冬天水落得太多，洞口已离水面两三丈以上，我从石壁裂罅爬上洞口，到搁龙船处看了一下，旧船已不知坏了还是早被水冲去了，只见有四只新船搁在石梁上,船头还贴有鸡血同鸡毛,一望就明白是今年方下水的。出得洞口时,见岩下左边泊定五只渔船,有几个老渔婆缩颈敛手在船头寒风中修补渔网。上船后觉得这样子太冷落了,可不是个办法,就又要船上水手为我把小船撑到岩壁断折处有人家地方去,就便上岸,看看乡下人过年以前是什么光景。

四点钟左右,黄昏已逐渐腐蚀了山峦与树石轮廓,占领了屋角隅。我独自坐在一家小饭铺柴火边烤火。我默默地望着那个火光煜煜的枯树根,在我脚边很快乐地燃着,爆炸出轻微的声音。铺子里人来来往往,有些说两句话又走了,有些就来镶在我身边长凳上,坐下吸他的旱烟。有些来烘烘脚,把穿着湿草鞋的脚去热灰里乱搅。看看每一个人的脸子,我都发生一种奇异的乡情。这里是一群会寻快乐的正直善良乡下人,有捕鱼的,打猎的,有船上水手和编制竹缆工人。若我的估计不错,那个坐在我身旁,伸出两只手向火,中指节有个放光顶针的,肯定还是一位乡村里的成衣人。这些人每到大端阳时节,都得下河去玩一整天的龙船。平常日子特别是隆冬严寒天气,却在这个地方,按照一种分定,很简单地把日子过下去。每日看过往船只摇橹扬帆来去,看落日同水鸟。虽然也同样有人事上的得失,到恩怨纠纷成一团时,就陆续发生庆贺或仇杀。然而从整个说来,这些人生活却仿佛同"自然"已相融合,很从容地各在那里尽其性命之理,与其他无生命物质一样,唯在日月升降寒暑交替中放射,分解。而且在这种过程中,人是如何渺小的东西,这些人比起世界上任何哲人,也似乎还更知道得多一些。

听他们谈了许久,我心中有点忧郁起来了。这些不辜负自然的人,与自然妥协,对历史毫无担负,活在这无人知道的地方。另外尚有一批人,与自然毫不妥协,想出种种方法来支配自然,违反自然的习惯,同样也那么尽寒暑交替,看日月升降。然而后者却在慢慢改变历史,创造历史。一份新的日月,行将消灭旧的一切。我们用什么方法,就可以使这些人心中感觉一种对"明天"的"惶恐",且放弃过去对自然和平的态度,重新来一股劲儿,用划龙船的精神活下去?这些人在娱乐上的狂热,就证明这种狂热能换个方向,就可使他们还配在世界上占据一片土地,活得更愉快更长久一些。不过有什么方法,可以改造这些人的狂热到一件新的竞争方面去,可是个费思索的问题。

一个跛脚青年人,手中提了一个老虎牌新桅灯,灯罩光光的,洒着摇着从外面走进了屋子。许多人见了他都同声叫唤起来:"什长,你发财回来了!好个灯!"

那跛子年纪虽很轻,脸上却刻画了一种兵油子的油气与骄气,在乡下人中仿佛身份特高一层。把灯搁在木桌上,大洋洋地坐近火边来,拉开两腿摊出两只大手烘火,满不高兴地说:"碰鬼,运气坏,什么都完了。"

"船上老八说你发了财,瞒我们。怕我们开借。"

"发了财,哼。用得着瞒你们?本钱去七角,桃源行市只一块零,除了上下开销,二百两货有什么捞头,我问你。"

这个人接着且连骂带唱地说起桃源后江娘儿们种种有趣的情形,使得一班人活泼兴奋起来,话说得正有兴味时,一个人来找他,说"什长,猪蹄膀炖好了,酒已热好了",他搓搓手,说声有偏各位,提起那个新桅灯就走了。

原来这个青年汉子,是个打鱼人的独生子。三年前被省城里募兵委员看中了招去,训练了三个月,新开到江西边境去打仗。打了半年仗,一班兄弟中只剩下他一个人好好地活着,奉令调回后防招募新军补充时,他因此升了班长。第二次又训练三个月,再开到前线去打仗。于是碎了一只腿,抬回省中军医院诊治,照规矩这只腿得用锯子锯去。

一群同乡都以为从辰州地方出来的家乡人,"辰州符"比截割高明得多了,信他个洋办法像话吗?就把他从医院中抢出,在外边用老办法找人敷水药治疗。说也古怪,不到三个月,那只腿居然不必截割全好了。战争是个什么东西他也明白了。取得了本营证明,领得了些伤兵抚恤费后,于是回到家乡来,用什长名义受同乡恭维,又用伤兵名义做点特别生意。这生意也就正是有人可以赚钱,有人可以犯法,政府也设局收税,也制定法律禁止,又可以杀头,又可以发财,那种从各方面说来都似乎极有出息的生意。我想弄明白那什长的年龄,从那个当地唯一成衣人口中,方知道这什长今年还只二十一岁。那成衣人还说:

"这小子看事有眼睛,做事有魄力,蹶了一只腿,还会一月一个来回下常德府,吃喝玩乐发财走好运。若两只腿全弄坏,那就更好了。"

有个水手插口说:"这是什么话。"

"什么画,壁上挂。穷人打光棍,一只腿打坏了不顶事。如两只腿全打坏了,他就不会卖烟土走私赚了钱,再到桃源县后江玩花姑娘了!"

成衣人末后一句打趣话,把大家都弄笑了。

回船时,我一个人坐在灌满冷气的小小船舱中,屈指计算那什长年龄,二十一岁减十五,得到个数目是六。我记起十五年前那个夜里一切光景,那落日返照,那狭长而描绘朱红线条的船只,那锣鼓与热情兴奋的呼喊……尤其是临近几只小渔船上欢乐跳掷的小孩子,其中一定就有一个今晚我所见到的跛脚什长。唉,历史是多么古怪的事物。生硬性痈疽的人,照旧式治疗方法,可用一星一点毒药敷上,尽它溃烂,到溃烂净尽时,再用药物使新的肌肉生长,人也就恢复健康了。这跛脚什长,我对他的印象虽异常恶劣,想起他就是一个可以溃烂这乡村居民灵魂的人物,不由人不寄托一种幻想……

二十年前澧州镇守使王正雅部队一个平常马夫，姓贺名龙，兵乱时，一菜刀切下了一个散兵的头颅，二十年后就得惊动三省集中二十万军队来解决这马夫。谁个人会注意这小小节目，谁个人想象得到人类历史是用什么写成的！

作于一九三四年

街

长街这时节也并不寂寞

　　有个小小的城镇，有一条寂寞的长街。

　　那里住下许多人家，却没有一个成年的男子。因为那里出了一个土匪，所有男子便都被人带到一个很远很远的地方去，永远不再回来了。他们是五个十个用绳子编成连，背后一个人用白木梃子敲打他们的腿，赶到别处去作军队上搬运军火的伕子的。他们为了"国家"应当忘了"妻子"。

　　大清早，各个人家从梦里醒转来了。各个人家开了门，各个人家的门里，皆飞出一群鸡，跑出一些小猪，随后男女小孩子出来站在门限上撒尿，或蹲到门前撒尿，随后便是一个妇人，提了小小的木桶，到街市尽头去提水。有狗的人家，狗皆跟着主人身前身后摇着尾巴，也时时刻刻照规矩在人家墙基上抬起一只腿撒尿，又赶忙追到主人前面去。这长街早上并不寂寞。

　　当白日照到这长街时，这一条街静静的像在午睡，什么地方柳树桐树上有新蝉单纯而又倦人的声音,许多小小的屋里,湿而发霉的土地上,头发干枯脸儿瘦弱的孩子们,皆蹲在土地上或伏在母亲身边睡着了。做母亲的全按照一个地方的风气,当街坐下,织男子们束腰用的板带过日子。用小小的木制手机,固定在房角一柱上,伸出憔悴的手来,敏捷地把手中犬骨线板压着手机的一端,退着粗粗的棉线,一面用一个棕叶刷子为孩子们拂着蚊蚋。带子成了,便用剪子修理那些边沿,等候每五天来一次的行贩,照行贩所定的价钱,把已成的带子收去。

许多人家门对着门,白日里,日头的影子正正地照到街心不动时,街上半天还无一个人过身。每一个低低的屋檐下人家里的妇人,各低下头来赶着自己的工作,做倦了,抬起头来,用疲倦忧愁的眼睛,张望到对街的一个铺子,或见到一条悬挂到屋檐下的带样,换了新的一条,便仿佛奇异的神气,轻轻地叹着气,用犬骨板击打自己的下颌,因为她一定想起一些事情,记忆到由另一个大城里来的收货人的买卖了。她一定还想到另外一些事情。

有时这些妇人把工作停顿下来,遥遥地谈着一切。最小的孩子饿哭了,就拉开衣的前襟,抓出枯瘪的乳头,塞到那些小小的口里去。她们谈着手边的工作,谈着带子的价钱和棉纱的价钱,谈到麦子和盐,谈到鸡的发瘟,猪的发瘟。

街上也常常有穿了红绸子大裤过身的女人,脸上抹胭脂擦粉,小小的髻子,光光的头发,都说明这是一个新娘子。到这时,小孩子便大声喊着看新娘子,大家完全把工作放下,站到门前望着,望到看不见这新娘子的背影时才重重地换了一次呼吸,回到自己的工作凳子上去。

街上有时有一只狗追一只鸡,便可以看见到一个妇人持了一长长的竹子打狗的事情,使所有的孩子们都觉得好笑。长街在日里也仍然不寂寞。

　　街上有时什么人来信了；许多妇人皆争着跑出去，看看是什么人从什么地方寄来的。她们将听那些识字的人，念信内说到的一切。小孩子们同狗，也常常凑热闹，追随到那个人的家里去，那个人家便不同了。但信中有时却说到一个人死了的这类事，于是主人便哭了。于是一切不相干的人，围聚在门前，过一会儿，又即刻走散了。这妇人，伏在堂屋里哭泣，另外一些妇人便代为照料孩子，买豆腐，买酒，买纸钱，于是不久大家都知道那家男人已死掉了。

　　街上到黄昏时节，常常有妇人手中拿了小小的笸箩，放了一些米，一个蛋，低低地喊出了一个人的名字，慢慢地从街这端走到另一端去。这是为不让小孩子夜哭发热，使他在家中安静的一种方法，这方法，同时也就娱乐到一切坐到门边的小孩子。长街上这时节也不寂寞的。

　　黄昏里，街上各处飞着小小的蝙蝠。望到天上的云，同归巢还家的老鸹，背了小孩子们到门前站定了的女人们，一面摇动背上的孩子，一面总轻轻地唱着忧郁凄凉的歌，娱悦到心上的寂寞。

　　"爸爸晚上回来了，回来了，因为老鸹一到晚上也回来了！"

　　远处山上全紫了，土城擂鼓起更了，低低的屋里，有小小油灯的光，为画出屋中的一切轮廓，听到筷子的声音，听到碗盏磕碰的声音……但忽然间小孩子又哇地哭了。

　　爸爸没有回来。有些爸爸早已不在这世界上了，但并没有信来。有些临死时还忘不了家中的一切，便托人带了信回来。得到信息哭了一整夜的妇人，到晚上便把纸钱放在门前焚烧。红红的火光照到街上下人家的屋檐，照到各个人家的大门。见到这火光的孩子们，也照例十分欢喜。长街这时节也并不寂寞。

　　阴雨天的夜里，天上漆黑，街头无一个街灯，狼在土城外山嘴上嗥着，用鼻子贴近地面，如个人的哭泣，地面仿佛浮动在这奇怪的声音里。什么人家的孩子在梦里醒来，吓哭了，母亲便说："莫哭，狼来了，谁哭谁就被狼吃掉。"

卧在土城上高处木棚里老而残废的人，打着梆子。这里的人不须明白一个夜里有多少更次，且不必明白半夜里醒来是什么时候。那梆子声音，只是告给长街上人家，狼已爬进土城到长街，要他们小心一点门户。

一到阴雨的夜里，这长街更不寂寞，因为狼的争斗，使全街热闹了许多。冬天若夜里落了雪，则早早地起身的人，开了门，便可看到狼的脚迹，同糍粑一样印在雪里。

一九三一年五月十日作

虎雏再遇记
一切水得归到海里

　　四年前我在上海时，曾经做过一次荒唐的打算，想把一个年龄只十四岁，生长在边陬僻壤小豹子般的乡下孩子，用最文明的方法试来造就他。虽事在当日，就经那小子的上司预言，以为我一切设计将等于白费。所有美好的设想，到头必不免一切落空。我却仍然不可动摇地按照计划做去。我把那小子放在身边，勒迫他读书，打量改造他的身体改造他的心，希望他在我教育下将来成个知识界伟人。谁知不到一个月，就出了意外事情，那理想中的伟人，在上海滩生事打坏了一个人，从此便失踪了。一切水得归到海里，小豹子也只宜于深山大泽方能发展他的生命。我明白闹出了乱子以后，他必有他的生路。对于这个人此后的消息，老实说，数年来我就不大再关心了。但每当我想及自己所做那件傻事时，总不免为自己的傻处发笑。

　　这次湘行到达辰州地方后，我第一个见到的就是那只小豹子。除了手脚身个子长大了一些，眉眼还是那么有精神、有野性。见他时，我真是又惊又喜。当他把我从一间放满了兰草与茉莉的花房里引过,走进我哥哥住的一间大房里去,安置我在火盆边大柚木椅上坐下时,我一开口就说:"祖送,祖送,你还活在这儿,我以为你在上海早被人打死了!"

他有点害羞似的微笑了,一面为我倒茶一面却轻轻地说:"打不死的,日晒雨淋吃小米苞谷长大的人,哪会轻易给人打死啊!"

我说:"我早知道你打不死,而且你还一定打死了人。我一切都知道。(说到这里时,我装成一切清清楚楚的神气。)你逃了,我明白你是什么诡计。你为的是不愿意跟在我身边好好读书,只想落草为王,故意生事逃走。可是你害得我们多难受!那教你算学的长胡子先生,自从你失踪后,他在上海各处托人打听你,奔跑了三天,为你差点儿不累倒!"

"那山羊胡子先生找我吗?"

"什么,'山羊胡子先生!'"这字眼儿真用得不雅相、不斯文。被他那么一说,我预备要说的话也接不下去了。

可是我看看他那双大手以及右手腕上那个夹金表,就明白我如今正是同一个大兵说话,并不是同四年前那个"虎雏"说话了。我错了。得纠正自己,于是我模仿粗暴笑了一下,且学作军官们气魄向他说:"我问你,你为什么打死人,怎么又逃了回来?不许瞒我一字,全为我好好说出来!"

他仍然很害羞似的微笑着,告给我那件事情的一切经过。旧事重提,显然在他这种人并不怎么习惯,因此不多久,他就把话改到目前一切来了。他告我上一个月在铜仁方面的战事,本军死了多少人。且告我乡下种种情形,家中种种情形。谈了大约一点钟,我那哥哥穿了他新做的宝蓝缎面银狐长袍,夹了一大卷京沪报纸,口中嘘嘘吹着奇异调门,从军官朋友家里谈论政治回来了，我们的谈话方始中断。

到我生长那个石头城苗乡里去，我的路程尚应当还有四个日子，两天坐原来那只小船，两天还坐了小而简陋的山轿，走一段长长的山路。在船上虽一切陌生，我还可以用点钱使划船的人同我亲热起来。而且各个码头吊脚楼的风味，永远又使我感觉十分新鲜。至于这样严冬腊月，坐两整天的轿子，路上过关越卡，且得经过几处出过杀人流血案子的地方，第一个晚上，又必须在一个最坏的站头上歇脚，若没有熟人，可真有点儿麻烦了。吃晚饭时，我向我那个哥哥提议，借这个副爷送我一趟。因此第二天上路时，这小豹子就同我一起上了路。临行时哥哥别的不说，只嘱咐他"不许同人打架"。看那样子，就可知道"打架"还是这个年轻人的快乐行径。

在船上我得了同他对面谈话的方便，方知道他原来八岁里就用石头从高处掷坏了一个比他大过五岁的敌人，上海那件事发生时，在他面前倒下的，算算已是第三个了。近四年来因为跟随我那上校弟弟驻防溆浦，派归特务连服务，于是在正当决斗情形中，倒在他面前的敌人数目比从前又增加了一倍。他年纪到如今只十八岁，就亲手放翻了六个敌人，而且照他说来，敌人全超过了他一大把年龄。好一个漂亮战士！这小子大致因为还有点怕我，所以在我面前还装得怪斯文，一句野话不说，一点蛮气不露，单从那样子看来，我就不很相信他能同什么人动手，而且一动手必占上风。

船上他一切在行，篙桨皆能使用，做事时灵便敏捷，似乎比那个小水手还得力。船搁了浅，弄船人无法可想，各跳入急水中去扛船时，他也就把上下衣服脱得光光的，跳到水中去帮忙（我得提一句，这是阴历十二月）！

照风气，一个体面军官的随从，应有下列几样东西：一个奇异牌的手电灯，一枚金手表，一支匣子炮。且同上司一样，身上军服必异常整齐。手电灯用来照路，内地真少不了它。金手表则当军官发问："护兵，什么时候了？"就举起手看看来回答。至于匣子炮，用处自然更多了。我那弟弟原是一个射击选手，每天出野外去，随时皆有目标啪地来那么一下。有时自己不动手，必命令勤务兵试试看（他们每次出门至少得耗去半夹子弹）。但这小豹子既跟在我身边，带枪上路除了惹祸可以说毫无用处。我既不必防人刺杀，同时也无意打人一枪，故临行时我不让他佩枪，且要他把军服换上一套爱国呢中山服。解除了武装，看样子，他已完全不像个军人，只近于一个喜事好弄的中学生了。

我不曾经提到过，我这次回来，原是翻阅一本用人事组成的历史吗？当他跳下水去扛船时，我记起四年前他在上海与我同住的情形。当时我曾假想他过四年后能入大学一年级。现在呢，这个人却正同船上水手样，为了帮水手忙扛船不动，又湿淋淋地攀着船舷爬上了船，捏定篙子向急水中乱打，且笑嘻嘻地大声喊嚷。我在船舱里静静地望着他，我心想：幸好我那荒唐打算有了岔儿，既不曾把他的身体用学校锢定，也不曾把他的性灵用书本锢定。这人一定要这样发展才像个人！他目前一切，比起住在城里大学校的大学生，开运动会时在场子中呐喊吆喝两声，饭后打打球，开学日集合好事同学通力合作折磨折磨新学生，派头可来得大多了。

等到船已挪动，水手皆上了船时，我喊他："祖送，祖送，唉唉，你不冷吗？快穿起你的衣来！"

他一面舞动手中那支篙子，一面却说："冷呀，我们在辰州前些日子还邀人泅过大河！"

到应吃午饭时，水手无空闲，船上烧水煮饭的事皆完全由他做。

把饭吃过后，想起临行时哥哥嘱咐他的话，要他详详细细地来告给我那一点把对手放翻时的"经验",以及事前事后的"感想"。"故事"上半天已说过了,我要明白的只是那些故事对于他本人的"意义"。我在他那种叙述上,我敢说我当真学了一门稀奇的功课。

他的坦白,他的口才,皆帮助我认识一个人一颗心在特殊环境下所有的式样。他虽一再犯罪却不应受何种惩罚。他并不比他的敌人如何强悍,不过只是能忍耐,知等待机会,且稍稍敏捷准确一点儿罢了。当他一个人被欺侮时,他并不即刻发动,他显得很老实、沉默,且常常和气地微笑。"大爷,你老哥要这样,还有什么话说?谁敢碰你老哥?请老哥海涵一点……"可是,一会儿,"小宝"嗖地抽出来,或是一板凳一柴块打去,这"老哥"在措手不及情形中,哽了一声便被他弄翻了。完事后必须跑的自然就一跑,不管是税卡,是营上,或是修械厂,到一个新地方,住在棚里闲着,有什么就吃什么,不吃也饿得起,一见别人做事,就赶快帮忙去做,用勤快溜刷引起头目的注意。直到补了名字,因此把生活又放在一个新的境遇新的门路上当作赌注押去。这个人打去打来总不离开军队,一点生存勇气的来源却亏得他家祖父是个为国殉职的游击。"将门之子"的意识,使他到任何境遇里皆能支撑能忍受。他知道游击同团长名分差不多,他希望做团长。他记得一句格言:"万丈高楼平地起",他因此永远能用起码名分在军队里混。

对于这个人的性格我不稀奇,因为这种性格从三厅屯垦军子弟中随处可以发现。我只稀奇他的命运。

小船到辰河著名的"箱子岩"上游一点,河面起了风,小船拉起一面风帆,在长潭中溜去。我正同他谈及那老游击在台湾与日本人作战殉职的遗事,且劝他此后忍耐一点,应把生命押在将来对外战争上,不宜于仅为小小事情轻生决斗。想要他明白私斗一则不算角色,二则妨碍事业。见他把头低下去,长长地叹了一口气,我以为所说的话有了点儿影响，心中觉得十分快乐。

　　经过一个江村时，有个跑差军人身穿军服斜背单刀正从一只方头渡船上过渡，一见我们的小船，装载极轻，走得很快，就喊我们停船，想搭便船上行。船上水手知道包船人的身份，就告给那军人，说不方便，不能停船。

　　赶差军人可不成，非要我们停船不可。说了些恐吓话，水手还是不理会。我正想告给水手要他收帆停船，让那个军人搭坐搭坐，谁知那军人性急火大，等不得停船，已大声辱骂起来了。小豹子原蹲在船舱里，这时方爬出去打招呼："弟兄，弟兄，对不起，请不要骂！我们船小，也得赶路。后面有船来，你搭后面那一只船吧。"

　　那一边看看船上是一个中学生样子人物，就说："什么对不起，赶快停停！掌舵的，你不停船我×你的娘，到码头时我要用刀杀你这狗杂种！"

　　那个掌梢人正因为风紧帆饱，一面把帆绳拉着，一面就轻轻地回骂："你杀我个鸡公，我怕你！"

　　小豹子却依然向那军人很和气地说："弟兄，弟兄，你不要骂人！全是出门人，不要开口就骂人！"

　　"我要骂人怎么样，我骂你，我就骂你，你个小狗崽子，你到码头等我！"

　　我担心这口舌，便喊叫他："祖送！"

　　小豹子被那军人折辱了，似乎记起我的劝告，一句话不说，摇摇头，默然钻进了船舱里。只自言自语地说："开口就骂人，不停船就用刀吓人，真丢我们军人的丑。"

　　那时节跑差军人已从渡船上了岸，还沿河追着我们的小船大骂。

　　我说："祖送，你同他说明白一下好些，他有公事我们有私事，同是队伍里的人，请他莫骂我们，莫追我们。"

"不讲道理让他去，不管他。他疑心这小船上有女人，以为我们怕他！"

小船挂帆走风，到底比岸上人快些，一会儿，转过山岨时，那个军人就落后了。

小船停到××时，水手全上岸买菜去了，小豹子也上岸买菜去了，各人去了许久方回来。把晚饭吃过后，三个水手又说得上岸有点事，想离开船，小豹子说："你们怕那个横蛮兵士找来，怕什么？不要走，一切有我！这是大码头，有我们部队驻扎，凡事得讲个道理！"

几个船上人虽分辩，仍然一同匆匆上岸去了。

到了半夜水手们还不回来睡觉，我有点儿担心，小豹子只是笑。我说："几个人别叫那横蛮军人打了，祖送，你上去找找看！"

他好像很有把握笑着说："让他们去，莫理他们。他们上烟馆同大脚妇人吃荤烟去了，不会挨打。"

"我担心你同那兵士打架，惹了祸真麻烦我。"

他不说什么，只把手电灯照他手上的金表，大约因为表停了，轻轻地骂了两句野话。待到三个水手回转船上时，已半夜过了。

第二天一早，天还未大明，船还不开头，小豹子就在被中咕喽咕喽笑。我问他笑些什么，他说："我夜里做梦，居然被那横蛮军人打了一顿。"

我说："梦由心造，明明白白是你昨天日里想打他，所以做梦就挨打。"

那小豹子睡眼迷蒙地说："不是日里想打他，只是昨天煞黑时当真打了那家伙一顿！"

"当真吗？你不听我话，又闹乱子打架了吗？"

"哪里哪里,我不说同谁打什么架!"

"你自己承认的,我面前可说谎不得!你说谎我不要你跟我。"

他知道他露了口风,把话说走,就不再作声了,咕咕笑将起来。原来昨天上岸买菜时,他就在一个客店里找着了那军人,把那军人嘴巴打歪,并且差一点儿把那军人膀子也弄断了。我方明白他昨天上岸买菜去了许久的理由。

作于一九三四年

常德的船

要认识湘西，不能不对船户先有一种认识

常德就是武陵，陶潜的《搜神后记》上《桃花源记》说的渔人老家，应当摆在这个地方。德山在对河下游，离城市二十余里，可说是当地唯一的山。汽车也许停德山站，也许停县城对河另一站。汽车不必过河，车上人却不妨过河，看看这个城市的一切。地理书上告给人说这里是湘西一个大码头，是交换出口货与入口货的地方。桐油、木料、牛皮、猪肠子和猪鬃毛，烟草和水银，五倍子和鸦片烟，由川东、黔东、湘西各地用各色各样的船只装载到来，这些东西全得由这里转口，再运往长沙、武汉的。子盐、花纱、布匹、洋货、煤油、药品、面粉、白糖，以及各种轻工业日用消耗品和必需品，又由下江轮驳运到，也得从这里改装，再用那些大小不一的船只，分别运往沅水各支流上游大小码头去卸货的。市上多的是各种庄号。各种庄号上的坐庄人，便在这种情形下成天如一个磨盘，一种机械，为职务来回忙。邮政局的包裹处，这种人进出最多。长途电话的营业处，这种坐庄人是最大主顾。酒席馆和妓女的生意，靠这种坐庄人来维持。

除了这种繁荣市面的商人，此外便是一些寄生于湖田的小地主，做过知县的小绅士，各县来的男女中学生，以及外省来的参加这个市面繁荣的掌柜、伙计、乌龟、王八。全市人口过十万，街道延长近十里，一个过路人到了这个城市中时，便会明白这个湘西的咽喉，真如所传闻，地方并不小。可是却想不到这咽喉除吐纳货物和原料以外，还有些什么东西。做这种吐纳工作，责任大，工作忙，性质杂，又是些什么人。假若一旦没有了他们，这城市会不会忽然成为河边一个废墟？这种人照例触目可见，水上城里无一不可碰头，却又最容易为旅行者所疏忽。我想说的是真正在控制这个咽喉，支配沅水流域的几万船户。

这个码头真正值得注意令人惊奇处，实也无过于船户和他所操纵的水上工具了。要认识湘西，不能不对他们先有一种认识。要欣赏湘西地方民族特殊性，船户是最有价值材料之一种。

一个旅行者理想中的武陵，渔船应当极多。到了这里一看，才知道水面各处是船只，可是却很不容易发现一只渔船。长河两岸浮泊的大小船只，外行人一眼看去，只觉得大同小异，事实上形制复杂不一，各有个性，代表了各个地方的个性。让我们从这方面来多知道一点，对于我们也许有些便利处。

船只最触目的三桅大方头船，这是个外来客，由长江越湖来的，运盐是它主要的职务。它大多数只到此为止，不会向沅水上游走去。普通人叫它作"盐船"，名实相符。船家叫它作"大鳅鱼头"，《金陀粹编》上载岳飞在洞庭湖水擒杨幺的故事，这名字就见于记载了，名字虽俗，来源却很古。这种船只大多数是用乌油漆过，所以颜色多是黑的。这种船按季候行驶，因为要大水大风方能行动。杜甫诗上描绘的"洋洋万斛船，影若扬白虹"，也许指的就是这种水上东西。

比这种盐船略小,有两桅或单桅,船身异常秀气,头尾突然收敛,令人入目起尖锐印象,全身是黑的,名叫"乌江子"。它的特长是不怕风浪,运粮食越湖。它是洞庭湖上的竞走选手。形体结构上的特点是桅高,帆大,深舱,锐头。盖舱篷比船身小,因为船舷外还有护舱板,弄船人同船只本身一样,一看很干净,秀气斯文,行船既靠风,上下行都使帆,所以帆多整齐,船上用的水手不多,仅有的水手会拉篷,摇橹,撑篙,不会荡桨——这种船上便不常用桨。放空船时妇女还可代劳掌舵。这种船间或也沿河上溯,数目极少,船身材料薄,似不宜于冒险。这种船在沅水流域也算是外来客。

在沅水流域行驶,表现得富丽堂皇,气象不凡,可称为巨无霸的船只,应当数"洪江油船"。这种船多方头高尾,颜色鲜明,间或且有一点金漆装饰,尾梢有舵楼,可以安置家眷。大船下行可载三四千桶桐油,上行可载两千件棉花,或一票食盐。用橹手二十六人到四十人,用纤手三十人到六七十人,必待春水发后方上下行驶,路线系往返常德和洪江。每年水大至多上下三五回,其余大多时节都在休息中,成排结队停泊河面,俨然是河上的主人,船主照例是麻阳人,且照例姓滕,善交际,礼数清楚。常与大商号中人拜把子,攀亲家,行船时站在船后檀木舵把边,庄严中带点从容不迫神气,口中含了个竹马鞭短烟管,一面看水,一面吸烟。遇有身份的客人搭船,喝了一杯酒后,便向客人一五一十叙述这只油船的历史,载过多少有势力的军人、阔佬,或名驰沅水流域的妓女。换言之,就是这只船与当地"历史"发生多少关系!这种船只上的一切东西,无一不巨大坚实。船主的装束在船上时看不出什么特别处,上岸时却穿长袍(下脚过膝三四寸),罩青羽绫马褂,戴呢帽或小缎帽,佩小牛皮抱肚,用粗大银链系定,内中塞满了银元。穿生牛皮靴子,走路时踏得很重。个子高高的,瘦瘦的。

有一双大手，手上满是黄毛和青筋。会喝酒，打牌，且豪爽大方，吃花酒应酬时，大把银元钞票从抱肚掏出，毫不吝啬。水手多强壮勇敢，眉目精悍，善唱歌、泅水、打架、骂野话。下水时如一尾鱼，上岸接近妇人时像一只小公猪。白天弄船，晚上玩牌，同样做得极有兴致。船上人虽多，却各有所事，从不紊乱。舱面永远整洁如新。拔锚开头时，必擂鼓敲锣，在船头烧纸烧香，煮白肉祭神，燃放千子头鞭炮，表示人神和乐，共同帮忙，一路福星。在开船仪式与行船歌声中，使人想起两千年前《楚辞》发生的原因，现在还好好地保留下来，今古如一。

比洪江油船小些，形式仿佛比较笨拙些（一般船只用木板做成，这种船竟像用木柱做成），平头大尾，一望而知船身十分坚实，有斗拳师的神气，名叫"白河船"。白河即酉水的别名。这种船只即行驶于沅水由常德到沅陵一段，酉水由沅陵到保靖一段。酉水滩流极险，船只必经得起磕撞。船只必载重方能压浪，因此尾部如臀，大而圆。下行时在船头缚大木桡两把。木桡的用处是船只下滩，转头时比舵切于实际。照水上人俗谚说："三桨不如一篙，三橹不如一桡。"桡读作招。酉水浅而急，不常用橹，篙桨用处多，因此篙多特别长大，桨较粗硕，肥而短。船篷用粽子叶编成，不涂油。船主多永顺保靖人，姓向姓王姓彭占多数。酉水河床窄，滩流多，为应付自然，弄船人所需要的勇敢能耐也较多。行船时常用相互诅骂代替共同唱歌，为的是受自然限制较多，脾气比较坏点。酉水是传说中古代藏书洞穴所在地，多的是高大宏敞充满神秘的洞穴。由沅陵起到酉阳止，沿酉水流域的每个县份总有几个洞穴。可是如沅陵的大酉洞，二酉洞，保靖的狮子洞，酉阳的龙洞，这些洞穴纵有书籍也早已腐烂了。到如今这条河流最多的书应当是宝庆纸客贩卖的石印本历书，每一条船上照例都有一本"皇历"。船家禁忌多，历书是他们行动的宝贝。河水既容易出事情，个人想减轻责任，因此凡事都俨然有天做主，由天处理，照书行事，比较心安，也少纠纷，船只出事时有所借口。酉水流域每个县份的船只，在形式上又各不相同，不过这些船不出白河，在常德能看到的白河油船，形体差不多全是一样。

沅水中部的辰溪县，出白石灰和黑煤，运载这两种东西的本地船叫作"辰溪船"，又名"广舶子"。它的特点和上述两种船只比较起来，显得材料脆薄而缺少个性。船身多是浅黑色，形状如土布机上的梭子，款式都不怎么高明。下行多满载一些不值钱的货，上行因无回头货便时常放空。船身脏，所运货又少时间性，满载下驶，危险性多，搭客不欢迎，因之弄船人对于清洁、时间就不甚关心。这种船上的席篷照例是不大完整的，布帆是破破碎碎的，给人印象如一个破落户。弄船人因闲而懒，精神多显得萎靡不振。

洞河（即泸溪）发源于乾城苗乡大小龙洞，和凤凰苗乡乌巢河，两条小河在乾城县的所里市相汇。向东流，到泸溪县，方和沅水同流，在这条河里的船就叫"洞河船"，河源主流由苗乡梨林地方两个洞穴中流出，河床是乱石底子，所以水特别清，水性特别猛。船身必须从撞磕中挣扎，河身既小，船身也比较轻巧。船舷低而平，船头窄窄的。在这种船上水手中，我们可以发现苗人。不过见着他时我们不会对他有何惊奇，他也不会对我们有何惊奇。这种人一切和别的水上人都差不多，所不同处，不过是他那点老实、忠厚、纯朴、戆直性情——原人的性情，因为住在山中，比城市人保存得多点罢了。乾城人极聪明文雅，小手小脚小身材，唱山歌时嗓子非常好听，到码头边时，可特别沉默安静。船只太小了，不常有机会到这大码头边靠船。这种船停泊在河面时似乎很羞怯，正如水手们上街时一样羞怯。

乾城用所里作本县吐纳货物的水码头。地方虽不大，小小石头城却很整齐干净，且出了几个近三十年来历史上有名姓的人物。段祺瑞时代的陆军总长傅良佐将军，是生长在这个小县城里的。东北军宿将，国内当前军人中称战术权威的杨安铭将军，也是这地方人。

在河上显得极活动，极有生气，而且数量极多的，是普通的中型"麻阳船"。这种船头尾高举，秀拔而灵便。这种船只的出处是麻阳河（即辰溪）。每只船上都可见到妇人、孩子、童养媳。弄船人一面担负商人委托的事务，一面还担负上帝派定的工作，两方面都异常称职。沅水流域的转运事业，大多数由这地方人支配，人口繁荣的结果，且因此在常德城外多了一条麻阳街。"一切成功都必须争斗"，这原则也可用作麻阳街的说明。据传说，这条街是个姓滕的水手滕老九双拳打出来的。我们若有兴趣特意到那条街上走走，可知道开小铺子的，做理发店生意的，卖船上家伙的，经营不用本钱最古职业的，全是麻阳乡亲，我们就会明白，原来参加这种争斗，每人都有一份。麻阳人的精力绝伦处，或者与地方出产有点关系，麻阳出各种橘子，糯米也极好，做甜酒特别相宜。人口加多，船只也越来越多，因此沅水水面的世界，一大半是麻阳人占有的。大凡船只停靠处，都有叫乡亲的麻阳人，乡亲所得的便利极多，平常外乡人，坐船时于是都叫麻阳人作"乡亲"。乡亲的特别是面目精悍而性情快乐，做水手的都能吃，能做，能喝，能打架。船主上岸时必装扮成为个小乡绅，如驾洪江油船的大老板一样穿袍穿褂，着生牛皮盘云长筒钉靴，戴有皮封耳的毡帽或博土帽，手指套上分量沉重金戒指，皮抱肚里装上许多大洋钱，短烟管上悬个老虎爪子，一端还镶包一片镂花银皮。见人就请教仙乡何处，贵府贵姓。本人大多数姓滕，名字"代富""宜贵"。对三十年来的本省政治，比起任何地方船主都熟习，都关心。欢喜讲礼教，臧否人物，且善于称引经典格言和当地俗谚，作为谈天时章本。恭维客人时必从恭维上增多点收入,被客人恭维时便称客人为"知己",笑嘻嘻地请客人喝包谷子酒。妇女在船上不特对于行船毫无妨碍,且常常是一个好帮手。妇女多壮实能干,大脚大手,善于生男育女。

麻阳人中另外还有一双值得称赞的手,在湘西近百年实无匹敌,在国内也是一个少见的艺术家,是塑像师张秋潭那双手,小件艺术品多在烟盘边靠灯时用烟签完成的,无一不做得栩栩如生,至今还留下些在湘西私人手中。大件是各县庙宇天王观音等神像,辛亥以后破除迷信,毁去极多。

在常德水码头船只极小,漂浮水面如一片叶子,数量之多如淡干鱼,是专载客人用的"桃源划子"。木商与烟贩,上下办货的庄客,过路的公务员,放假的男女学生,同是这种小船的主顾。船身既轻小,上下行的速度较之其他船只快过一倍,下滩时可从边上小急流走,绝不会出事。在平潭中且可日夜赶程,不会受关卡留难。因此在有公路以前,这种小小船只实为沅水流域交通利器。弄船人工作不需如何紧张,开销又少,收入却较多。装载客人且多阔佬,同时桃源县人的性格又特别随和(沅水一到桃源后就变成一片平潭,再无恶滩急流,自然影响到水上人性情很大),所以弄船人脾气就马虎得多,很多是瘾君子,白天弄船,晚上便靠灯。有些家中人说不定还留在县里,经营一种不必需本钱的职业,分工合作,都不闲散。且能做客人向导,带访桃源洞的客人到所要到的新奇地方去。

在沅水流域上下行驶,停泊到常德码头应当称为"客人"的船只,共有好几种,有从芷江上游黔东玉屏来的,有从麻阳河上游黔东铜仁来的,有从白河上游川东龙潭来的。玉屏船多就洪江转口,下行不多。龙潭船多从沅陵换货,下行不多。铜仁船装油碱下行的,有些庄号在常德,所以常直放常德。船只最引人注意处是颜色黄明照眼,式样轻巧,如竞赛用船。船头船尾细狭而向上翘举,舱底平浅,材料脆薄,给人视觉上感到灵便与愉快,在形式上可谓秀雅绝伦。弄船人,语言清婉,装束素朴,有些水手还穿齐膝的长衣,裹白头巾,风度整洁和船身极相称。船小而载重,故下行时船舷必缚茅束挡水。这种船停泊河中,仿佛极其谦虚,一种做客应有的谦虚。然而比同样大小的船只都整齐,一种做客不能不注意的整齐。

此外常德河面还有一种船只,数量极多,有的时常移动,有的又长久停泊。这些船的形式一律是方头,方尾,无桅,无舵。用木板做舱壁,开小小窗子,木板做顶。有些当作船主的金屋,有些又做遁逃者的窟穴。船上有招纳水手客人的本地土娼,有卖烟和糖食、小吃、猪蹄子粉面的生意人。此外算命卖卜的,圆光关亡的,无不可以从这种船上发现。船家做寿成亲,也多就方便借这种水上公馆举行,因此一遇黄道吉日,总是些张灯结彩,响器声、弦索声,大小炮仗声,划拳歌呼声,点缀水面热闹。

常德乡城本身也就类乎一只旱船,女作家丁玲,法律家戴修瓒,国学家余嘉锡,是这只旱船上长大的。较上游的河堤比城中高得多,涨水时水就到了城边,决堤时城四围便是水了。常德沿河的长街,街市上大小各种商铺不下数千家,都与水手有直接关系。杂货店铺专卖船上用件及零用物,可说是它们全为水手而预备的。至如油盐、花纱、牛皮、烟草等等庄号,也可说水手是为它们而有的。此外如茶馆、酒馆和那经营最素朴职业的户口,水手没有它不成,它没水手更不成。

常德城内一条长街,铺子门面都很高大(与长沙铺子大同小异,近于夸张),木料不值钱,与当地建筑大有关系。地方滨湖,河堤另一面多平田泽地,产鱼虾、莲藕,因此鱼栈莲子栈延长了长街数里。多清真教门,因此牛肉特别肥鲜。

常德沿沅水上行九十里，才到桃源县，再上行二十五里，方到桃源洞。千年前武陵渔人如何沿溪走到桃花源，这路线尚无好事的考古家说起。现在想到桃源访古的"风雅人"，大多数只好坐公共汽车去。在桃源县想看到老幼黄发垂髫，怡然自乐的光景，并不容易。不过或者因为历史的传统，地方人倒很和气，保存一点古风。也知道欢迎客人，杀鸡做黍，留客住宿。虽然多少得花点钱，数目并不多。可是一个旅行者应当知道，这些人赠送游客的礼物，有时不知不觉太重了点，最好倒是别大意，莫好奇，更不要因为记起宋玉所赋的高唐神女，刘晨阮肇天台所遇的仙女，想从经验中去证实故事。不妨学个老江湖，少生事！当地纵多神女仙女，可并不是为外来读书人游客预备的，沅水流域的木竹筏商人是唯一受欢迎者。好些极大的木竹筏，到桃源后不久就无影无踪不见了的。

政治家宋教仁，老革命党覃振，同是桃源县人。桃源县有个省立第二女子师范学校，五四运动谈男女解放平等，最先要求男女同校，且实现它，就是这个学校的女学生。

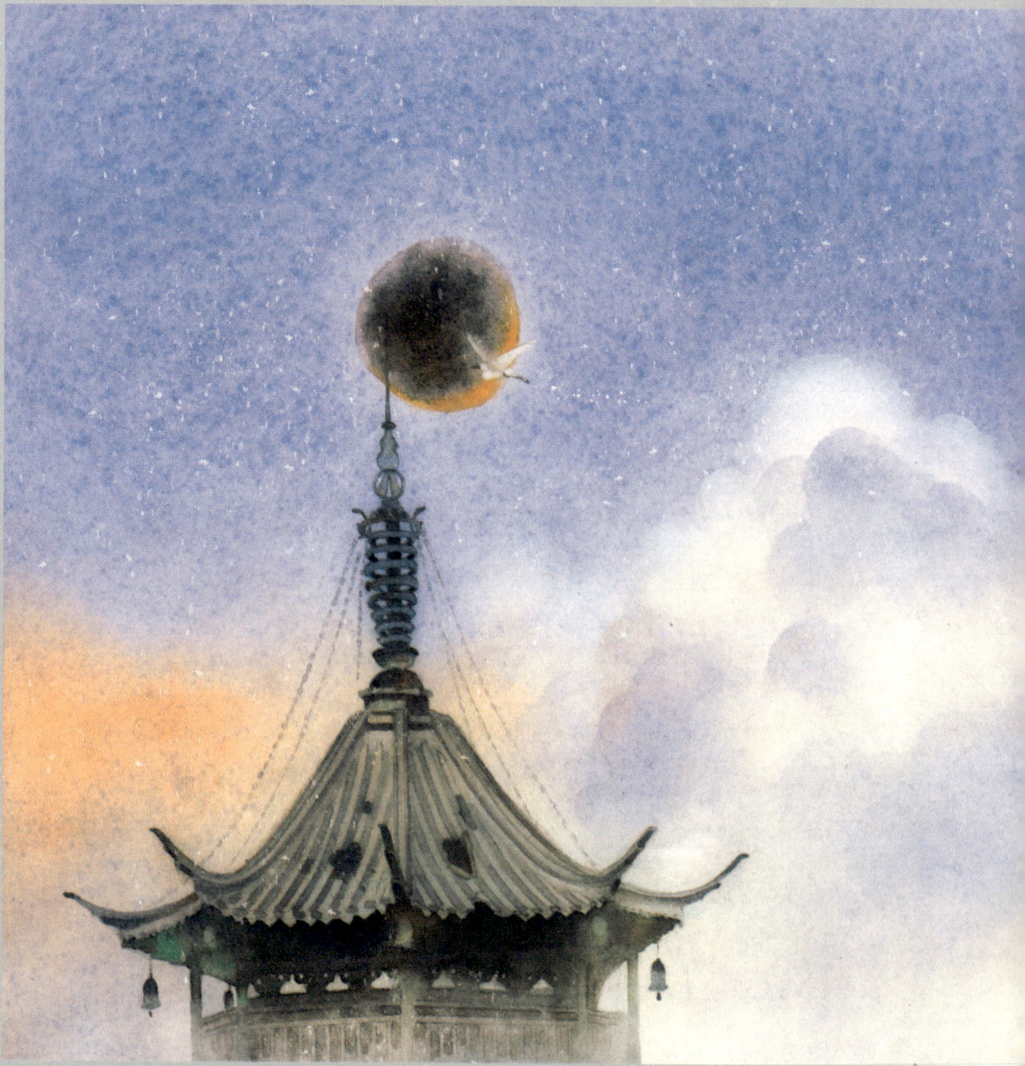

沅陵的人

真正好处不会欣赏,坏处不能明白,
岂不是另一种神秘

　　由常德到沅陵,一个旅行者在车上的感触,可以想象得到,第一是公路上并无苗人,第二是公路上很少听说发现土匪。
　　公路在山上与山谷中盘旋转折虽多,路面却修理得异常良好,不问晴雨都无妨车行。公路上的行车安全的设计,可看出负责者的最大努力。旅行的很容易忘了车行的危险,乐于赞叹自然风物的美秀。在自然景致中见出宋院画的神采奕奕处,是太平铺过河时入目的光景。溪流萦回,水清而浅,在大石细沙间漱流。群峰竞秀,积翠凝蓝,在细雨中或阳光下看来,颜色真无可形容。山脚下一带树林,一些俨如有意为之布局恰到好处的小小房子,绕河洲树林边一湾溪水,一道长桥,一片烟。香草山花,随手可以掇拾。《楚辞》中的山鬼,云中君,仿佛在眼前。上官庄的长山头时,一个山接一个山,转折频繁处,神经质的妇女与懦弱无能的男子,会不免觉得头目晕眩。一个常态的男子,便必然对于自然的雄伟表示赞叹,对于数年前裹粮负水来在这高山峻岭修路的壮丁表示敬仰和感谢。这是一群默默无闻沉默不语真正的战士！每一寸路都是他们流汗筑成的。他们有的从百里以外小乡村赶来，沉沉默默地在派定地方担土，打石头，三五十人弓着腰肩共同拉着个大石滚子碾轧路面，淋雨，挨饿，忍受各式各样虐待，完成了分派到头上的工作。把路修好了，眼看许多的各色各样稀奇古怪的物件吼着叫着走过了，这些可爱的乡下人，知道事情业已办完，笑笑的，各自又回转到那个想象不到的小乡村里过日子去了。中国几年来一点点建设基础，就是这种无名英雄做成的。他们什么都不知道，可是所完成的工作却十分伟大。

单从这条公路的坚实和危险工程看来，就可知道湘西的民众，是可以为国家完成任何伟大理想的。只要领导有人，交付他们更困难的工作，也可望办得很好。

看看沿路山坡桐茶树木那么多，桐茶山整理得那么完美，我们且会明白这个地方的人民，即或无人领导，关于求生技术，各凭经验在不断努力中，也可望把地面征服，使生产增加。

只要在上的不过分苛索他们，鱼肉他们，这种勤俭耐劳的人民，就不至于铤而走险发生问题。可是若到任何一个停车处，试同附近乡民谈谈，我们就知道那个"过去"是种什么情形了。任何捐税，乡下人都有一份，保甲在糟蹋乡下人这方面的努力，"成绩"真极可观！然而促成他们努力的动机，却是照习惯把所得缴一半，留一半。然而负责的注意到这个问题时，就说"这是保甲的罪过"，从不认为是"当政的耻辱"。负责者既不知如何负责，因此使地方进步永远成为一种空洞的理想。

然而这一切都不妨说已经成为过去了。

车到了官庄交车处，一列等候过山的车辆，静静地停在那路旁空阔处，说明这公路行车秩序上的不苟。虽在军事状态中，军用车依然受公路规程辖制，不能占先通过，此来彼往，秩序井然，这条公路的修造与管理统由一个姓周的工程师负责。

车到了沅陵，引起我们注意处，是车站边挑的，抬的，负荷的，推挽的，全是女子。凡其他地方男子所能做的劳役，在这地方统由女子来做。公民劳动服务也还是这种女人，公路车站的修成，就有不少女子参加。工作既敏捷，又能干。女权运动者在中国二十年来的运动，到如今在社会上露面时，还是得用"夫人"名义来号召，并不以为可羞。而且大家都集中在大都市，过着一种腐败生活。比较起这种女劳动者把流汗和吃饭打成一片的情形，不由得我们不对这种人充满尊敬与同情。

这种人并不因为终日劳作就忘记自己是个妇女，女子爱美的天性依然还好好保存。胸口前的扣花装饰，裤脚边的扣花装饰，是劳动得闲在茶油灯光下做成的。（围裙扣花工作之精和设计之巧，外路人一见无有不交口称赞。）这种妇女日常工作虽不轻松，衣衫却整齐清洁。有的年纪已过了四十岁，还与同伴竞争兜揽生意。两角钱就为客人把行李背到河边渡船上，跟随过渡，到达彼岸，再为背到落脚处。外来人到河码头渡船边时，不免十分惊讶，好一片水！好一座小小山城！尤其是那一排渡船，船上的水手，一眼看去，几乎又全是女子，过了河，进得城门，向长街走走，就可见到卖菜的，卖米的，开铺子的，做银匠的，无一不是女子。再没有另一个地方女子对于参加各种事业各种生活，做得那么普通那么自然了。看到这种情形时，真不免令人发生疑问：一切事几乎都由女子来办，如《镜花缘》一书上的女儿国现象了。本地的男子，是出去打仗，还是在家纳福看孩子？

不过一个旅行者自觉已经来到辰州时，兴味或不在这些平常问题上。辰州地方是以辰州符闻名的，辰州符的传说奇迹中又以赶尸著闻。公路在沅水南岸，过北岸城里去，自然盼望有机会弄明白一下这种老玩意儿。

可是旅行者这点好奇心会受打击。多数当地人对于辰州符都莫名其妙，且毫无兴趣，也不怎么相信。或许无意中会碰着一个"大"人物，体魄大，声音大，气派也好像很大。他不是姓张，就是姓李（他应当姓李！一个典型市侩，在商会任职，以善于吹拍混入行署任名誉参议），会告你，辰州符的灵迹，就是用刀把一只鸡颈脖割断，把它重新接上，喷一口符水，向地下抛去，这只鸡即刻就会跑去，撒一把米到地上，这只鸡还居然赶回来吃米！你问他："这事曾亲眼见过吗？"他一定说："当真是眼见的事。"或许慢慢地想一想，你便也会觉得同样是在什么地方亲眼见过这件事了。原来五十年前的什么书上，就这么说过的。这个大人物是当地著名会说大话的。世界上的事什么都好像知道得清清楚楚，只不大知道自己说话是假的还是真的，是书上有的还是自己造作的。多数本地人对于"辰州符"是个什么东西，照例都不大明白的。

对于赶尸传说呢，说来实在动人。凡受了点新教育，血里骨里还浸透原人迷信的外来新绅士，想满足自己的荒唐幻想，到这个地方来时，总有机会温习一下这种传说。绅士、学生、旅馆中人，俨然因为生在当地，便负了一种不可避免的义务，又如为一种天赋的幽默同情心所激发，总要把它的神奇处重述一番。或说朋友亲戚曾亲眼见过这种事情，或说曾有谁被赶回来。其实他依然和客人一样，并不明白，也不相信，客人不提起，他是从不注意这问题的。客人想"研究"它（我们想象得出，有许多人最乐于研究它的），最好还是看《奇门遁甲》，这部书或者对他有一点帮助，本地人可不会给他多少帮助。本地人虽乐于答复这一类傻不可言的问题，却不能说明这事情的真实性。就中有个"有道之士",姓阙,当地人统称之为阙五老,年纪将近六十岁,谈天时精神犹如一个小孩子。据说十五岁时就远走云贵,跟名师学习过这门法术。作法时口诀并不稀奇,不过是念文天祥的《正气歌》罢了。死人能走动便受这种歌词的影响。辰州符主要的工具是一碗水;这个有道之士家中神主前便陈列了那么一碗水,据说已经有了三十五年,碗里水减少时就加添一点。一切病痛统由这一碗水解决。一个死尸的行动,也得用水迎面地一喷。这水且能由昏浊与沸腾表示预兆,有人需要帮忙或卜家事吉凶的预兆,登门造访者若是一个读书人,一个假洋人教授,他把这碗水的妙用形容得将更惊心动魄。使他舌底翻莲的原因,或者是他自己十分寂寞,或者是对于客人具有天赋同情,所以常常把书上没有的也说到了。客人要老老实实发问:"五老,那你看过这种事了?"他必装作很认真神气说:"当然的。我还亲自赶过!那是我一个亲戚,在云南做官,死在任上,赶回湖南,每天为死者换新草鞋一双,到得湖南时,死人脚趾头全走脱了。只是功夫不练就不灵,早丢下了。"至于为什么把它丢下,可不说明。客人目的在"表演",主人用意在"故神其说",末后自然不免使客人失望。不过知道了这玩意儿是读《正气歌》做口诀,同儒家居然大有关系时,也不无所得。关于赶尸的传说,这位有道之士可谓集其大成,所以值得找方便去拜访一次。他的住处在上西关,一问即可知道。可是一个读书人也许从那有道之士伏尔泰风格的微笑,伏尔泰风格的言谈,会看出另外一种无声音的调笑,"你外来的书呆子,世界上事你知道许多,可是书本不说,另外还有许多就不知道了。用《正气歌》赶走了死尸,你充满好奇的关心,你这个活人,是被什么邪气歌赶到我这里来?"那时他也许正坐在他的杂货铺里面(他是隐于医与商的),忽然用手指着街上一个长头发的男子说:"看,疯子!"那真是个疯子,沅陵地方唯一的疯子，可是他的语气也许指的是你拜访者。你自己试想想看，为了一种流行多年的荒唐传说，充满了好奇心来拜访一个透熟人生的人，问他死了的人用什么方法赶上路，你用意说不定还想拜老师，学来好去外国赚钱出名，至少也弄得个哲学博士回国，再来用它骗中国学生，在他饱经世故的眼中，你和疯子的行径有多少不同！

这个人的言谈，倒真是种杰作，三十年来当地的历史，在他记忆中保存得完完全全，说来时庄谐杂陈，实在值得一听。尤其是对于当地人事所下批评，尖锐透人，令人不由得不想起法国那个伏尔泰。

至于辰砂的出处，出产于离辰州地还远得很，远在三百里外凤凰县的苗乡猴子坪。

凡到过沅陵的人，在好奇心失望后，依然可从自然风物的秀美上得到补偿。由沅陵南岸看北岸山城，房屋接瓦连椽，较高处露出雉堞，沿山围绕，丛树点缀其间，风光入眼，实在俗气。由北岸向南望，则河边小山间，竹园、树木、庙宇、高塔、民居，仿佛各个都位置在最适当处。山后较远处群峰罗列，如屏如障，烟云变幻，颜色积翠堆蓝。早晚相对，令人想象其中必有帝子天神，驾螭乘霓，驰骤其间。绕城长河，每年三四月春水发后，洪江油船颜色鲜明，在摇橹歌呼中联翩下驶。长方形大木筏，数十精壮汉子，各踞筏上一角，举桡激水，乘流而下。就中最令人感动处，是小船半渡，游目四瞩，俨然四围是山，山外重山，一切如画。水深流速，弄船女子，腰腿劲健，胆大心平，危立船头，视若无事。同一渡船，大多数都是妇人，划船的是妇女，过渡的也是妇女较多。有些卖柴卖炭的，来回跑五六十里路，上城卖一担柴，换两斤盐，或带回一点红绿纸张同竹篾做成的简陋船只，小小香烛，问她时，就会笑笑地回答："拿回家去做土地会。"你或许不明白土地会的意义，事实上就是酬谢《楚辞》中提到的那种云中君——山鬼。

这些女子一看都那么和善，那么朴素，年纪四十以下的，无一不在胸前土蓝布或葱绿布围裙上绣上一片花，且差不多每个人都是别出心裁，把它处置得十分美观，不拘写实或抽象的花朵，总么妥帖而雅相。在轻烟细雨里，一个外来人眼见到这种情形，必不免在赞美中轻轻叹息。天时常常是那么把山和水和人都笼罩在一种似雨似雾使人微感凄凉的情调里，然而却无处不可以见出"生命"在这个地方有光辉的那一面。

外来客自然会有个疑问发生：这地方一切事业女人都有份，而且像只有"两截穿衣"的女子有份，男子到哪里去了呢？

在长街上，我们固然时常可以见到一对少年夫妻，女的眉毛俊秀，鼻准完美，穿浅蓝布衣，用手指粗银链系扣花围裙，背小竹笼。男的身长而瘦，英武爽朗，肩上扛了各种野兽皮向商人兜卖，令人一见十分惊诧。可是这种男子是特殊的。是出了钱，得到免役的瑶族。

男子大部分都当兵去了。因兵役法的缺陷，和执行兵役法的中间层保甲制度人选不完善，逃避兵役的也多，这些壮丁抛下他的耕牛，向山中走，就去当匪，匪多的原因，外来官吏苛索实为主因。乡下人照例都愿意好好活下去，官吏的老式方法居多是不让他们那么好好活下去。乡下人照例一入兵营就成为一个好战士，可是办兵役的，却觉得如果人人都乐于应兵役，就毫无利益可图。土匪多时，当局另外派大部队伍来"维持治安"，守在几个城区，别的不再过问。分布乡下土匪得了相当武器后，在报复情绪下就是对公务员特别不客气，凡搜刮过多的外来人，一落到他们手里时，必然是先将所有的得到，再来取那个"命"。许多人对于湘西民或匪都留下一个特别蛮悍嗜杀的印象，就由这种教训而来。许多人说湘西有匪，许多人在湘西虽遇匪，却从不曾遭遇过一次抢劫，就是这个原因。

一个旅行者若想起公路就是这种蛮悍不驯的山民或土匪，在烈日和风雪中努力做成的,乘了新式公共汽车由这条公路经过,既感觉公路工程的伟大结实,到得沅陵时,更随处可见妇人如何认真称职,用劳力讨生活,而对于自然所给的印象,又如此秀美,不免感慨系之。这地方神秘处原来在此而不在彼。人民如此可用,景物如此美好,三十年来牧民者来来去去,新陈代谢,不知多少,除认为"蛮悍"外,竟别无发现。外来为官做宦的,回籍时至多也只有把当地久已消灭无余的各种画符捉鬼荒唐不经的传说,在茶余酒后向陌生者一谈。地方真正好处不会欣赏,坏处不能明白,这岂不是湘西的另一种神秘?

沅陵算是个湘西受外来影响较久较大的地方,城区教会的势力,造成一批吃教饭的人物,蛮悍性情因之消失无余,代替而来的或许是一点青年会办事人的习气。沅陵又是沅水几个支流货物转口处,商人势力较大,以利为归的习惯,也自然影响到一些人的打算行为。沅陵位置在沅水流域中部,就地形言,自为内战时代必争之地。因此麻阳县的水手,一部分登陆以后,便成为当地有势力的小贩。凤凰县屯垦子弟兵官佐,留下住家的,便成为当地有产业的客居者。慷慨好义,负气任侠,楚人中这类古典的热诚,若从当地人寻觅无着时,还可从这两个地方的男子中发现。一个外来人,在那山城中石板做成的一道长街上,会为一个矮小、瘦弱,眼睛又不明,听觉又不聪,走路时匆匆忙忙,说话时结结巴巴,那么一个平常人引起好奇心。说不定他那时正在大街头为人排难解纷!说不定他的行为正需要旁人排难解纷!他那样子就古怪,神气也古怪。一切像个乡下人,像个官能为嗜好与毒物所毁坏,心灵又十分平凡的人。可是应当找机会去同他熟一点,谈谈天。应当想办法更熟一点,跟他向家里走(他的家在一个山上。那房子是沅陵住户地位最好,花木最多的)。如此一来,结果你会接触一点很新奇的东西,一种混合古典热诚与近代理性在一个特殊环境特殊生活里培养成的心灵。你自然会"同情"他,可是最好倒是"信托"他。他需要的不是同情,因为他成天在同情他人,为他人设想帮忙尽义务,来不及接受他人的同情。他需要人信托,因为他那种古典的做人的态度,值得信托。同时他的性情充满了一种天真的爱好,他需要信托,为的是他值得信托。他的视觉同听觉都毁坏了,心和脑可极健全。凤凰屯垦兵子弟中出壮士,体力胆气两方面都不弱于人。这个矮小瘦弱的人物,虽出身世代武人的家庭中,因无力量征服他人,失去了做军人的资格。可是那点有遗传性的军人气概,却征服了他自己,统治自己,改造自己,成为沅陵县一个顶可爱的人。他的名字叫作"大先生",或"大大",一个古怪到家的称呼。商人、妓女、屠户、教会中的牧师和医生,都这样称呼他。到沅陵去的人,应当认识认识这位大先生。

沅陵县沿河下游四里路远近,河中心有个洲岛,周围高山四合,名"合掌洲",名目与情景相称。洲上有座庙宇,名"和尚洲",也还说得去。但本地的传说却以为是"和涨洲",因为水涨河面宽,淹不着,为的是洲随河水起落!合掌洲有个白塔,由顶到根雷劈了一小片,本地人以为奇,并不足奇。河南岸村名黄草尾,人家多在橘柚林里,橘子树白华朱实,宜有小腰白齿于其间。一个种菜园的周家,生了四个女儿,最小的一个四妹,人都呼为夭妹,年纪十七岁,许了个成衣店学徒,尚未圆亲。成衣店学徒积蓄了整年工钱,打了一副金耳环给夭妹,女孩子就戴了这副金耳环,每天挑菜进东门城卖菜。因为性格好繁华,人长得风流俊俏,一个东门大街的人都知道卖菜的周家夭妹。

因此县里的机关中办事员,保安司令部的小军佐和商店中小开,下黄草尾玩耍的就多起来了。但不成,肥水不落外人田,有了主子。可是"人怕出名猪怕壮",夭夭的名声传出去了,水上划船人全都知道周家夭夭。去年(一九三七年)冬天一个夜里,忽然来了四百武装喽啰攻打沅陵县城，在城边响了一夜枪，到天明以前，无从进城，这一伙人依然退走了。这些人本来目的也许就只是在城外打一夜枪。其中一个带队的称团长，却带了兄弟伙到夭妹家里去拍门。进屋后别的不要，只把这女孩子带走。

女孩子虽又惊又怕，还是从容地说："你抢我，把我箱子也抢去，我才有衣服换！"

带到山里去时那团长问："夭夭，你要死，要活？"

女孩子想了想，轻声地说："要死。你不会让我死。"

团长笑了："那你意思是要活了！要活就嫁我，跟我走。我把你当官太太，为你杀猪杀羊请客，我不负你。"

女孩子看看团长，人物实在英俊标致，比成衣店学徒强多了，就说："人到什么地方都是吃饭，我跟你走。"

于是当天就杀了两个猪，十二只羊，一百对鸡鸭，大吃大喝大热闹，团长和夭妹结婚。女孩子问她的衣箱在什么地方，待把衣箱取来打开看，原来全是预备陪嫁的！英雄美人，可谓美满姻缘。过三天后，那团长就派人送信给黄草尾种菜的周老夫妇，称岳父岳母，报告夭妹安好，不用挂念。信还是用红帖子写的，词句华而典，师爷的手笔。还同时送来一批礼物！老夫妇无话可说，只苦了成衣店那个学徒，坐在东门大街家铺子里，一面裁布条子做纽绊，一面垂泪。

这也可说是沅陵县人物之型。

至于住城中的几个年高有德的老绅士，那倒正像湘西许多县城里的正经绅士一样，在当地是很闻名的，庙宇里照例有这种名人写的屏条，名胜地方照例有他们题的诗词。儿女多受过良好教育，在外做事。家中种植花木，蓄养金鱼和雀鸟，门庭规矩也很好。与地方关系，却多如显克微支在他《炭画》那本书里所说的贵族，凡事取"不干涉主义"。

因为名气大，许多不相干的捐款，不相干的公事，不相干的麻烦不会上门，乐得在家纳福，不求闻达，所以也不用有什么表现。对于生活劳苦认真，既不如车站边负重妇女生命活跃，也不如卖菜的周家夭妹，然而日子还是过得很好，这就够了。

由沅水下行百十里到沅陵属边境地名柳林岔——就是湘西出产金子，风景又极美丽的柳林岔。那地方过去一时也有个人，很有意思。这个人据说母亲貌美而守寡，住在柳林岔镇上，对河高山上有个庙，庙中住下一个青年和尚，诚心苦修。寡妇因爱慕和尚，每天必借烧香为名去看看和尚，二十年如一日。和尚诚心修苦，不作理会，也同样二十年如一日。儿子长大后，慢慢地知道了这件事。儿子知道后，不敢规劝母亲，也不能责怪和尚，唯恐母亲年老眼花，一不小心，就会坠入深水中淹死。又见庙宇在一个圆形峰顶，攀缘实在不容易。因此特意雇定一百石工，在临河悬岩上开辟一条小路，仅可容足，更找一百铁工，制就一条粗而长的铁链索，固定在上面，作为援手工具。又在两山间造一拱石头桥，上山顶庙里时就可省一大半路。这些工作进行时自己还参加，直到完成。各事完成以后，这男子就出远门走了，一去再也不回来了。

这座庙，这个桥，濒河的黛色悬崖上这条人工凿就的古怪道路，路旁的粗大铁链，都好好地保存在那里，可以为过路人见到。凡上行船的纤手，还必须从这条路把船拉上滩。船上人都知道这个故事。故事虽还有另一种说法，以为一切是寡妇所修的，为的是这寡妇……总之，这是一个平常人为满足他的某种愿心而完成的伟大工程。这个人早已死了，却活在所有水上人的记忆里。传说和当地景色极和谐，美丽而微带忧郁。

沅水由沅陵下行三十里后即滩水连接，白溶、九溪、横石、青浪……

就中以青浪滩最长，石头最多，水流最猛。顺流而下时，四十里水路不过二十分钟可完事，上行船有时得一整天。

青浪滩滩脚有个大庙，名伏波宫，敬奉的是汉老将马援。行船人到此必在庙里烧纸献牲。庙宇无特点，不出奇。庙中屋角树梢栖息的红嘴红脚小小乌鸦，成千累万，遇下行船必飞往接船送船，船上人把饭食糕饼向空中抛去，这些小黑鸟就在空中接着，把它吃了。上行船可照例不光顾。虽上下船只极多，这小东西知道向什么船可发利市，什么船不打抽丰。船夫说这是马援的神兵，为迎接船只的神兵，照老规矩，凡伤害的必赔一大小相等银乌鸦，因此从不会有人敢伤害它。

几件事都是人的事情。与人生活不可分，却又杂糅神性和魔性。湘西的传说与神话，无不古艳动人。同这样差不多的还很多。湘西的神秘，和民族性的特殊大有关系。历史上"楚"人的幻想情绪，必然孕育在这种环境中，方能滋长成为动人的诗歌。想保存它，同样需要这种环境。

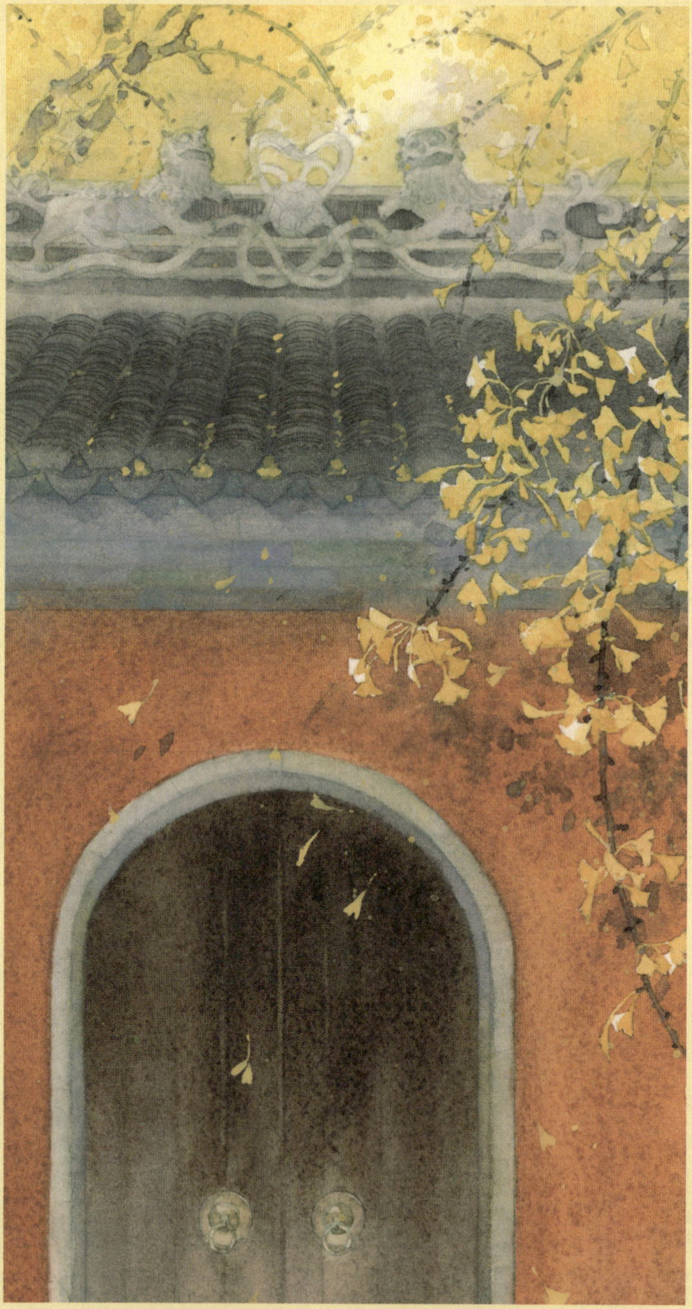

辑四

活得简单才能活得自由

「我有一颗能为一切现世光影而跳跃的心,就很够了。」

云南看云

海市蜃楼虽并不常在人眼底,却永远在人心中

云南是因云而得名的。可是外省人到了云南一年半载后,一定会和本地人差不多,对于云南的云,除却只能从它变化上得到一点晴雨知识,就再也不会单纯地来欣赏它的美丽了。看过卢锡麟先生的摄影后,必有许多人方俨然重新觉醒,明白自己是生在云南,或住在云南。云南特点之一,就是天上的云变化得出奇。尤其是傍晚时候,云的颜色,云的形状,云的风度,实在动人。

战争给许多人一种有关生活的教育,走了许多路,过了许多桥,睡了许多床,此外还必然吃了许多想象不到的苦头。然而真正具有教育意义的,说不定倒是明白许多地方各有各的天气,天气不同还多少影响到一点人事。云有云的地方性:中国北部的云厚重,人也同样那么厚重。南部的云活泼,人也同样那么活泼。海边的云幻异,渤海和南海云又各不相同,正如两处海边的人性情不同。河南的云一片黄,抓一把下来似乎就可以做窝窝头,云粗中有细,人亦粗中有细。湖湘

的云一片灰，长年挂在天空一片灰，无性格可言，然而橘子辣子就在这种地方大量产生，在这种天气下成熟，却给湖南人增加了生命的发展性和进取精神。四川的云与湖南云虽相似而不尽相同，巫峡峨眉夹天耸立，高峰把云分割又加浓，云似乎有了生命，人也有了生命。

论色彩丰富，青岛海面的云应当首屈一指。有时五色相煊，千变万化，天空如展开一张图案新奇的锦毯。有时素净纯洁，天空只见一片绿玉，别无他物。看来令人起轻快感、温柔感、音乐感、情欲感。一年中有大半年天空完全是一幅神奇的图画，有青春的嘘息，煽起人狂想和梦想，海市蜃楼即在这种天空显现。海市蜃楼虽并不常在人眼底，却永远在人心中。秦皇汉武的事业，同样结束在一个长生不死青春常在的美梦里，不是毫无道理的。云南的云给人印象大不相同，它的特点是素朴，影响到人性情也应当挚厚而单纯。

云南的云似乎是用西藏高山的冰雪，和南海长年的热浪，两种原料经过一种神奇的手续完成的。色调出奇的单纯，唯其单纯反而见出伟大。尤以天时晴明的黄昏前后，光景异常动人。完全是水墨画，笔调超脱而大胆。天上一角有时黑得如一片漆，它的颜色虽然异样黑，给人感觉竟十分轻。在任何地方"乌云蔽天"照例是个沉重可怕的象征，唯有云南傍晚的黑云，越黑反而越不碍事，且表示第二天天气必然顶好。几年前中国古物运到伦敦展览时，有一个赵松雪作的卷子，名《秋江叠嶂》，净白如玉的澄心堂纸上用浓墨重重涂抹，淡墨粗粗扫拂，给人印象却十分秀美；云南的云也恰恰如此，看来只觉得黑而秀。

可是我们若在黄昏前后，到城郊外一个小丘上去，或坐船在滇池中，看到这种云彩时，低下头来定会轻轻地叹一口气。具体一点将发生"大好河山"感想，抽象点将发生"逝者如斯"感想。心中一定觉得有些痛苦，为一片悬在天空中的沉静黑云而痛苦。因为这东西给了我们一种无言之教，比目前政论家的文章，宣传家的讲演，杂感家的讽刺文，都高明得多深刻得多，同时还美丽得多。觉得痛苦原因或许也就在此。那么好看的云，孕育了在这一片天底下讨生活的人，究竟是些什么？是一种精深博大的人生理想？还是一种单纯美丽的诗的感情？若把它与地面所见、所闻、所有两相对照，实在使人不能不痛苦！

在这美丽天空下，人事方面，我们每天所能看到的，除了空洞的论文，不通的演讲，小巧的杂感，此外似乎到处就只碰到"法币"。商人和银行办事人直接为法币而忙。最可悲的现象，实无过于大学校的商学院，每到注册上课时，照例人数必最多。这些人其所以习经济、学会计，都可说对于生命毫无高尚理想可言，目的只在毕业后能入银行做事。"熙熙攘攘，皆为利往，挤挤挨挨，皆为利来，利之所在，群集若蛆。"教务处几个熟人都不免感到无可奈何。教这一行的教授，也认为风气实不大好。社会研究所的专家，机会一来即向银行跑。习图书馆的，弄考古的，学外国文学的，因为亲戚、朋友、同乡……种种机会，不少人也像失去了对本业的信心。有子女升学的，都不反对子弟改业从实际出发，能挤进银行或相近金融机关做办事员。大部分优秀脑子，都给真正的法币和抽象的法币弄得昏昏的，失去了应有的灵敏与弹性，以及对于"生命"较深一层的认识。其余平常小职员、小市民的脑子，成天打算些什么，也就可想而知了。云南的云即或再美丽一点，对于真正的多数人，还似乎毫无意义可言的。

近两个月来本市在连续的警报中，城中二十万市民，无一不早早地就跑到郊外去，向天空把一个颈脖昂酸，无一人不看到过几片天空飘动的浮云，仰望结果，不过增加了许多人对于财富得失的忧心罢了。"我的越币下落了""我的汽油上涨了""我的事业这一年发了五十万财""我从公家赚了八万三"，这还是就仅有十几个熟人口里说说的。此外说不定还有三五个教授之流，终日除玩牌外无其他娱乐，会想到前一晚上玩麻雀牌输赢事情，聊以解嘲似的自言自语："我输牌不输理。"这种博学多闻教授先生，当然永远是不输理的，在警报解除以后，还不妨跑到老同学住处去，再玩个八圈，证明一下输的究竟是什么。一个人若乐意在地下爬，以为是活下来最好的姿势，他人劝说不妨试站起来走，或更盼望他挺起脊梁来做个人，当然是不会有什么结果的。

就在这么一个社会这么一种情形中，卢先生却来展览他在云南的照相，告给我们云南法币以外还有些什么。即以天空的云彩言，色彩单纯的云有多健美、多飘逸、多温柔、多崇高！观众人数多，批评好，正说明只要有人会看云，就能从云影中取得一种诗的感兴和热情，还可望将这种尊贵有传染性的感情，转给另外一种人。换言之，就是云南的云即或不能直接教育人，还可望由一个艺术家的心与手，间接来教育人。卢先生照相的兴趣，似乎就在介绍这种美丽感印给多数人，所以作品中对于云物的题材，处理得特别好。每一幅云都有一种不同的性情，流动的美。不纤巧，不做作，不过分修饰，一任自然，心手相印，表现得素朴而亲切，作品成功是必然的。可是得到"赞美"不是艺术家最终的目的，应当还有一点更深的意义。我意思是如果一种可怕的庸俗实际主义，正在这个社会各组织各阶层间普遍流行，腐蚀我们多数人做人的良心，做人的理想，且在同时把许多人有形无形市侩化。社会中优秀分子一部分，所梦想，所希望，也都只是糊口混日子了事，毫无一种较高的情感，更缺少用这情感去追求一个美丽而伟大的道德原则的勇气时，我们这个民族应当怎么办？若大学生读书目的，不是站在柜台边做行员，就是坐在公事房做办事员，脑子都不用，都不想，只要有一碗饭吃就算有了出路。甚至于做政论的，做讲演的，写不高明讽刺文的，习理工的，玩玩文学充文化人的，办党的，信教的出路也都是只顾眼前。大众眼前固然都有了出路，这个国家的明天，是不是还有希望可言？我们如真能够像卢先生那么静观默会天空的云彩，云物的美丽，也许会慢慢地陶冶我们，启发我们，改造我们，使我们习惯于向远景凝眸，不敢堕落，不甘心堕落，我以为这才像是一个艺术家最后的目的。正因为这个民族是在求发展，求生存，战争了已经三年，战争虽败北，不气馁，虽死亡万千人民，牺牲无数财富，亦仍然能坚持抗战，就为的是这战争背后还有个庄严伟大的理想，使我们对于忧患之来，在任何情形下都能忍受。我们其所以能忍受，不特是我们要发展，要生存，还要为后来者设想，使他们活在这片土地上，更好一点，更像人一点！我们责任那么严重而且又那么困难，所以不特多数知识分子必然要有一个较坚朴的人生观，拉之向上，推之向前，就是做生意的，也少不了需要那么一分知识，方能够把企业的发展与国家的发展，放在同一目标上，分道并进，异途同归。

举一个浅近的例来说说：我们的眼光注意到"出路""赚钱"以外，若还能够估量到在滇越铁路的另一端，正有多少鬼蜮成性阴险狡诈的木屐儿，圆睁两只鼠眼，安排种种巧计阴谋，在武力与武器无作用地点，预备把劣货倾销到昆明来，且把推销劣货的责任，要派给昆明市的大小商家时，就知道学习注意远处，实在是目前一件如何重要的事情！照相必选择地点，取准角度，方可望有较好效果。做人何尝不是一样。明分际，识大体，"有所不为"，敌人虽花样再多，劣货在有经验商家的眼中，总依然看得出。取舍之间是极容易的。若只图发财，见利忘义，"无所不为"，日本货变成国货，改头换面，不过是翻手间事！劣货推销仅仅是若干有形事件中之一种。此外各层知识阶级中不争气处，所作所为，实有更甚于此者。

所以我觉得卢先生的摄影，不只是给人看看，还应当引人深思。

一九四零年作于昆明

云南的歌会

这些小发现，对我来说却意义深长

　　云南本是个诗歌的家乡，路南和迤西歌舞早著名全国，这一回却更加丰富了我的见闻。

　　这是种生面别开的场所，对调子的来自四方，各自蹲踞在松树林子和灌木丛沟凹处，彼此相去虽不多远，却互不见面。唱的多是情歌酬和，却有种种不同方式。或见景生情，即物起兴，用各种丰富譬喻，比赛机智才能。或用提问题方法，等待对方答解。或互嘲互赞，随事押韵，循环无端。也唱其他故事，贯穿古今，引经据典，当事人照例一本册，滚瓜熟，随口而出。在场的既多内行，开口即见高低，含糊不得。所以不是高手，也不敢轻易搭腔。那次听到一个年轻妇女一连唱败了三个对手，逼得对方哑口无言，于是轻轻地打了个吆喝，表示胜利结束，从荆条丛中站起身子，理理发，拍拍绣花围裙上的灰土，向大家笑笑，意思像是说，"你们看，我唱赢了"，显得轻松快乐，拉着同行女伴，走过江米酒担子边解口渴去了。

这种年轻女人在昆明附近村子中多的是。性情开朗活泼，劳动手脚勤快，生长得一张黑中透红枣子脸，满口白白的糯米牙，穿了身毛蓝布衣裤，腰间围个钉满小银片扣花葱绿布围裙，脚下穿双云南乡下特有的绣花透孔鞋，油光光辫发盘在头上。不仅唱歌十分在行，大年初一和同伴各个村子里去打秋千，用马皮做成三丈来长的秋千条，悬挂在高树上，蹬个十来下就可平梁，还悠游自在若无其事！

在昆明乡下，一年四季早晚，本来都可以听到各种美妙有情的歌声。由呈贡赶火车进城，向例得骑一匹老马，慢吞吞地走十里路。有时赶车不及，还得原路退回。这条路得通过些果树林、柞木林、竹子林和几个大半年开满杂花的小山坡。马上一面欣赏土坎边的粉蓝色报春花，在轻和微风里不住点头，总令人疑心那个蓝色竟像是有意模仿天空而成的；一面就听各种山鸟呼朋唤侣，和身边前后三三五五赶马女孩子唱的各种本地悦耳好听山歌。有时面前三五步路旁边，忽然出现个花茸茸的戴胜鸟，蠢起头顶花冠，瞪着个油亮亮的眼睛，好像对于唱歌也发生了兴趣，征询我的意见，经赶马女孩子一喝，才扑着翅膀掠地飞去。这种鸟大白天照例十分沉默，可是每在晨光熹微中，却欢喜坐在人家屋脊上，"郭公郭公"反复叫个不停。最有意思的是云雀，时常从面前不远草丛中起飞，扶摇盘旋而上，一面不住唱歌，向碧蓝天空中钻去，仿佛要一直钻透蓝空。伏在草丛中的云雀群，却带点鼓励的意思相互应和。直到穷目力看不见后，忽然又像个小流星一样，用极快速度下坠到草丛中，和其他同伴会合，于是另外几只云雀又接着起飞。赶马女孩子年纪多不过十四五岁，嗓子通常并没经过训练，有的还发哑带沙，可是在这种环境气氛里，出口自然，不论唱什么，都充满一种淳朴本色美。

大伙儿唱得最热闹的叫"金满斗会"。有一次由村子里人发起举行，到时候住处院子两楼和那道长长屋廊下，集合了乡村男女老幼百多人，六人围坐一桌，足足坐满了三十来张矮方桌，每桌各自轮流低声唱《十二月花》，和其他本地好听曲子。声音虽极其轻柔，合起来却如一片松涛，在微风荡动中舒卷张弛不定，有点龙吟凤啸意味。仅是这个唱法就极其有意思。唱和相续，一连三天才散场。来会的妇女占多数，和逢年过节差不多，一身收拾得清洁利索，头上手中到处是银光闪闪，使人不敢认识。我以一个客人身份挨桌看去，很多人都像面善，可叫不出名字。随后才想起这个是村子口摆小摊卖酸泡梨的，那个是城门边挑水洗衣的，此外还有打铁箍桶的工匠、小杂货商店的管事、乡村土医生和阉鸡匠，更多的自然是赶马女孩子和不同年龄的农民以及四处飘乡赶集卖针线花样的老太婆，原来熟人真不少！集会表面说是避疫免灾，主要作用还是传歌。由老一代把记忆中充满智慧和热情的东西，全部传给下一辈。反复唱下去，到大家熟习为止。因此在场年老人格外兴奋活跃，经常每桌轮流走动。主要作用既然在照规矩传歌，不问唱什么都不犯忌讳。就中最当行出色的是一个吹鼓手，年纪已过七十，牙齿早脱光了，却能十分热情整本整套地唱下去。除爱情故事，此外嘲烟鬼，骂财主，样样在行，真像是一个"歌库"（这种人在我们家乡则叫作歌师傅）。小时候常听老太婆口头语，"十年难逢金满斗"，意思是盛会难逢，参加后才知道原来如此。

昆明冬景

原来一切生物都各有它的心事

　　新居移上了高处，名叫北门坡，从小晒台上可望见北门门楼上用虞世南体写的"望京楼"的匾额。上面常有武装同志向下望，过路人马多，可减去不少寂寞。我的住屋前面是个大敞坪，敞坪一角有杂树一林。尤加利树瘦而长，翠色带银的叶子，在微风中荡摇，如一面一面丝绸旗帜，被某种力量裹成一束，想展开，无形中受着某种束缚，无从展开。一拍手，就常常可见圆头长尾的松鼠，在树枝间惊窜跳跃。这些小生物又如把本身当成一个球，在空中抛来抛去，俨然在这种抛掷中，能够得到一种生命自足的乐趣，一种从行为中证实生命存在的快乐。且间或稍微休息一下，四处顾望，看看它这种行为能不能够引起其他生物的注意。或许会发现，原来一切生物都各有它的心事。那个在晒台上拍手的人，眼光已离开尤加利树，向虚空凝眸了。虚空一片明蓝，别无他物。这也就是生物中之一种，"人"，多数人中一种人，目前对于生命存在的意义，他的想象或情感，正在不可见的一种树枝间攀缘跳跃，同样略带一点惊惶，一点不安，在时间上转移，由彼到此，始终不息。他是三月前由沅陵坐了二十四天的公路汽车，才独自来到昆明的。

敞坪中妇人孩子虽多，对这件事却似乎都把它看得十分平常，从不曾有谁将头抬起来看看。昆明地方到处是松鼠，许多人对于这小小生物的知识，不过是把它捉来卖给"上海人"，值"中央票子"两毛钱到一块钱罢了。站在晒台上的那个人，就正是被本地人称为"上海人"，花用中央票子，来昆明租房子住家工作过日子的。住到这里来近于凑巧，因为凑巧反而不会令人觉得稀奇了。妇人多受雇于附近一个小小织袜厂，终日在敞坪中摇纺车纺棉纱。孩子们无所事事，便在敞坪中追逐吵闹，拾捡碎瓦小石子打狗玩。敞坪四面是路，时常有无家狗在树林中垃圾堆边寻东觅西，鼻子贴地各处闻嗅，一见孩子们蹲下，知道情形不妙，就极敏捷地向坪角一端逃跑。有时只露出一个头来，两眼很温和地对孩子们看着，意思像是要说："你玩你的，我玩我的，不成吗？"有时也成。那就是个卖牛羊肉的，扛了个木架子，带着官秤，方形的斧头，雪亮的牛耳尖刀，来到敞坪中，搁下架子找寻主顾时。妇女们多放下工作，来到肉架边，讨价还钱。孩子们的兴趣转移了方向。几只野狗便公然到敞坪中来，由经验提高了警惕，先是坐在敞坪一角便于逃跑的地方，远远地看热闹。其次是在一种试探形式中，慢慢地走近人丛中来。直到忘形挨近了肉架边，被那羊屠户见着，扬起长把手斧，大吼一声"畜生，走开！"方肯略略走开，站在人圈子外边，用一种非常诚恳非常热情的态度，略微偏着头，欣赏肉架上的前腿、后腿，以及后腿末端那条带毛小羊尾巴，和搭在架旁那些花油。意思像是觉得不拘什么地方都很好，都无话可说，因此它不说话。它在等待，无望无助地等待。照例妇人们在集群中向羊屠户连嚷带笑，加上各种"神明在上，报应分明"的誓语，这一个证明实在赔了本，那一个证明买了它家用的秤并不大，好好歹歹做成了交易，过了秤，数了钱，得钱的走路，得肉的进屋里去，把肉挂在悬空钩子上，孩子们也随同进到屋里去时，这些狗方趁空走近，把鼻子贴在先前一会儿搁肉架的地面，闻嗅闻嗅，或得到点骨肉碎渣，一口咬住，就忙匆匆向敞坪空处跑去，或向尤加利树下跑去。树上正有松鼠剥果子吃，果子掉落地上。上海人走过来拾起嗅嗅，有"万金油"气味，微辛而芳馥。

早上六点钟，阳光在尤加利树高处枝叶间敷上一层银灰光泽。空气寒冷而清爽。敞坪中很静，无一个人，无一只狗。几个竹制纺车瘦骨伶精地搁在间小板屋旁边。站在晒台上望着这些简陋古老工具，感觉"生命"形式的多方。敞坪中虽空空的，却有些声音仿佛从敞坪中来，在他耳边响着。

"骨头太多了，不要这个腿上大骨头。"

"嫂子，没有骨头怎么走路？"

"曲蟮有不有骨头？"

"你吃曲蟮？"

"哎哟，菩萨。"

"菩萨是泥的木的，不是骨头做成的。"

"你毁佛骂佛，死后会入三十三层地狱，磨石碾你，大火烧你，饿鬼咬你。"

"活下来做屠户，杀羊杀猪，给你们善男信女吃，做赔本生意，死后我会坐在莲花上，只往上飞，飞到西天一个池塘里，洗个大澡，把一身罪过，一身羊臊血腥气，洗得干干净净！"

"西天是你们屠户去的？白做梦！"

"好，我不去让你们去。我们做屠户的都不去了，怕你们到那地方肉吃不成！你们都不吃肉，吃长斋，将来西天住不下，急坏了佛爷，还会骂我们做屠户的不会做生意。一辈子做赔本生意，不光落得人的骂名，还落个佛的骂名。肉你不要，我拿走。"

"你拿走好！肉臭了，看你喂狗吃。"

"臭了我就喂狗吃，不很臭，我把人吃。红焖好了请人吃，还另加三碗苞谷烧酒，怕不有人叫我做伯伯、舅舅、干老子。许我每天念《莲花经》一千遍，等我死后坐朵方桌大金莲花到西天去！"

"送你到地狱里去，投胎变一只蛤蟆，日夜哗呱呱叫。"

"我不上西天，不入地狱。忠贤区区长告我说，姓曾的，你不用卖肉了吧，你住忠贤区第八保，昨天抽壮丁抽中了你，不用说什么，到湖南打仗去。你个子长，穿上军服排队走在最前头，多威武！我说好，什么时候要我去，我就去。我怕无常鬼，日本鬼子我不怕。派定了我，要我姓曾的去，我一定去。"

"××××××××"

"我去打仗，保卫武汉三镇。我会打枪，我亲哥子是机关枪队长！他肩章上有三颗星，三道银边！我去就要当班长，打个胜仗，我就升排长。打到北平去，赶一群绵羊回云南来做生意，真正做一趟赔本生意！"

接着便又是这个羊屠户和几个妇人各种赌咒的话语。坪中一切寂静，远处什么地方有军队集合，下操场的喇叭声音在润湿空气中振荡。静中有动。他心想："武汉已陷落三个月了。"

屋上首一个人家白粉墙刚刚刷好，第二天，就不知被谁某一个克尽厥职的公务员看上了，印上十二个方字。费很多想象把字认清楚后，更费很多想象把意思也弄清楚了。只就中间一句话不大明白，"培养卫生"。这好像是多了两个字或错了两个字。这是小事。然而小事若弄得使人糊涂，不好办理，大处自然更难说了。

一会儿，戴着小小铜项铃的瘦马，驮着粪桶过去了。

一个猴子似的瘦脸嘴人物，从某个人家小小黑门边探出头来，"娃娃，娃娃"，娃娃不回声。见景生情，接着他自言自语说道："你哪里去了？吃屎去了？"娃娃年纪已经八岁，上了学校，可是学校因疏散下了乡，无学校可上，只好终日在敞坪里煤堆上玩。"煤是哪里来的？""地下挖来的。""做什么用？""可以烧火。"娃娃知道的同一些专门家知道的相差并不很远。那个上海人心想："你这孩子，将来若可以升学，无妨入矿冶系。因为你已经知道煤炭的出处和用途。好些人就因那么一点知识，被人称为专家，活得很有意义！"

娃娃的父亲，在儿子未来发展上，却老做梦，以为长大了应当做设治局长、督办。——照本地规矩，当这些差事很容易发财，发了财，买下对门某家那栋房子。上海人越来越多了，到处有人租房子，肯出大价钱，押租又多。放三分利，利上加利，三年一个转。想象因之丰富异常。

做这种天真无邪的好梦的人恐怕正多着，这恰好是一个地方安定与繁荣的基础。

提起这个会令人觉得痛苦，是不是？不提也好。

因为你若爱上了一片蓝天，一片土地，和一群忠厚老实人，你一定将不由自主地嚷："这不成！这不成！天不辜负你们这群人，你们不应当自弃，不应当！得好好地来想办法！你们应当得到的还要多，能够得到的还要多！"

于是必有人问："先生，你这是什么意思？在骂谁？教训谁？想煽动谁？用意何居？"

问得你莫名其妙，不特对于他的意思不明白，便是你自己本来的意思，也会弄糊涂的。话不接头，两无是处。你爱"人类"，他怕"变动"。你"热心"，他"多心"。

"美"字笔画并不多，可是似乎很不容易认识。"爱"字虽人人认识，可是真懂得它的意义的人却很少。

一九三九年二月

绿魇

一点单纯的人性，在得失哀乐间
形成奇异的式样

一　绿

我躺在一个小小山地上，四围是草木蒙茸枝叶交错的绿荫，强烈阳光从枝叶间滤过，洒在我身上和身前一片带白色的枯草间。松树和柏树做成一朵朵墨绿色，在十丈远近河堤边排成长长的行列。同一方向距离稍近些，枝柯疏朗的柿子树，正挂着无数玩具一样明黄照眼的果实。在左边，更远些公路上，和较近人家屋后，尤加利树高摇摇的树身，向天直矗，狭长叶片杨条鱼一般在微风中闪泛银光。近身园地中那些石榴树，每丛相去丈许各自在阳光下立定，叶子细碎绿中还夹杂些鲜黄，阳光照及处都若纯粹透明。仙人掌的堆积物，在园坎边一直向前延展，若不受小河限制，俨然即可延展到天际。肥大叶片绿得异常哑静，对于阳光竟若特有情感，吸收极多，生命力因之亦异常饱满。最动人的还是身后高地那一片待收获的高粱，枝叶在阳光雨露中已由青泛黄，各顶着一丛丛紫色颗粒，在微风中特有种萧瑟感，同时从成熟状态中也可看出这一年来人的劳力与希望结合的庄严。从松柏树的行列罅隙间,还可看到远处浅淡的绿原,和那些刚由闪光锄头翻过的赭色田亩相互交错,以及镶在这个背景中的村落,村落尽头那一线银色湖光。在我手脚可及处,却可从银白光泽的狗尾草细长枯杆和黄茸茸杂草间,发现各式各样绿得等级完全不同的小草。

我努力想来捉捕这个绿芜照眼的光景,和在这个清洁明朗空气相衬,从平田间传来的锄地声,从村落中传来的舂米声,从山坡下一角传来的连枷扑击声,从空气中传来的虫鸟搏翅声,以及由于这些声音共同形成的特殊静境,手中一支笔,竟若丝毫无可为力。只觉得这一片绿色,一组声音,一点无可形容的气味综合所做成的境界,使我视听诸官觉沉浸到这个境界中后,已转成单纯到不可思议。企图用充满历史霉斑的文字来写它时,竟是完全的徒劳。

地方对于我虽并不完全陌生,可是这个时节耳目所接触,却是个比梦境更荒唐的实在。

强烈的午后阳光,在云上,在树上,在草上,在每个山头黑石和黄土上,在一枚爬着的飞动的虫蚁触角和小脚上,在我手足颈肩上,都恰像一只温暖的大手,到处给以同样充满温情的抚摩。但想到这只手却是从亿万里外向所有生命伸来的时候,想象便若消失在天地边际,使我觉得生命在阳光下,已完全失去了旧有意义了。

其时松树顶梢有白云驰逐,正若自然无目的的游戏。阳光返照中,天上云影聚拢复散开;那些大小不等云彩的阴影,便若匆匆忙忙地如奔如赴从那些刚过收割期不久的远近田地上一一掠过,引起我一点新的注意。我方从那些灰白色残余禾株间,发现了些银绿色点子。原来十天半月前,庄稼人趁收割时嵌在禾株间的每一粒蚕豆种子,在润湿泥土与和暖阳光中,已普遍从薄而韧的壳层里,解放了生命,茁起了小小芽梗，有些下种较早的，且已变成绿芜一片。小溪上这里那里到处有白色蜉蝣蚊蠓，在阳光下旋成一个柱子，队形忽上忽下，表示对于暂短生命的悦乐。阳光下还有些红黑对照色彩鲜明的小甲虫，各自从枯草间找寻可攀缘的白草，本意俨若就只是玩玩，到了尽头时，便常常从草端从容堕下，毫不在意，使人对于这个小小生命所具有的完整性，感到无限惊奇。忽然间，有个细腰大头黑蚂蚁，爬上了我的手背，仿佛有所搜索，到后便停顿在中指关节间，偏着个头，缓慢舞动两个小小触须，好像带点怀疑神气，向阳光提出询问："这是什么东西？有什么用处？"

我于是试在这个纸上，开始写出我的回答："这个古怪东西名叫手爪，和这个动物的生存发展大有关系。最先它和猴子不同处，就是这个东西除攀树走路以外，偶然发现了些别的用途。其次是服从那个名叫脑子的妄想，试做种种活动，把石头磨成武器，用木头摩擦生火，因此这类动物中慢慢地就有了文化和文明，以及代表文化文明的一切事事物物。这一处动物和那一处动物，既生存在气候不同物产不同迷信不同环境中，脑子的妄想以及由于妄想所产生的一切，发展当然就不大一致，到两方面失去平衡时，因此就有了战争。战争的意义，简单一点说来，便是这类动物的手爪，暂时各自返回原始的用途，用它来撕碎身边真实或假想的仇敌，并用若干年来手爪和脑子相结合产生的精巧工具，在一种多少有点疯狂恐怖情绪中，毁灭那个妄想与勤劳的堆积物，以及一部分年轻生命。必须重新得到平衡后，这个手爪方有机会重新转用到有意义的方面去。那就是说生命的本来，除战争外有助于人类高尚情操的种种发展。战争的好处，凡是这类动物都异常清楚，我向你可说的也许是另外一回事，是因动物所住区域和皮肤色泽产生的成见，与各种历史上的荒谬迷信，可能会因之而消失，代替来的虽无从完全合理，总希望可能比较合理。正因为战争像是永远去不掉的一种活动，所以这些动物中具妄想天赋也常常被阿谀势力号称'哲人'的，还有对于你们中群的组织，加以特别赞美，认为这个动物的明日，会从你们组织中取法，来做一切法规和社会设计的。关于这一点你也许不会相信。可是凡是属于这个动物的问题，照例有许多事，他们自己也就不会相信！他们的心和手结合为一形成的知识，已能够驾驭物质，征服自然，用来测量在太空中飞转星球的重量和速度，好像都十分有把握，可始终就不大能够处理名为'情感'的这个名词，以及属于这个名词所产生的种种悲剧。大至于人类大规模的屠杀，小至于个人家庭纠纠纷纷，一切'哲人'和这个问题碰头时，理性的光辉都不免失去，乐意转而将它交给'伟人'或'宿命'来处理。这也就是这个动物无可奈何处。到现在为止，我们还缺少一种哲人，有勇气敢将这个问题放到脑子中向深处追究。也有人无章次地梦想过，对伟人宿命所能成就的事功怀疑，可惜使用的工具却已太旧，因之名叫'诗人'，同时还有个更相宜的名称，就是'疯子'。"

那只蚂蚁似乎并未完全相信我的种种胡说，重新在我手指间慢慢爬行，忽若有所悟，又若生怕触犯忌讳，急匆匆地向枯草间奔去，即刻消失了。它的行为使我想起十多年前一个同船上路的大学生，当我把脑子想到的一小部分事情向他道及时，他那种带着谨慎怕事惶恐逃走的神情，正若向我表示："一个人思索太荒谬不近人情。我是个规矩公民，要的是份可靠工作，有了它我可以养家活口。我的理想只是无事时玩玩牌，说点笑话，买个储蓄奖券。这世界一切都是假的，相信不得，尤其关于人类向上书呆子的理想。我只见到这种理想和那种理想冲突时的纠纷混乱，把我做公民的信仰动摇，把我找出路的计划妨碍。我在大学读过四年书，所得的好结论，就是绝对不做书呆子，也不受任何好书本影响！"快二十年了，这个公民微带嘶哑充满自信的声音，还在我耳际萦回。这个朋友和许多知分定的知识阶级一样，这时节说不定已做了委员、厅长或主任。在世界上活得也好像很尊严、很幸福。一双灰色斑鸠从头上飞过，消失到我身后斜坡上那片高粱林中去了，我于是继续写下去，试来询问我自己：

"我这个手爪，这时节有些什么用处？将来还能够做些什么？是顺水浮舟，放乎江潭？是醋糟啜醨，拖拖混混？是打拱作揖，找寻出路？是卜课占卦，遣有涯生？"

自然是无结论可得。一片绿色早把我征服了。我的心在这个时节就毫无用处，没有取予，缺少爱憎，失去应有的意义。在阳光变化中，我竟有点怀疑，我比其他绿色生物，究竟是否还有什么不同处。很显明，即有点分别，也不会比那生着桃灰色翅膀，颈臂上围条花带子的斑鸠，与树木区别还来得大。我仿佛触着了生命的本体。在阳光下包围于我身边的绿色，也正可用来象征人生，虽同一是个绿色，却有各种层次。绿与绿的重叠，分量比例略微不同时，便产生各种差异。这片绿色既在阳光下不断流动，因此恰如个伟大乐曲的章节，在时间交替下进行，比乐律更精微处，是它所产生的效果，并不引起人对于生命的痛苦与悦乐，也不表现出人生的绝望和希望。它有的只是一种境界，在这个境界中，似乎人与自然完全趋于谐和，在谐和中又若还具有一分突出自然的明悟。必须稍次一个等级，才能和音乐所煽起的情绪相邻，再次一个等级，才能和诗歌所传递的感觉相邻。然而这个层次的降落原只是一种比拟，因为阳光转斜时，空气已更加温柔，那片绿原中渐渐染上一层薄薄灰雾，远处山头有由绿色变成黄色的，也有由淡紫色变成深蓝色的。正若一个人从壮年移渡到中年，由中年复转成老年，先是鬓毛微斑，随即满头如雪，生命虽日趋衰老，一时可不曾见出齿牙摇落的日暮景象。其时生命中杂念与妄想,为岁月漂洗而去尽,一种清净纯粹之气,却形于眉宇神情间。人到这个状况下时,自然比诗歌和音乐更见得素朴而完整。

我需要一点欲念,因为欲念若与那个社会限制发生冲突,将使我因此而痛苦。我需要一点狂妄,因为若扩大它的作用,即可使我从这个现实光景中感到孤单。不拘痛苦或孤单,都可将我重新带进这个乱糟糟的人间,让固执的爱与热烈的恨,抽象或具体的交替来折磨我这颗心,于是我会从这个绿色次第与变化中,发现象征生命所表现的种种意志。如何形成一个小小花蕊,创造出一根刺,以及那个凭借草木在微风中摇荡飞扬旅行的银白色茸茸毛种子,成熟时自然轻轻爆裂弹出种子的豆荚,这里那里还无不可发现一切有生为生存与繁殖所具有的不同德行。这种种德行,又无不本源于一种坚强而韧性的试验,在长时期挫折与选择中方能形成。我将大声叫嚷:"这不成!这不成!我们人类的意志是个什么形式?在长期试验中有了些什么变化和进展?它存在,究竟何处?它消失,究竟为什么而消失?一个民族或一种阶级,它的逐渐堕落,是不是纯由宿命,一到某种情形下即无可挽救?会不会只是偶然事实,还可能用一种观念一种态度将它重造?我们是不是还需要些人,将这个民族的自尊心和自信心,用一些新的抽象原则,重建起来?对于自然美的热烈赞颂,对传统世故的极端轻蔑,是否即可从更年轻一代见出新的希望?"

不知为什么,我的眼睛却被这个离奇而危险的想象弄得迷蒙潮润了。

我的心,从这个绿荫四合所做成的奇迹中,和斑鸠一样,向绿荫边际飞去,消失在黄昏来临以前的一片灰白雾气中,不见了。

……一切生命无不出自绿色,无不取给于绿色,最终亦无不被绿色所困惑。头上一片光明的蔚蓝，若无助于解脱时，试从黑处去搜寻，或者还会有些不同的景象。一点淡绿色的磷光，照及范围极小的区域，一点单纯的人性，在得失哀乐间形成奇异的式样。由于它的复杂与单纯，将证明生命于绿色以外，依然能存在，能发展。

二　黑

　　同样是强烈阳光中，长大院坪里正晒了一堆堆黑色的高粱，几只白母鸡在旁边啄食。一切寂静。院子一端草垛后的侧屋中，有木工的斧斤削砍声和低沉人语声，更增加这个乡村大宅的静境。

　　当我第一次用"城里人"身份，进到这个乡户人家广阔庭院中，站在高粱堆垛间，为迎面长廊承尘梁柱间的繁复炫目金漆彩绘呆住时，引路的马夫，便在院中用他那个为烟草所毁发沙带哑的嗓子嚷叫起来："二奶奶，二奶奶，有人来看你房子！"

　　那几只白母鸡起始带点惊惶神气，奔窜到长廊上去。二奶奶于是从大院左侧断续斧斤声中厢屋走了出来。六十岁左右，一身的穿戴，一切都是三十年前老辈式样，额间玄青缎勒正中镶上一片绿玉，耳边两个玉镶大金环，阔边的袖口和衣襟，脸上手上象征勤劳的色泽和粗线条皱纹，端正的鼻梁，微带忧郁的温和眼神，以及从相貌中即可发现的一颗厚道单纯的心，我心想："房子好，环境好，更难得的也许还是这个主人，一个本世纪行将消失、前一世纪的正直农民范本。"

　　我稍微有点担心，即这房子未必有希望由我来处分。可是一分钟后，我就明白这点忧虑为不必要了。

　　于是照一般习惯，我开始随同这个肩背微偻的老太太，各处慢慢走去。从那个充满繁复雕饰涂金绘彩的长廊，走进靠右的院落。在门廊间小小停顿时，我不由得不带着诚实赞美口气说："老太太，你这房子真好！木材多整齐，工夫多讲究！"

正像这种赞美是必然的,二奶奶便带着客气的微笑,指点第一间空房给我看,一面说:"不好,不好,好哪样!城里好房子多呐多!"

于是我们在雕花槅扇间,在镂空贴金拼嵌福寿字样的过道窗口下,在厅子里,在楼梯边,在一切分量沉重式样古拙朱漆灿然的家具旁,在连接两院低如船厅的长方形客厅中,在宽阔楼梯上,在后楼套房小小窗口那一缕阳光前,在供神木座一堆黟黑放光的铜像左右,到处都停顿了一会儿。这其间,或是二奶奶听我对于这个房子所做的颂扬,或是我听二奶奶对于这个房子种种说明。最后终于从靠右一个院落走出,回到前面大院子中,在那个六方边沿满是浮雕戏文故事的青石水缸旁站定,一面看木工拼合寿材,一面讨论房子问题。

"先生看可好?好就搬来住!楼上、楼下,你要的我就打扫出来。那边院子归我做主,这边归三房,都好商量。可要带朋友来看看?"

"老太太,房子太好了。不用再带我那些朋友来看也成。我们这时节就说好,不许反悔。后楼连佛堂算六间,前楼三间,楼下长厅子算两间,全部归我。今天二十五号,下月初我们一定会搬来。老太太你可不能反悔,又另外答应别人,这是不成的。"

"好啰,好啰,就是那么说,只管来好了。我们不是城里那些租房子的。乡下人心直口直,说一是一,你放心就是。"

走出了这个人家大门,预备上马回到小县城里去看看时,已不见原来那匹马和马夫,门前路坎边,有个乡下公务员模样的中年人,正把一匹小小枣骝马系在那株高大仙人掌树干上。当真的,一匹马系在一丈五六高的仙人掌树干上。那树上还正开放一簇簇酒杯大黄花!景象自然也是我这个城里人少见的。转过河堤前时,才看到马和马夫共同在那道小河边饮水。

这房子第一回给我的印象,竟简直像做个荒唐的梦。那个寂静的院落，那青石做成的雕花大水缸，那些充满东方人幻想将巧思织在对称图案上的金漆槅扇，那些大小笨重的家具，尤其是后楼那几间小套房，房间小小的，窗口小小的，下午三点左右一缕阳光斜斜从窗口流进，由暗朱色桌面逼回，徘徊在那些或黑或灰庞大的瓶罂间，所形成的那种特别空气，那种稀有情调，说陌生可并不吓怕，虽不吓怕可依然不易习惯，真使人不大相信是一个房间，这房间且宜于普通人住下！可是事实上，再过三五天，这些房间便将有大部分归我随意处分，我和几个朋友，就会用这些房间来做家了！

在马上时，我就试把这些房间一一分配给朋友：作画的宜在楼下那个长厅中，虽比较低矮，可相当宽阔光亮。弄音乐的宜住后楼，虽然光线不足，有的是僻静，人我两不相妨，至于那个特殊情调，对于习音乐的也许还更相宜。前楼那几间单纯光亮房子，自然就归给我了。因为由窗口望出去，远山近树的绿色，对于我的工作当有帮助；早晚由窗口射进来的阳光，对于孩子们健康实在需要。正当我猜想到房东生活时，那个肩背微伛的马夫，像明白我的来意，便插口说：

"先生，可看中那房子？这是我们县里顶好一所大房子。不多不少，一共做了十二年。椽子柱子亏老爹上山一根一根找来！你试留心看看，那些窗槅子雕的菜蔬瓜果，蛤蟆和兔子，样子全不相同，是一个木匠主事，用他的斧头凿子做成功的！还有那些大门和门闩，扣门锁门定打的大铁老鸹袢，那些承柱子的雕花石鼓，那些搬不出房门的大木床，哪样不是我们县里第一！往年老当家的在世时，看过房子的人跷起大拇指说：'老爹，呈贡县唯有你这栋房子顶顶好！'老爹就笑起来说：'好哪样！你说得好。'其实老爹累了十二年，造成这栋大房子，最快乐的事，就是人说这句话。他有空儿回答这句话。相貌活像个土地公公，见人就笑。修路搭桥，一生做了多少好事！在老房子住时，看坎上有匹白马，长得好膘头,看了八年,才把地买来。动工一挖,原来是四水缸白银元宝。先生你算算值多少！可是老爹为人脾气怪,房子好了不让小伙子住,说免得耗折福分。房子造好后好些房间都空着,老爹就又在那个房子里找木匠做寿材,自己监工,四个木匠整整做了一年,前后油漆了几十次,阴宅好后,他自己也就死了。新二房大爹接手当家,爱热闹要大家迁进来住,谁知年轻小伙子各另有想头,读书的,做事的,有了新媳妇的,都乐意在省上租房子住。到老的讨了个小太太后,和二奶奶合不来,老的自己也就搬回老屋,不再在新房子里住。所以如今就只二奶奶守房子。好大栋房子,拿来收庄稼当仓屋用！省上有人来看房子时,二奶奶高高兴兴带人楼上楼下打圈子,听人说房子好时,一定和那个老爹一样,会说'好哪样'。二奶奶人好心好,今年近七十了。大爹嘎,别的学不到,只把过世老爹没有的古怪脾气接过了手,家里人大小全都合不来。这几天听说二奶奶正请了可乐村的木匠做寿材,两副大四合寿木,要好几千中央票子！老夫老妇在生合不来,死后可还得埋在一个坑里去。……家里如今已不大成。老当家在时,一共有十二个号口,十二个大管事来来去去都坐软兜轿子,不肯骑马。老爹过去后减成三个号口。民国十二年,土匪看中了这房子,来住了几天,挑去了两担首饰银器,十几担现银元宝,十几担烟土。省里队伍来清乡,打走土匪后,说是这房子窝藏过土匪,又把剩下的东东西西扫刮搬走。这一来一往,家里也就差不多了。如今想发旺,恐怕要看小的一代去了。……先生,你可当真预备来疏散？房子清爽好住,不会有鬼的！"

从饶舌的马夫口里,无意中得到了许多关于这个房子的历史传说,恰恰补足了我所要知道的一切。

我觉得什么都好,最难得的还是和这个房子有密切关系的老主人,完全贴近土地的素朴的心,素朴的人生观。不提别的,单说将近半个世纪生存于这个单纯背景中所有的哀乐式样，就简直是一个宝藏，一本值得用三百五十页篇幅来写出的动人故事！我心想，这个房子，因为一种新的变动，会有个新的未来，房东主人在这个未来中，将是一个最动人的角色。

一个月后，我看过的一些房间，就已如我所估想的住下了人，此外在其他房间中，也住了些别的人。大房子忽然热闹了起来。四五个灶房都升了火，廊下到处牵上了晒衣裳的绳子，在强烈阳光下，各式各样衣物被单如彩色旗帜飘动。小孩子已发现了几个花钵中的蓓蕾，二奶奶也发现了小孩子在悄悄地掐折花朵，人类机心似乎亦已起始在二奶奶衰老生命和几个天真无邪孩子间，有了些微影响。后楼几个房间和那两个佛堂，更完全景象一新，一种稀有的清洁，一种年轻女人代表青春欢乐的空气。佛堂既做了客厅，且做了工作室，因此壁上的大小乐器，以及这些乐器转入手中时伴同年轻歌喉所做成的细碎嘈杂，自然无一不使屋主人感到新的变化。

过不久，这个后楼佛堂的客厅中，就有了大学教授和大学生，成为谦虚而随事服务的客人，起始陪同年轻女孩子做饭后散步，带了点心食物上后山去野餐，还常常到三里外长松林间去玩赏白鹭群。故事发展虽慢，结束得却突然。有一回，一个女孩赞美白鹭，本意以为这些俊美生物与田野景致相映成趣。一个习社会学的大学教授，却充满男性的勇敢，向女孩子表示，若有支猎枪，就可把松树顶上这些白鹭一只一只打下来。这一来白鹭并未打下，倒把结婚希望打落，于是留下个笑话，仿佛失恋似的走了。大学生呢，读《红楼梦》十分熟习，欢喜背诵点旧诗，可惜几个女孩却不大欣赏这种多情才调。二奶奶依然每天早晚洗过手后，就到佛堂前来敬香，点燃香，作个揖，在北斗七星灯盏中加些清油，笑笑地走开了。遇到女孩子们在玩乐器时，间或也用手试摸摸那些能发不同音响的筝笛琵琶，好像对于一个陌生孩子的慈爱。也坐下来喝杯茶，听听这些古怪乐器在灵巧手指间发出的新奇声音。这一切虽十分新奇，对于她内部的生命，却并无丝毫影响，对于她日常生活，也无何等影响。

随后楼下的青年画家，也留下些传说于几个年轻女孩子口中，独自往滇西大雪山下工作去了。住处便换了一对艺术家夫妇，和一个有天才称誉的小女孩子。壁上悬挂了些中画和西画，床前供奉了观音和耶稣，房中常有檀香山洋琵琶弹出的热情歌曲，间或还夹杂点充满中国情调新式家庭的小小拌嘴，正因为这两种生活交互替换，所以二奶奶即或从窗边走过，也决不能想象得出这一家有些什么问题发生。去了一个女仆，又换来一个女仆，这之间自然不可免还有了些小事情，影响到一家人的意识形态。先生为人极谦虚有礼，太太为人极爱美好客，想不到两种好处放在一处反多周章。小女孩在这种家庭空气中，性情发展得也就不大正常，应当知道的不知道，不知道的偏知道。且不明白如何一来，当家的大爹，忽然又起了回家兴趣，回来时就坐在厅子中，一面随地吐痰，一面打鸡骂狗。以为这个家原是他的产业，不许放鸡到处屙屎，妨碍卫生。艺术家夫妇恰好就养了几只鸡，这些扁毛畜生可不大能体会大爹脾气，也不大讲究卫生，因之主客之间不免冲突起来。于是有一个时节，这个院子便可听到很热烈的辩论争吵声。大爹一面吵骂不许鸡随便屙屎，一面依然把黄痰向各处远远唾去，那些鸡就不分彼此地来竞争啄食。后楼客厅中，间或又来了个全国闻名的女客。为人有道德，能文章，写的作品，温暖美好的文字，装饰的情感，无不可放在第一流作家中间。更难得的是未结婚前，决不在文章中或生活上涉及恋爱问题，结了婚后推己及人，却极乐意在婚姻上成人之美。家中有个极好的柔软床铺，常常借给新婚夫妇使用。虔诚地信仰基督教，生平不说谎，不过在写文章时，间或用用男人名义，男人口气，自然无伤大雅。平时对于中国文学美术并不怎么有兴趣，却乐意请千古艺术家和艺术鉴赏家来做客，同作畅谈，可不知谈些什么。这个知名客人来了又走了，而且走得辉辉煌煌。正当找寻交通工具极端困难，许多人无从上路时，那个柔软宽大床铺也居然为公家的汽车运往新都，另有新的用途去了。二奶奶还给人介绍认识过。这些目前或俗或雅或美或不美的事件，对她可毫无影响。依然每早上打扫打扫院子，推推磨石，扛个小小鸦嘴锄下田，晚饭时便坐在侧屋檐下石臼边，听乡下人说说本地米粮时事新闻。

随后是军队来了，楼下大厅正房做了团长的办公室和寝室，房中装了电话，门前有了卫兵，全房子都被兵士打扫得干干净净。屋前林子里且停了近百辆灰绿色军用机器脚踏车，村子里屋角墙边，到处有装甲炮车搁下。这些部队不久且即开拔进了缅甸，再不久，就有了失利消息传来，且知道那几个高级长官，大都死亡了。住在这个房子里的华侨中学的中学生，因随军入缅，也有好些死亡了。住在楼下某个人家，带了三个孩子返广西，半路上翻车，两个孩子摔死的消息也来了。二奶奶虽照例分享了同住人得到这些不幸消息时一点惊异与惋惜，且为此变化谈起这个那个，提出些近于琐事的回忆，可是还依然在原来平静中送走每一个日子。

艺术家夫妇走后，楼下厅子换了个商人，在滇缅公路上往返发了点小财。每个月得吃几千块钱纸烟的太太，业已生育了四个孩子，到生育第五个时，因失血过多，便在医院死去了。住在隔院一个卸任县长，家中四岁大女孩，又因积食死去。住在外院侧屋一个卖陶器的，不甘寂寞，在公路上行凶抢劫，业已捉去处决。三份死亡影响到这个大院子：商人想要赶快续婚，带了一群孤雏搬走了。卸任县长事母极孝，恐老太太思念殇女成病，也迁走了。卖陶器的剩下的寡妇幼儿，在一种无从设想的情形下，抛弃了那几担破破烂烂的瓶罐，忽然也离开了。于是房子又换了一批新的寄居者，一个后方勤务部的办事处，和一些家属。过不到一月，办事处即迁走，留下那些家眷不动。几乎像是演戏一样，这些家眷中，就听到了有新做孤儿寡妇的。原来保山局势紧张时，有些守仓库的匆促中毁去汽油不少，一到追究责任时，黠诈的见机逃亡，忠厚的就不免受军事处分。这些孤儿寡妇过不久自然又走了，向不可知一个地方过日子去了。

习音乐的一群女孩子，随同机关迁过四川去了。

后来又迁来一群监修飞机场的工程师，几位太太，一群孩子，一种新的空气亦随之而来。卖陶器的住处换了一家卖糖的，用修飞机场工人做对象，从外县赶来做生意。到由于人类妄想与智慧结合所产生的那些飞机发动机怒吼声，二十三十日夜在这个房子上空响着时，卖糖的却已发了一笔小财，回转家乡买田开杂货铺去了。年前霍乱的流行，一个村子一个村子的乡民，老少死亡相继。山上成熟的桃李，听它在树上地上腐烂，也不许在县中出卖。一个从四川开来的补充团，碰巧恰到这个地方，在极凄惨情形中死去了一大半，多浅葬在公路两旁，翘起的瘦脚露出土外，常常不免将行路人绊倒。一些人的生命，虽若受一种来自时代的大力所转动，无从自主。然而这个院子中，却又迁来一个寄居者，一个从爱情得失中产生灵感的诗人，住在那个善于唱歌吹笛的聪敏女孩子原来所住的小房中，想从窗口间一霎微光，或书本中一点偶然留下的花朵微香，以及一个消失在时间后业已多日的微笑影子，返回过去，稳定目前，创造未来。或在绝对孤寂中，用少量精美文字，来排比个人梦的形式与联想的微妙发展。每到小溪边去散步时，必携同我那五岁大的孩子，用箬叶折成小船，装载上一朵野花，一个泛白的螺蚌，一点美丽的希望，并加上出于那个小孩子口中的痴而黠的祝福，让小船顺流而去。虽眼看去不多远，就会被一个树枝绊着，为急流冲翻，或在水流转折所激起的漩涡中消失，诗人却必然眼睛湿蒙蒙的，心中以为这个三寸长的小船，终会有一天流到两千里外那个女孩子身边。而且那些憔悴的花朵，那点诚实的希望，以及出自孩子口中的天真祝福，会为那个女孩子含笑接受。有时正当落日衔山，天上云影红红紫紫如焚如烧，落日一方的群山暗淡成一片墨蓝，东面远处群山，在落照中光影陆离仪态万千时，这个诗人却充满象征意味，独自去屋后经过风化的一个山冈上，眺望天上云彩的变幻和两面山色的倏忽。或偶然从山凹石罅间有所发现，必扳着那些摇摇欲坠的石块，努力去攀折那个野生带刺花卉，摘回来交给朋友，好像说："你看，我还是把它弄回来了，多险！"情绪中不自觉地充满成功的满足。诗人所住的小房间，既是那个善于吹笛唱歌女孩子住过的，到一切象征意味的爱情，依然填不满生命的空虚，也耗不尽受抑制的充沛热情时，因之抱一宏愿，将用个五十万言小说，来表现自己，扩大自己。两年来，这个作品居然完成了大部分。有人问及作品如何发表时，诗人便带着不自然的微笑，十分郑重地说："这不忙发表，需要她先看过，许可发表时再想办法。"决不想到这个作品的发表与否，对于那个女孩子是不能成为如何重要问题的。就因他还完全不明白他所爱慕的女孩子，几年来正如何生存在另外一个风雨飘摇事实巨浪中。怨爱交缚之际，生命的新生复消失，人我间情感与负气做成的无可奈何环境，所受的压力更如何沉重。这种种不仅为诗人梦想所不及，她自己也还不及料，一切变故都若完全在一种离奇宿命中，对于她加以种种试验。这个试验到最近，且更加离奇，使之对于生命的存在与发展，幸或不幸，都若不是个人能有所取舍。为希望从这个梦魇似的人生中逃出，得到稍稍休息，过不久或且又会回到这个梦魇初起处的旧居来。然而这方面，人虽若有机会回到这个唱歌吹笛的小楼上来，另一方面，诗人的小小箬叶船儿，却把他的欢欣的梦和孤独的忧愁，载向想象所及的一方，一直向前，终于消失在过去时间里。淡了，远了，即或可以从星光虹影中回来，也早把方向迷失了。新的现实还可能有多少新的哀乐，当事者或旁观者对之都全无所知。当有人告给二奶奶，说三年前在后楼住的最活泼的一位小姐，要回到这个房子来住住时，二奶奶快乐异常地说："那很好。住久了，和自己家里人一样，大家相安。×小姐人好心好，住在这里我们都欢喜她！"正若一个管理码头的，听说某一只船儿从海外归来神气一样自然，全不曾想到这只美丽小船三年来在海上连天巨浪中挣扎，是种什么经验。为得来这个经验，又如何弄得帆碎橹折，如今的小小休息，还是行将准备向另外一个更不可知的陌生航线驶去！

……日月运行，毫无休息，生命流转，似异实同。唯人生另有其庄严处，即因贤愚不等，取舍异趣，入渊升天，半由习染，半出偶然；所以兰桂未必齐芳，萧艾转易敷荣。动者常动，便若下坡转丸，无从自休。多得多患，多思多虑，有时无从用"劳我以生"自解，便觉"得天独全"可羡。静者常静，虽不为人生琐细所激发，无失亦无得，然而"其生若浮，其死则休"，虽近生命本来，单调又终若不可忍受。因之人生转趋复杂，彼此相慕，彼此相妒，彼此相争，彼此相学，相差相左，随事而生。凡此一切，智者得之，则生知识，仁者得之，则生悲悯，愚而好自用者得之，必又另有所成就。不信宿命的，固可从生命变易可惊异处，增加一分得失哀乐，正若对于明日犹可望凭知识或理性，将这个世界近于传奇部分去掉，人生便日趋于合理。信仰宿命的，又一反此种人能胜天的见解，正若认为"思索"非人性本来，倦人而且恼人，明日事不若付之偶然，生命亦比较从容自在。不信一切唯将生命贴近土地，与自然相邻，亦如自然一部分的，生命单纯庄严处，有时竟不可仿佛。至于相信一切的，到末了却将俨若得到一切，唯必然失去了用为认识一切的那个自己。

三 灰

在一堆具体的事实和无数抽象的法则上，我不免有点茫然自失，有点疲倦，有点不知如何是好。打量重新用我的手和想象，攀援住一种现象，即或属于过去业已消逝的，属于过去即未真实存在的……必须得到它方能稳定自己。

我似乎适从一个辽远的长途归来，带着一点混合在疲倦中的淡淡悲伤，站在这个绿荫四合的草地上，向淡绿与浓赭相交错而成的原野，原野尽头那个淡黄色村落，伸出手去。

"给我一点点最好的音乐，肖邦或莫扎克，只要给我一点点，就已够了。我要休息在这个乐曲做成的情境中，不过一会儿，再让它带回到人间来，到都市或村落，钻入官吏颠顸贪得的灵魂里，中年知识阶层倦于思索怯于怀疑的灵魂里，年轻男女青春热情被腐败势力虚伪观念所阉割后的灵魂里，来寻觅，来探索，来从这个那个剪取可望重新生长好种芽，即或它是有毒的，更能增加组织上的糜烂，可能使一种善良的本性发展有妨碍的，我依然要得到它，设法好好使用它。"

当我发现我所能得到的，只是一种思索继续思索，以及将这个无尽长链环绕自己，束缚自己时，我不能不回到二奶奶给我寄居五年那个家里了。这个房子去我当前所在地，真正的距离，原来还不到两百步远近。

大院中正如五年前第一回看房子光景，晒了一地黑色高粱，二奶奶和另外三个女工，正站成一排，用木连枷击打地面高粱，且从均匀节奏中缓缓地移动脚步,让连枷各处可打到。三个女工都头裹白帕,使我记起五年前那几只从容自在啄食高粱的白母鸡。年轻女工中有一位好像十分面善,可想不起这个乡下妇人会引起我注意的原因,直到听二奶奶叫那女工说:"小菊,小菊,你看看饭去。你让沈先生来试试,会不会打。"

我才知道这是小菊。我一面拿起握手处还温暖的连枷,一面想起小菊的问题,竟始终不能合拍,使得二奶奶和女工都笑将起来。真应了先前一时向蚂蚁表示的意见,这个手爪的用处,已离开自然对于五个指头的设计甚远,完全不中用了。可是令我分心的,还是那个身材瘦小说话声哑的农家妇人小菊。原来去年当收成时,小菊正在发疯。她的妈是个寡妇,住在离城十里的一个村子中,小小房子被一把天火烧了。事后除从灰里找出几把烧得失形的农具和镰刀,已一无所有。于是趁收割季带了两个女孩子,到龙街子来找工作。大女孩七岁,小女孩两岁,向二奶奶说好借住在大院子装谷壳的侧屋中,有什么吃什么,无工可做母女就去田里收拾残穗和土豆,一面用它充饥,一面且储蓄起来,预备过冬。小菊是大女儿,已出嫁三年。丈夫出去当兵打仗,三年不来信,那人家想把她再嫁给一个人,收回一笔财礼。小菊并不识字,只因为想起两句故事上的话语,"好马不配双鞍,烈女不嫁二夫",为这个做人的抽象原则所困住,怕丢脸,不愿意再嫁,待赶回家去和她妈商量,才知道房子已烧去,许久又才找到二奶奶家里来。一看两个妹妹都嚼生高粱当饭吃,帮人无人要,因此就疯了。疯后整天大唱大嚷各处走去,乡下小孩子摘下仙人掌追着她打闹,她倒像十分快乐。过一阵,生命力和积压在心中的委屈耗去了后,人安静了些,晚上就坐在二奶奶大门前,向人说自己的故事。到了夜里才偷偷进到二奶奶家装糠壳的屋子里睡睡。这事有一天无意被三房骨都嘴嫂子发现了,就说"嘻嘻,嘻,这还了得!疯子要放火烧房子,什么人敢保险!"半夜里把小菊赶了出去,听她在空地里过夜。并说:"疯子冷冷就会好。"房子既是几房合有的,二奶奶不能自作主张,只好悄悄地送些东西给小菊的妈。过了冬天,这一家人扛了两口袋杂粮,携儿带女走到不知何处去了,大家对于小菊也就渐渐忘记了。

我回到房中时,才知道小菊原来已在一个地方做工,这回是特意来看二奶奶,还带了些栗子送礼。因为母女去年在这里时,我们常送她饭吃,也送我们一些栗子,表示谢意。真应了平常一句俗语:"礼轻仁义重。"

到我家来吃晚饭的一个青年朋友,正和孩子们充满兴趣用小刀小锯做小木车,重新引起我对于自己这双手感到使用方式的怀疑。吃过饭后,朋友说起他的织袜厂最近所遭遇的困难,因原料缺少,无从和出纱方面接头,得不到救济,不能不停工。完全停工会影响到一百三十多个乡下妇女的生计,因此又勉强让部分工作继续下去。照袜厂发展说来,三千块钱做起,四年来已扩大到一百多万。这个小小事业且供给了一百多乡村妇女一种工作机会,每月可得到千元左右收入。照这个朋友计划说来,不仅已让这些乡下女人无用的手变为有用,且希望那个无用的心变为有用,因此一天到处为这个事业奔走,晚上还亲自来教这些女工认字读书。凡所触及的问题,都若无可如何,换取原料既无从直接着手,教育这些乡村女子,想她们慢慢地,在能好好地用她们的手以后还能好好地用她们的心,更将是个如何麻烦无望的课题!然而朋友对于工作的信心和热诚,竟若毫无困难不可克服。而且那种精力饱满对事乐观的态度,使我隐约看出另一代的希望,将可望如何重建起来,一颗素朴简单的心,如二奶奶本来所具有的;如何加以改造,即可成为一颗同样素朴简单的心,如这个朋友当前所表现的。当这个改造的幻想无章次地从我脑中掠过时，朋友走了，赶回厂中教那些女工夜课去了。

孩子们平时晚间欢喜我说一些荒唐故事，故事中一个年轻正直的好人，如何从星光接来一个火，又如何被另外一种不义的贪欲所做成的风吹熄，使得这个正直的人想把正直的心送给他的爱人时，竟迷路失足跌到脏水池淹死。这类故事就常常把孩子们光光的眼睛挤出同情的热泪。今夜里却把那年轻朋友和他们共做成的木车子，玩得非常专心，既不想听故事，也不愿上床睡觉。我不仅发现了孩子们的将来，也仿佛看出了这个国家的将来。传奇故事在年轻生命中已行将失去意义，代替而来的必然是完全实际的事业，这种实际不仅能缚住他们的幻想，还可能引起他们分外的神往倾心！

大院子里连枷声，还在继续拍打地面。月光薄薄的，淡云微月中一切犹如江南四月光景。我离开了家中人，出了大门，走向白天到的那个地方去找寻一样东西。我想明白那个蚂蚁是否还在草间奔走。我当真那么想，因为只要在草地上有一只蚂蚁被我发现，就会从这个小小生物活动上，追究起另外一个题目。不仅蚂蚁不曾发现，即白日里那片奇异绿色，在美丽而温柔的月光下也完全失去了。目光所及到处是一片珠母色银灰。这个灰色且把远近土地的界限和草木色泽的等级，全失去了意义。只从远处闪烁摇曳微光中，知道那个处所有村落，有人。站了一会儿，我不免恐怖起来，因为这个灰色正像一个人生命的形式。一个人使用他的手有所写作时，从文字中所表现的形式。"这个人是谁？是死去的还是生存的？是你还是我？"从远处缓慢舂米声中，听出相似口气的质问。我应当试作回答，可不知如何回答，因之一直向家中逃去。

二奶奶见个黑影子猛然窜进大门时，停下了她的工作。

"疯子，可是你？"

我说："是我！"

二奶奶笑了："沈先生，是你！我还以为你是小菊，正经事不做，来吓人。"

从二奶奶话语中，我好像方重新发现那个在绿色黑色和灰色中失去了的我。上楼见主妇时，问我到什么地方去了那么久。

"你是讲刚才，还是说从白天起始？我从外边回来，二奶奶以为我是疯子小菊，说我一天正经事不做，只吓人。知道是我，她笑了，大家都笑了。她倒并没有说错。你看，我一天做了些什么正经事，和小菊有什么不同。不过我从不吓人，只欢喜吓吓我自己罢了。"

主妇完全不明白我说的意义，只是莞尔而笑。然而这个笑又像平时，是了解与宽容、亲切和同情的象征，这时对我却成为一种排斥的力量，陷我到完全孤立无助情境中。在我面前的是一颗稀有素朴善良的心。十年来从我性情上的必然，所加于她的各种挫折，任何情形下，还都不曾将她那个出自内心代表真诚的微笑夺去。生命的健全与完整，不仅表现于对人性情对事责任感上，且同时表现于体力精力饱满与兴趣活泼上。岁月加于她的限制，竟若毫无作用。家事孩子们的麻烦，反而更激起她的温柔母性的扩大。温习到她这些得天独厚长处时，我竟真像是有点不平，所以又说："我需要一点音乐，来洗洗我这个脑子，也休息休息它。普通人用脚走路，我用的是脑子。我觉得很累。音乐不仅能恢复我的精力，还可以缚住我的幻想，比家庭中的你和孩子重要！"这还是我今天第一回真正把音乐对于我的意义说出口，末后一句话且故意加重一些语气。

主妇依然微笑，意思正像说："这个怎么能激起我的妒忌？别人用美丽辞藻征服读者和听众，你照例先用这个征服自己，为想象弄得自己十分软弱,或过分倔强。全不必要!你比两个孩子的心实在还幼稚,因为你说出了从星光中取火的故事,便自己去试验它。说不定还自觉如故事中人一样,在得到了火以后,又陷溺到另一个想象的泥泞中,无从挣扎,终于死了。在习惯方式中吓你自己,为故事中悲剧而感动万分!不仅扮作想象中的君子,还扮作想象成的恶棍。结果什么都不成,当然会觉得很累!这种观念飞跃纵不是天生的毛病,从整个发展看也几乎近于天生的。弱点同时也就是长处。这时节你觉得吓怕,更多时候很显然你是少不了它的!"

我如一个离奇星云被一个新数学家从什么第几度空间公式所捉住一样,简直完全输给主妇了。

从她的微笑中,从当前孩子们浓厚游戏心情所做成的家庭温暖空气中,我于是逐渐由一组抽象观念变成一个具体的人。"音乐对于我的效果,或者正是不让我的心在生活上凝固,却容许在一组声音上,保留我被捉住以前的自由!"我不敢继续想下去。因为我想象已近乎一个疯子所有。我也笑了。两种笑融解于灯光下时,我的梦已醒了。我做了个新黄粱梦。

一九四三年十二月十日重写

白魇

*当前的生活，一与过去未来连接时，
生命便若重新获得一种意义*

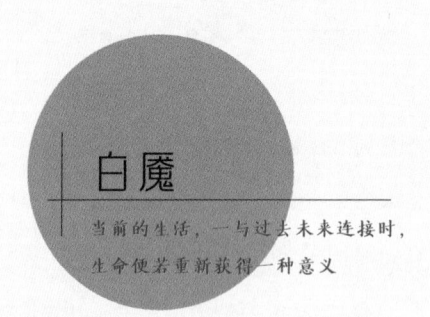

为了工作，我需要清静与单独，因此长住在乡下，不知不觉就过了五年。

乡下居住一久，和社会场面似都隔绝了，一家人便在极端简单生活中，送走连续而来的每个日子。简单生活中可似乎还另外有种并不十分简单的人事关系存在，即从一切书本中，接近两千年来人类为求发展争生存种种哀乐得失。他们的理想与愿望，如何受事情束缚挫折，再从束缚挫折中突出转而成为有生命的文字，这个艰苦困难过程，也仿佛可以接触。其次就是从通信上，还可和另外环境背景中的熟人谈谈过去，和陌生朋友谈谈未来。当前的生活，一与过去未来连接时，生命便若重新获得一种意义。再其次即从少数过往客人中，见出这些本性善良欲望贴近地面可爱人物的灵魂，被生活压力所及，影响到义利取舍时是个什么样子，同样对于人性若有会于心。

这时节，我面前桌子上正放了堆待复的信件，和几包刚从邮局取回的书籍。信件中提到的,总不外战争带来的亲友死亡消息,或初入社会年轻朋友与现实生活迎面时,对于社会所感到的灰心绝望,以及人近中年,从诚实工作上接受寂寞报酬,一面忍受这种寂寞,一面总不免有点郁郁不平。从这种通信上,我俨然便看到当前社会一个断面,明白这个民族在如何痛苦中,接受时代所加于他们身上的严酷试验,社会动力既决定于情感与意志,新的信仰且如何在逐渐生长中。倒下去的生命已无可补救,我得从复信中给活下的他们一点点光明希望,也从复信中认识认识自己。

二十六岁的小表弟黄育照,任新六军一八九师通信连连长,在华容为掩护部属抢渡,救了他人救不了自己,阵亡了。同时阵亡的还有个表弟聂清,为写文章讨经验,随同部队转战各处已六年。还有个作军需的子昭,在嘉善作战不死却在这一次牺牲。

"……人既死了,为做人责任和理想而死,活下的徒然悲痛,实在无多意义。既然是战争,就不免有死亡!死去的万千年轻人,谁不对国家前途或个人事业,有种光明希望和美丽的梦?可是在接受分定上,希望和梦总不可能不在同样情况中破灭。或死于敌人无情炮火,或死于国家组织上的脆弱,二而一,同样完事。这个国家,因为前一辈的不振作,自私而贪得,愚昧而残忍,使我们这一代为历史担负那么一个沉重担子,活时如此卑屈而痛苦,死时如此糊涂而悲惨。更年轻一辈,可有权利向我们要求,活得应当像个人样子!我们努力来让他们活得比较公正合理些,幸福尊贵些,不是不可能的!"

一个朋友离开了学校将近五年,想重新回学校来,被传说中的昆明生活愣住了。因此回信告他一点情况。

"……这是一个古怪地方,天时地利人和条件具备,然而乡村本来的素朴单纯,与城市习气做成的贪污复杂,却产生一个强烈鲜明对照,使人痛苦。湖山如此美丽，人事上却常贫富悬殊到不可想象程度。小小山城中，到处是钞票在膨胀，在活动，大多数人的做人兴趣，即维持在这个钞票数量争夺过程中。钞票越来越多，因之一切责任上的尊严，与做人良心的标尺，都若被压扁扭曲，慢慢失去应有的完整。正当公务员过日子都不大容易对付，普通绅商宴客，却时常有熊掌、鱼翅、鹿筋、象鼻子点缀席面。奇特现象中最不可解处，即社会习气且培养到这个民族堕落现象的扩大。大家都好像明白战时战后决定这个民族百年荣枯命运的，主要的还是学识，教育部照例将会考优秀学生保送来这里升学。有钱人子弟想入这个学校肄业，恐考试不中，且有乐意出几万元代价找替考人。可是公私各方面，就似乎从不曾想到这些教书十年二十年的书呆子，过的是种什么紧张日子。雨季中许多人家半浸在水里，也似乎是应分的。本地小学教员照米价折算工薪，水涨船高。大学校长收入在四千左右，大学教授收入在三千法币上盘旋，完全近于玩戏法的，要条大蛇从一根细小绳子上爬过。这是当前有理性的知识分子活在无能力的统治机构下必然是悲处。战争如果是个广义形容词，大多数同事，就可说是在和这种风气习惯而战争！情形虽已够艰苦，实际并不气馁！日光多，自由多，在日光之下能自由思索，培养对于当前社会制度怀疑和否定的种子，这是支持我们情绪唯一的撑柱，也是重造这个民族品德的一点转机！"

　　这种信照例写不完，乡下虽清静却无从长远清静，客人来了，主妇温和诚朴的微笑，在任何情形中从未失去。微笑中不仅表示对于生活的乐观，且可给客人发现一种纯挚同情，对人对事无邪机心的同情。使得间或从家庭中小小拌嘴过来的女客人，更容易当成一个知己，以倾吐心腹为快。这一来，我的工作自然停顿了。

　　凑巧来的是胖胖的何太太，善于用演戏时兴奋情感说话，叙述琐事能委曲尽致，表现自己有时又若故意居于不利地位，增加一点比本人年岁略小二十岁的爱娇。女孩儿家喉咙响，声音分外大，一上楼时就嚷："从文先生，我又来了。一来总见你坐在桌子边，工作好忙！我们谈话一定吵闹了你，是不是？我坐坐就走！真不好意思，一来就妨碍你。你可想要出去做文章？太阳好，晒晒太阳也有好处。有人说，晒晒太阳灵感会来，让我晒太阳，就只会出油出汗！我又加重了十一磅！你试说咋个了？"

我不免稍微有点受窘，忙用笑话自救："若是找灵感，依我想，最好倒是听你们谈谈天，一定有许多动人故事可听！"

"从文先生，你说笑话。你在文章中可别骂我，千万别把我写到你那大作中！他们说我是座活动广播电台，长短波都有，性能灵敏，修理简单，材质结实，这是仿单上的说明。其实——唉，我不过是……"

我赶忙为补充："一个心直口快的好人罢了。你若不疑心我是骂人，我常觉得你实在有天才，真正的天才，观察事情极仔细，描画人物兴趣又特别好。"

"这不是骂我是什么！"

我心想，不成不成，这不是议会和讲堂，绝非口舌奋斗可以找出结论。因此忽略了一个做主人的应有礼貌，在主妇微笑示意中，离开了家，离开了客人，来到半月前发现"绿魇"的枯草地上了。

我重新得到了清静与单独。

我面前是个小小四方朱红茶几，茶几上有个好像必须写点什么的本子。强烈阳光照在我身上和手上，照在草地上和那个小小的本子上。阳光下空气十分暖和，间或吹来一阵微风，空气中便可感觉到一点从滇池送来冰凉的水汽和一点枯草香气。四周景象和半月前已大不相同：小坡上那一片发黑垂头的高粱，大约早带到人家屋檐下，象征财富之一部分去了。待翻耕的土地上，有几只呆呆的戴胜鸟已失去春天的活泼，正在寻觅虫蚁吃食。那个石榴树园，小小蜡黄色透明叶片，早已完全落尽，只剩下一簇簇银白色带刺细枝，点缀在长满萝卜秧子一片新绿中。河堤前那个连接滇池的大田原，极目绿芜照眼，再分辨不出被犁头划过的纵横赭色条纹。河堤上那些成行列的松柏，也若在三五回严霜中，失去了固有的俊美，见出一点萧瑟。在暖和明朗阳光下结队旋飞的蜉蝣，更早已不知死到何处去了。

我于是从面前这一片枯草地上试来仔细搜寻，看看是不是还可发现那些绿色斑驳金光灿烂的小小甲虫，依然能在阳光下保留本来的从容闲适，带着自得其乐的轻快神情，于草梗间无目的地漫游，并充满游戏心情，从弯垂草梗尖端突然下堕？结果完全失望。一片泛白的枯草间，即那个半月前爬上我手背若有所询问的黑蚂蚁，也不知归宿到何处去了。

阳光依旧如一只温暖的大手，从亿千万里外向一切生命伸来，除却我和面前的土地接受这种同情时还感到一点反应，其余生命都若在"大块息我以死"态度中，各在人类思索边际以外结束休息了。枯草间有着放光细劲枝梗带着长穗的狗尾草类植物，种子散尽后，尚依旧在微风中轻轻摇头，在阳光下表示生命虽已完结，责任犹未完结神气。

天还是那么蓝，深沉而安静，有灰白的云彩从树林尽头慢慢涌起，如有所企图地填去了那个明蓝的苍穹一角。随即又被一种不可知的力量所抑制，在无可奈何情形下，转而成为无目的的驰逐。驰逐复驰逐，终于又重新消失在蓝与灰相融合作成的珠母色天际。

大院子同住的人，只有逃避空袭方来到这个空地上。我要逃避的，却是地面上一种永远带点突如其来的袭击。我虽是个写故事的人，照例不会拒绝一切与人性有关的见闻。可是从性情可爱的客人方面所表现的故事，居多都像太真实了一点，待要把它写到纸上时，反而近于虚幻想象了。

另一时，正当我们和朋友商量一个严重问题时，一位爱美而热忱，长于用本人生活抒情的×太太，突然侵入我的记忆中。

"××先生(向一位陌生客人说)，你多大年纪了，怎么总不见老？我从四川回来，人都说我老了，不像从前那么一切合标准了(抚抚丰腴的脸颊)。我真老了。我要和我老周离婚，让他去和年轻的女人恋爱，我不管。我喝咖啡多了睡不好觉，会失眠(用银匙子搅和咖啡)。这墙上的字真好，写得多软和，真是龙飞凤舞(用手胡乱画那些不大容易认识的草字)。人老了真无意思。我要走了。明早又还得进城……真气人。"×太太话一说完，当真气走了。只留下一场飓风已过的气氛在一群朋友间，虽并不见毁屋拔木，可把人弄得糊糊涂涂。这种人为的飓风去后许久，主客之间还不免带剩余惊悸，都猜想：也许明天当真会有什么重大变故要发生了，离婚，服毒……结果还亏主妇用微笑打破了这种沉闷。

"×太太为人心直口快，有什么说什么。只因为太爱好，凡事不能尽如人意，琐屑家务更多烦心，所以总欢喜向朋友说到家庭问题。其实刚才说起的事，不仅你们不明白，过会儿她自己也就忘记了。我猜想，明天进城一定是去吃酒，不是离婚的！"大家才觉得这事原可以笑笑，把空气改变过来。

温习到这个骤然而来的可爱风暴时，我的心便若已失去了原有的谧静。

我因此想起了许多事情，如彼或如此，都若在人生中十分真实，且各有它存在的道理，巴尔扎克或契诃夫，笔下都不会轻轻放过。可是这些事在我脑子中，却只做成一种混乱印象，像是用一份失去了时效的颜色，胡乱涂成的漫画，这漫画尽管异常逼真，但实在不大美观。这是个什么？我们做人的兴趣或理想，难道都必然得奠基于这种人事猥琐粗俗现象上，且分享活在这种事实中的小小人物悲欢得失，方能称为活人？一面想起这个眼前身边无剪裁的人生，一面想起另外一些人所抱的崇高理想，以及理想在事实中遭遇的限制、挫折、毁灭，不免痛苦起来。我还得逃避，逃避到一种音乐中，方可突出这个无章次人事印象的困惑。

我耳边有发动机在空中搏击空气的声响。这不是一种简单音乐。单纯调子中，实包含有千年来诗人的热情幻想，与现代技术的准确冷静，再加上战争残忍情感相糅合的复杂矛盾。这点诗人美丽的情绪，与一堆数学上的公式，三五十种新的合金以及一点儿现代战争所争持的民族尊严感，方共同做成这个现象。这个古怪拼合物，目前原在一万公尺以上高空中自由活动，寻觅另外一处飞来的同样古怪拼合物，一到发现时，三分钟内的接触，其中之一就必然变成一团火焰向下飘堕。这世界各处美丽天空下，每一分钟内就差不多都有那种火焰一朵朵往下堕。我就还有好些小朋友，在那个高空中，预备使敌人从火焰中下堕，或自己挟带着火焰下坠。

当高空飞机发现敌机以前，我因为这个发现，我的心，便好像被一粒子弹击中，从虚空倏然坠下，重新陷溺到更复杂人事景象中，完全失去方向了。

忽然耳边发动机声音重浊起来，抬起头时，便可从明亮蓝空间，看见一个银白放光点子慢慢地变成了个小小银白十字架。再过不久，我坐的地方，面前朱红茶几，茶几上那个用来写点什么的小本子，有一片飞机翅膀做成的阴影掠过，阳光消失了。面前那个种有油菜的田圃，也暂时失去了原有的嫩绿。待阳光重新照临到纸上时，在那上面我写了两个字，"白魇"。

一九四四年写于昆明

黑魇

一个人从美丽温柔眼光中，
也能得救

　　昆明市空袭威胁，因同盟国飞机数量逐渐增多后，空战由防御转为进攻，城中空袭俨然成为过去一种噩梦，大家已不甚在意。两年前被炸被焚的瓦砾堆上，大多数有壮大美观的建筑矗起。疏散乡下的市民，于是陆续离开了静寂的乡村，重新变作城里人。当进城风气影响到我住的滇池边那个小乡村时，家中会诅咒猫儿打喷嚏的张嫂，正受了梁山伯恋爱故事刺激，情绪不大稳定，就借故说："太太，大家都搬进城里住去了，我们怎么不搬？城里电灯方便，自来水方便，先生上课方便，小弟读书方便，还有你，太太，要教书更方便！我看你一天来回五龙埠跑十几里路，心都疼了。"

　　主妇不作声，只笑笑。这种建议自然不会成为事实，因为我们实在还无做城里人资格。真正需要方便的是张嫂。

　　过了两个月，张嫂变更了个谈话方式。

　　"太太，我想进城去看看我大姑妈，一个全头全尾的好人，心真好！

总不说谎，除非万不得已，不赌咒！"

"五年不见面，托人带了信来，想得我害病！我陪她去住住，两个月就回来。我舍不得太太和小弟，一定会回来的！你借我一个月薪水，我发誓……小弟真好！"

平时既只对于梁山伯婚事关心，从不提起过这位大姑妈。不过叙述到另外一个女用人进城后，如何嫁了个穿黑洋服的"上海人"，直充满羡慕神气。我们如看什么象征派新诗一样，有了个长长的注解，好坏虽不大懂，内容已全然明白。昆明穿洋服的文明人可真多，我们不好意思不让她试试机会，自然一切同意。于是不多久，张嫂就换上那件灰线呢短袖旗袍，半高跟旧皮鞋，戴上那个生锈的洋金手表，脸上敷了好些白粉，打扮得香喷喷的，兴奋而快乐，骑马进城看她的抽象姑妈去了。

我仍然在乡下不动。若房东好意无变化，即住到战争结束亦未可知。温和阳光与清爽空气，对于孩子们健康既有好处，寄居了将近×年，两个相连接的雕花绘彩大院落，院落中的人事新陈代谢，也使我觉得在乡村中住下来，比城市还有意义。户外看长脚蜘蛛在仙人掌间往来结网，捕捉蝇蛾，辛苦经营，不惮烦劳，还装饰那个彩色斑驳的身体，吸引异性，可见出简单生命求生的庄严与巧慧。回到住处时，看看几个乡下妇人，在石臼边为唱本故事上的姻缘不偶，从眼眶中浸出诚实热泪，又如何用发誓诅愿方式，解脱自己小小过失，并随时说点谎话，增加他人对于一己信托与尊重，更可悟出人类生命取予形式的多方。我事实上也在学习一切，不过和别人所学的大不相同罢了。

在腹大头小的一群官商合作争夺钞票局面中，物价既越来越高，学校一点收入，照例不敷日用。我还不大考虑到"兼职兼差"问题，主妇也不会和乡下人打交道作"聚草屯粮"计划。为节约计，用人走后大小杂务都自己动手。磨刀扛物是我二十年老本行,做来自然方便容易。烧饭洗衣就归主妇,这类工作通常还与校课衔接。遇挑水拾树叶,即动员全家人丁,九岁大的龙龙,六岁大的虎虎,一律参加。来去传递,竞争奔赴,一面工作一面也就训练孩子,使他们从合作服务中得到劳动愉快和做人尊严。干的湿的有什么吃什么,没有时苞谷红薯也当饭吃,有时尽量,有时又听小的饱吃,大人稍稍节制。孩子们欢笑歌呼,于家庭中带来无限生机与活力。主妇的身心既健康而素朴,接受生活应付生活俱见出无比的勇气和耐心,尤其是共同对于主命有个新的态度,日子过下去虽困难,即便过三五年似乎也担当得住。一般人要生活,从普通比较见优劣,或多有件新衣和双鞋子,照例即可感到幸福。日子稍微窘迫,或发现有些方面不如人,设法从社交方式弥补,依然还不大济事时,因之许多高尚脑子,到某一时自不免又会悄悄地做些不大高尚的打算。许多人的聪明智巧,倒常常表现成为可笑行为。环境中的种种见闻,恰作成我们另外一种教育,既不重视也并不轻视。正好让我们明白,同样是人生,可相当复杂,具体的猥琐与抽象的庄严,它的分歧虽极明显,实同源于求生,各自想从生活中证实存在意义。生命受物欲控制,或随理想发展,只因取舍有异,结果自不相同。

我凑巧拣了那么一个古怪职业,照近二十年社会习惯称为"作家"。工作对社会国家也若有些微作用,社会国家对本人可并无多大作用。虽早已名为"职业",然无从靠它"生活"。情形最古怪处,便是这个工作虽不与生活发生关系,却缚住了我的生命,且将终其一生,无从改弦易辙。另一方面必然迫得我超越通常个人爱憎,充满兴趣鼓足勇气去明白"人",理解"事",分析人事中那个常与变,偶然与凑巧,相左或相仇,将种种情形所产生的哀乐得失式样,用它来教育我、折磨我、营养我,方能继续工作。

千载前的高士，常抱着个单纯信念，因天下事不屑为而避世，或弹琴赋诗，或披裘负薪，隐居山林，自得其乐。虽说不以得失荣利婴心①，却依然保留一种愿望，即天下有道，由高士转而为朝士的愿望。做当前的候补高士，可完全活在一个不同心情状态中。生活简单而平凡，在家事中尽手足勤劳之力打点小杂，义务尽过后，就带了些纸和书籍，到有和风与阳光草地上，来温习温习人事，并思索思索人生。先从天光云影草木荣枯中，有所会心。随即由大好河山的丰腴与美好，和人事上的无章次处两相对照，慢慢地从这个不剪裁的人生中，发现了"堕落"二字真正的意义。又慢慢地从一切书本上，看出那个堕落因子，又慢慢从各阶层间，看出那个堕落传染浸润现象。尤其是读书人倦于思索，怯于怀疑，苟安于现状的种种，加上一点为贤内助谋出路的打算，如何即对武力和权势形成一种阿谀不自重风气。这种失去自己可能为民族带来一种什么形式的奴役，仿佛十分清楚。我于是渐渐失去原来与自然对面时应得的谧静。我想呼喊，可不知向谁呼喊。

"这不成！这不成！人虽是个动物，希望活得幸福，但是人究竟和别的动物不同，还需要活得尊贵！如果当前少数人的幸福，原来完全奠基于一种不义的习惯，这个习惯的继续，不仅使多数人活得卑屈而痛苦，死得糊涂而悲惨，还有更可怕的，是这个现实将使下一代堕落的更加堕落，困难的越发困难，我们怎么办？如果真正的多数幸福，实决定于一个民族劳动与知识的结合，从应当从极合理方式中将它的成果重做分配。在这个情形下，民族中一切优秀分子，方可得到更多自由发展的机会。在争取这个幸福过程时，我们希望人先要活得贵尊些！我们当前便需要一种'清洁运动'，必将现在政治的特殊包庇性，和现代文化的驵侩气，以及三五无出息的知识分子所提倡的变相鬼神

---

①婴心：关心，挂心。

迷信，于年轻生命中所形成的势利、依赖、狡猾、自私诸倾向，完全洗刷干净，恢复了二十岁左右头脑应有的纯正与清明，认识出这个世界，并在人类驾驭钢铁征服自然才智竞争中，接受这个民族一种新的命运。我们得一切重新起始，重新想，重新做，重新爱和恨，重新信仰和怀疑。……"

我似乎为自己所提出的荒谬问题愣住了。试左右回顾，身边只有一片明朗阳光，飘浮于泛白枯草上。更远一点，在阳光下各种层次的绿色，正若向我包围越来越近。虽然一切生命无不取给于绿色，这里却不见一个人。一个有勇气将社会人生如副牌摊散在面前，一一重新捡起试来排列一下的人。

到我重新来检讨影响到这个民族正常发展的一切抽象原则，以及目前还在运用它做工具的思想家或统治者，被它所囚缚的知识分子和普通群众时，顷刻间便俨若陷溺到一个无边无际的海洋里，把方向完全迷失了。只到处看出用各式各样材料做成满载"理想"的船舶，数千年来永远于同一方式中，被一种卑鄙自私形成的力量所摧毁，剩下些破帆碎桨在海面漂浮。到处见出同样取生命于阳光，繁殖大海洋中的简单绿色荇藻，正唯其异常单纯，随浪起伏动荡，适应现实，便得到生命悦乐。还有那个寄生息于荇藻中的小鱼小虾，亦无不成群结伴，悠然自得，各适其性。海洋较深处，便有一群群种类不同的鲨鱼，皮韧而滑，能顺波浪，狡狠敏捷，锐齿如锯，于同类异类中有所争逐，十分猛烈。还有一只只黑色鲸鱼，张大嘴时万千细小蛤蚧和乌贼海星，即随同巨口张合做成的潮流，消失于那个深渊无底洞口。庞大如山的鱼身，转折之际本来已极感困难，躯体各部门，尚可看见万千有吸盘的大小鱼类，用它们吸盘紧紧贴住，随同升沉于洪波巨浪中。这一切生物在海面所产生的漩涡与波涛，加上世界上另外一隅寒流暖流所做成变化，卷没了我的小小身子，复把我从白浪顶上抛起。试伸手有所攀援时，方明白那些破碎板片，正如同经典中的抽象原则，已腐朽到全不适用。但见远处仿佛有十来个衣冠人物，正在那里收拾海面残余，扎成一个简陋筏子。仔细看看，原来载的是一群两千年未坑尽的腐儒，只因为活得寂寞无聊，所以用儒家名分，附会谶纬星象征兆，预备做一个遥远跋涉，去找寻矿产熔铸九鼎。内中似乎还有不少十分面善的熟人。这个筏子向我慢慢漂来，又慢慢远去，终于消失到烟波浩渺中不见了。

试由海面向上望，忽然发现蓝穹中一把细碎星子，闪烁着细碎光明。从冷静星光中，我看出一种永恒，一点力量，一点意志。诗人或哲人为这个启示，反映于纯洁心灵中即成为一切崇高理想。过去诗人受牵引迷惑，对远景凝眸过久，失去条理如何即成为疯狂，得到平衡如何即成为法则；简单法则与多数人心会合时如何产生宗教，由迷惑、疯狂，到个人平衡过程中，又如何产生艺术。一切真实伟大艺术，都无不可见出这个发展过程和终结目的。然而这目的，说起来，和随地可见蚊蚋集团的翁翁营营要求的终点，距离未免相去太远了。

微风掠过面前的绿原，似乎有一阵新的波浪从我身边推过。我攀住了一样东西，于是浮起来。我攀住的是这个民族在忧患中受试验时一切活人素朴的心；年轻男女人社会以前对于人生的坦白与热诚，未恋爱以前对于爱情的腼腆与纯粹，还有那个在城市，在乡村，在一切边陬僻壤，埋没无闻卑贱简单工作中，低下头来的正直公民，小学教师或农民，从习惯中受侮辱，受挫折，受牺牲的广泛沉默。沉默中所保有的民族善良品性，如何适宜培养爱和恨的种子。

强烈照眼阳光下，蚕豆小麦做成的新绿，已掩盖了远近赭色田亩。面对这个广大的绿原，一端衔接于泛银光的滇池，一端却逐渐消失于蓝与灰融合而成的珠母色天际,我仿佛看到一些种子,从我手中撒去,用另外一种方式,在另外一时同样一片蓝天下形成的繁荣。

有个脆弱而充满快乐情感的声音,在高大仙人掌丛后锐声呼唤:"爸爸,爸爸,快回来,不要走得太远,大家提水去!"我知道,我的心确实走得太远,应当回家了。我似乎也快迷路了。

原来那个六岁大的虎虎,已从学校归来,准备为家事服务了。

孩子们取水的溪沟边,另外一时,每当烧晚饭前后,必有个善于弹琴唱歌聪明活泼的女子,带了他到那个松柏成行的长堤上去散步,看滇池上空一带如焚如烧的晚云,和镶嵌于明净天空中梳子形淡白新月,共同笑乐。这个亲戚走后,过不久又来了一个生活孤独性情纯厚的诗人朋友,依然每天带了他到那里去散步。脚印践踏脚印,取同一方向来回。朋友为娱乐自己并娱乐孩子,常把绿竹叶片折成的小船,装上一点红白野花,一点玛瑙石子,以及一点单纯忧郁隐晦的希望,和孩子对于这个行为的痴愿与祝福,乘流而去。小船去不多远,必为溪中洑流或岸旁下垂树枝做成的漩涡搅翻。在诗人和孩子心中,却同样以为终有一天会直达彼岸。生命愿望凡从星光虹影中取决方向的,正若随同一去不复返的时间,渐去渐远,纵想从星光虹影中寻觅归路,已不可能。在另一方面,朋友走了,有所寻觅的远远走去,可是过不久,孩子们或许又可以和那个远行归来的姨姨,共同到溪边提水了。玩味及这种人事,倏忽相差相左无可奈何光景时,不由得人不轻轻地叹一口气。

晚饭时,从主妇口中才知道家中半天内已来过好些客人。甲先生叙述一阵贤明太太们用变相高利货"投资"的故事,尽了广播义务,就走了。乙太太叙述一阵家庭小纠纷问题,为自己丈夫作个不美观画相也走了。丙小姐和丁博士又报告……

主妇笑着说:"他们让我知道许多事情,可无一个人知道我们今天卖了一升麦子一家四人才能过年。"

我说:"我们就活到那么一个世界中,也是教育,也是战争!"

"我倒觉得人各有好处,从性情上看来,这些朋友都各有各的好处。……"

"这话从你口中说出时,很可以增加他们一点自尊心,若果从我笔下写出,可就会以为是讽刺了。许多人平常过日子的方法,一生的打算,以至于从自己口中说出的话语,都若十分自然,毫不以为不美不合适。且会觉得在你面前如此表现,还可见出友谊的信托和那点本性上的坦白天真。可是一到由另一个人照实写下来,就不可免成为不美观的讽刺画了。我容易得罪人在此。这也就是我这支笔常常避开当前社会,去写传奇故事原因。一切场面上的庄严,从深处看将隐饰部分略做对照,必然都成为漫画。我并不乐意做个漫画家!实在说来,对于一切人的行为和动机,我比你更多同情。我从不想到过用某一种道德标准去度量一般人,因为我明白人太不相同。不幸的是它和我的工作关系又太密切,所以间或提及这个差别时,终不免有点痛苦,企图中和这点痛苦,反而因之会使这些可爱灵魂痛苦。我总以为做人和写文章一样,包含不断的修正,可以从学习得到进步。尤其是读书人,从一切好书取法,慢慢地会转好。事实上可不大容易。真如×说的'蝗虫集团从海外飞来,还是蝗虫'。如果是虎豹呢,即或只剩下一牙一爪,也可见出这种山中猛兽的特有精力和雄强气魄!不幸的是现代文化便培养了许多蝗虫。在都市高级知识分子中,特别容易发现蝗虫,贪得而自私,有个华美外表,比蝗虫更多一种自足的高贵。"

主妇一遇到涉及人的问题时,照例只是微笑。从微笑中依稀可见出"察见渊鱼者不祥"一句格言的反光,或如另一时论起的,"我即觉得他人和我理想不同，从不说；你一说，就糟了。在自以为深刻的，可不想在人家容易认为苛刻，为的是人总是人，是异于兽和神之间的东西，他们从我沉默中，比由你文章中可以领会更多的同情。每个人既都有不同的弱点，同情却覆盖了那个不愉快！"

我想起先前一时在田野中感觉到的广泛沉默，因此又说："沉默也是一种难得品德，从许多方面可以看得出来。因为它在同情之外，还包含容忍、保留否定。可是这种品德是无望于某些人的。说真话，从有些人不能沉默的表现上，我倒时常可以发现一种爱娇，即稍微混合一点儿做作亦无关系。因为大都本源于求好，求好心太切，又缺少自信自知，有时就不免适得其反。许多人在求好行为上摔跤，你亲眼看到，不作声，就称为忠厚；我看到，充满善意想用手扶一扶，反而不成！虎虎摔跤也不欢喜人扶的！因为这伤害了他的做人自尊心！"

主妇说："你知道那么多，这不难得到的品德自己却得不到。你即不扶也成，可是事实上你有时却说我恐怕伤你自尊心，虽然你并不十分自尊，人家怎么不难受！"孩子们见提到本质问题，龙龙插嘴说："妈妈，奇怪，我昨天做了个梦，梦到张嫂已和一个人结婚，还请我们吃酒。新郎好像是个洋人。她是不是和×伯母一样，都欢喜洋人？"

小虎虎说："可是洋人说她身体长得好看，用尺量过？洋人要哄张嫂，定也去做官。×伯母答应借巴老伯大床结婚，借不借给张嫂？"

龙龙的好奇心转到报纸上："报上说大嘴笑匠到昆明来了，是个什么人？是不是在联大演讲逗人发笑的林语堂？"

虎虎还想有所自见："我也做了个梦，梦见四姨坐只大船从溪里回来，划船的是个顶熟的人。船比小河大。诗人舅舅在堤上，拍拍手，口说好好，就走开了。我正在提水，水桶上那个米老鼠也看见。当真的。"

虎虎的作风是打趣争强，使龙龙急了起来："唉咦，小弟，你又乱说。

你就只会捣乱,青天白日也睁了双大眼睛做梦,不分真假自己相信!"

"一切愿望都神圣庄严,一切梦想都可能会实现。"我想起许多事情。好像前面有一副涂满各种彩色的七巧板,排定了个式子,方的叫什么,长的象征什么,都已十分熟悉。忽然被孩子们四只小手一搅,所有板片虽照样存在,部位秩序可给这种恶作剧完全给弄乱了。原来情形只有板片自己知道,可是板片却无从说明。

小虎虎果然正睁起一双大眼睛,向虚空看得很远,海上复杂和星空壮丽,既影响我一生,也会影响他将来命运,为这双美丽眼睛,我不免有点忧愁。因此为他说了个佛经上驹那罗王子的故事。

"……那王子一双极好看的眼睛;瞎了又亮了。就和你眼睛一样,黑亮亮的,看什么都清清楚楚;白天看日头不眨眼,夜间在这种灯光下还看得见屋顶上小疟蚊。为的是做人正直而有信仰,始终相信善。他的爸爸就把那个紫金钵盂,拿到全国各处去。全国各地年轻美丽的女孩子,听说王子瞎了眼睛,为同情他受的委屈,都流了眼泪。接了大半钵这种清洁眼泪,带回来一洗,那双眼睛就依旧亮光光的了!"

主妇笑着不作声,清明目光中仿佛流注一种温柔回答:"从前故事上说,王子眼睛被恶人弄瞎后,要用美貌女孩子的纯洁眼泪来洗,才可重见光明。现在的人呢,要从勇敢正直的眼光中得救。"

我因此补充说:"小弟,一个人从美丽温柔眼光中,也能得救!譬如说……"

孩子的心被故事完全征服了,张大着眼睛,对他母亲十分温顺地望着:"妈妈,你的眼睛也亮得很,比我的还亮!"

一九四三年十二月末一日作于云南呈贡

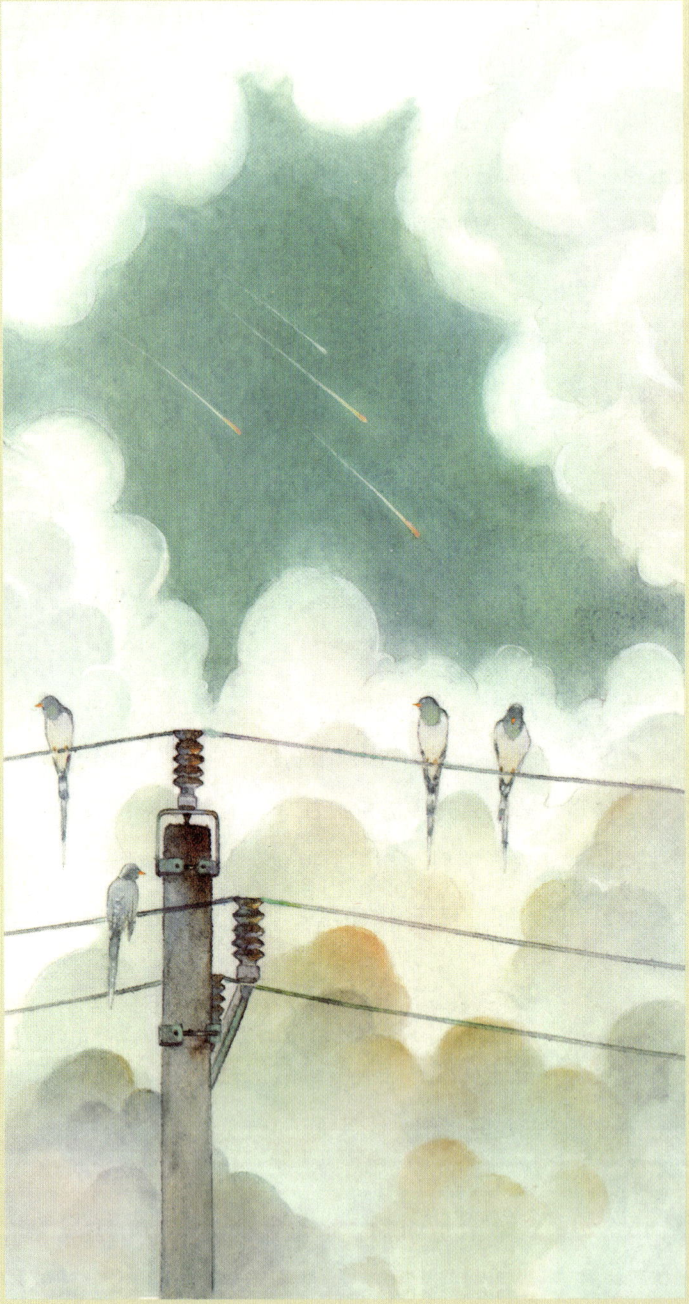

辑
五

美总是令人忧愁，然而还受用

「孤独一点，在你缺少一切的时节，你就会发现，原来还有个你自己。」

我的写作与水的关系

我自己的生活与理想，皆从孤独得来

在我的一个自传里，我曾经提到过水给我的种种印象。檐溜、小小的河流、汪洋万顷的大海，莫不对于我有过极大的帮助。我学会用小小脑子去思索一切，全亏得是水。我对于宇宙认识得深一点，也亏得是水。

"孤独一点，在你缺少一切的时节，你就会发现，原来还有个你自己。"这是一句真话。我有我自己的生活与理想，可以说是皆从孤独得来的。我的教育，也是从孤独中来的。然而这孤独，与水不能分开。

年纪六岁七岁时节，私塾在我看来实在是个最没意思的地方。我不能忍受那个逼仄的天地，无论如何总得想出方法到学校以外的日光下去生活。大六月里与一些同街比邻的小孩子，把书篮用草标各做下了一个记号，搁在本街土地堂的木偶身背后，就撒着手与他们到城外去，钻入高可及身的禾林里，捕捉禾穗上的蚱蜢，虽肩背为烈日所烤炙，也毫不在意。耳朵中只听到各处蚱蜢振翅的声音，全部心思只顾去追逐那种绿色黄色跳跃灵便的小生物。到后看所得来的东西已尽够一顿午餐了，才到河边去洗濯，拾些干草枯枝，用野火来烧烤蚱蜢，把这些东西当饭吃。直到这些小生物完全吃尽后，大家于是脱光了身子，用大石压着衣裤，各自从崖坎高处向河水中跃去。就这样泡在河水里，一直到晚上回家去挨那一顿不可避免的痛打。有时正在绿油油禾田中活动，有时正泡在水里，六月里照例的行雨来了，大的雨点夹着吓人的霹雳同时来到，各人匆匆忙忙逃到路坎旁废碾坊下或大树下去躲避。雨落得久一点，一时不能停止，我便一面望着河面的水泡，或树枝上反光的叶片，想起许多事情。所捉的鱼逃了，所有的衣湿了，河面溜走的水蛇，叮固在大腿上的蚂蟥，碾坊里的母黄狗，挂在转动不已大水车上起花的人肠子……因为雨，制止了我身体的活动，心中便把一切看见的经过的全记忆温习起来了。

也是同样的逃学，有时阴雨天气，不能向河边走去，我便上山或到庙里去，在庙前庙后树林或竹林里，爬上了这一株，到上面玩玩后，又溜下来爬另外一株。若爬的是竹子，则在上面摇荡一会儿，爬的是树木，则看看上面有无鸟巢或啄木鸟孵卵的孔穴。雨落大了，再不能做这种游戏时，就坐在楠木树下或庙门前石阶上看雨。既还不是回家的时候，一面看雨一面自然就需要温习那些过去的经验，这个日子才能发遣开去。雨落得越长，人也就越寂寞。在这时节想到一切好处也必想到一切坏处。那么大的雨，回家去说不定还得全身弄湿，不由得有点害怕起来，不敢再想了。我于是走到庙廊下去为做丝线的人牵丝线，为制棕绳的人摇绳车。这些地方每天照例有这种工人做工，而且这种工人照例又还是我很熟悉的人。也就因为这种雨，无从掩饰我的劣行，回到家中时，我便更容易被罚跪在仓屋中。在那间空洞寂寞的仓屋里，听着外面檐溜滴沥声，我的想象力却更有了一种很好的训练机会。我得用回想和幻想补充我所缺少的饮食，安慰我所得到的痛苦。我因恐怖得去想些不使我再恐怖的生活，我因孤寂，又得去想一些热闹事情，方不至于过分孤寂。

到十五岁以后，我的生活同一条辰河无从分开。我在那条河流边住下的日子约五年。这一大堆日子中我差不多无日不与河水发生关系。走长路皆得住宿到桥边与渡头，值得回忆的哀乐人事常是湿的。至少我还有十分之一的时间，是在那条河水正流与支流各样船只上消磨的。从汤汤流水上，我明白了多少人事，学会了多少知识，见过了多少世界！我的想象是在这条河水上面扩大的。我把过去生活加以温习，或对于未来生活有何安排时，必依赖这一条河水。这条河水有多少次差一点把我攫去，又幸亏它的流动，帮助我做着那种横海扬帆的远梦，方使我能够依然好好地在这人世中过着日子！

再过五年，我手中的一支笔，居然已经能够尽我自由运用了。我虽离开了那条河流，我所写的故事，却多数是水边的故事。故事中我所最满意的文章，常用船上水上作为背景。我故事中人物的性格，全为我在水边船上所见到的人物性格。我文字中一点忧郁气氛，便因为被过去十五年前南方的阴雨天气影响而来。我文字风格，假若还有些值得注意处，那只是因为我记得水上人的言语太多了。

再过五年后，我的住处已由干燥的北京移到一个明朗华丽的海边。海既那么宽广无涯无际，我对于人生远景凝眸的机会便较多了些。海边既那么寂寞，它培养了我的孤独心情。海放大了我的感情与希望，且放大了我的人格……

抽象的抒情[①]

照我思索，能理解"我"。
照我思索，可认识"人"

照我思索，能理解"我"。

照我思索，可认识"人"。

生命在发展中，变化是常态，矛盾是常态，毁灭是常态。生命本身不能凝固，凝固即近于死亡或真正死亡。唯转化为文字、为形象、为音符、为节奏，可望将生命的某一种形式、某一种状态，凝固下来，形成生命另外一种存在和延续，通过长长的时间，通过遥遥的空间，让另外一时另一地生存的人，彼此生命流注，无有阻隔。文学艺术的可贵在此。文学艺术的形成，本身也可说即充满了一种生命延长扩大的愿望。至少人类数千年来，这种挣扎方式已经成为一种习惯，得到认可。凡是人类对于生命青春的颂歌、向上的理想、追求生活完美的努力，以及一切文化出于劳动的认识、种种意识形态，通过各种材料、

[①] 这是一篇沈老未写完的遗作。根据沈老来往书信，本文可能在1961年7月至8月初写于青岛，也可能是8月回京后所作。

各种形式产生创造的东东西西，都在社会发展（同时也是人类生命发展）过程中，得到认可、证实，甚至于得到鼓舞。因此，凡是有健康生命所在处，和求个体及群体生存一样，都必然有伟大文学艺术产生存在，反映生命的发展、变化、矛盾，以及无可奈何的毁灭（对这种成熟良好生命毁灭的不屈、感慨或分析）。文学艺术本身也因之不断地在发展、变化、矛盾和毁灭。但是也必然有人的想象以内或想象以外的新生，也即是艺术家生命愿望最基本的希望，或下意识的追求。而且这个影响，并不是特殊的，也是常态的。其中当然也会包括一种迷信成分，或近于迷信习惯，使后来者受到它的约束。正犹如近代科学家还相信宗教，一面是星际航行已接近事实，一面世界上还有人深信上帝造物，近代智慧和原始愚昧，彼此共存于一体中，各不相犯，矛盾统一，契合无间。因此两千年前文学艺术形成的种种观念，或部分、或全部在支配我们的个人的哀乐爱恶情感，事不足奇。约束限制或鼓舞刺激到某民族的发展，也是常有的。正因为这样，也必然会产生否认反抗这个势力的一种努力，或从文学艺术形式上做种种挣扎，或从其他方面强力制约，要求文学艺术为之服务。前者最明显处即现代腐朽资产阶级的无目的无一定界限的文学艺术。其中又大有分别，文学多重在对于传统道德观念或文字结构的反叛。艺术则重在形式结构和给人影响的习惯有所破坏。特别是艺术最为突出。也是变态，也是常态。从传统言，是变态。从反映社会复杂性和其他物质新形态而言，是常态。不过尽管这样，我们还是有如下事实，可以证明生命流转如水的可爱处，即在百丈高楼一切现代化的某一间小小房子里，还有人读荷马或庄子，得到极大的快乐、极多的启发，甚至于不易设想的影响。又或者从古埃及一个小小雕刻品印象，取得他——假定他是一个现代大建筑家——所需要的新的建筑装饰的灵感。他有意寻觅或无心发现，我们不必计较，受影响得启发却是事实。由此即可证明艺术不朽，艺术永生。有一条件值得记住，必须是有其可以不朽和永生的某种成就。自然这里也有种种的偶然，并不是什么一切好的都可以不朽和永生。事实上倒是有更多的无比伟大美好的东西，在无情时间中终于毁了，埋葬了，或被人遗忘了。只偶然有极小一部分，因种种偶然条件而保存下来，发生作用。不过不管是如何的稀少，却依旧能证明艺术不朽和永生。这里既不是特别重古轻今，以为古典艺术均属珠玉，也不是特别鼓励现代艺术完全脱离现实，以为当前没有观众，千百年后还必然会起巨大作用。只是说历史上有这一种情形，有些文学艺术不朽的事实。甚至于不管留下的如何少，比如某一大雕刻家，一生中曾作过千百件当时辉煌全世的雕刻，留下的不过一个小小塑像的残余部分，却依旧可反映出这人生命的坚实、伟大和美好，无形中鼓舞了人克服一切困难挫折，完成他个人的生命。这是一件事。另一件是文学艺术既然能够对社会对人发生如此长远巨大影响，有意识把它拿来、争夺来，就能为新的社会观念服务。新的文学艺术，于是必然在新的社会——或政治目的制约要求中发展，且不断变化。必须完全肯定承认新的社会早晚不同的要求，才可望得到正常发展。这就是社会主义制度下对文学艺术的要求。事实上也是人类社会由原始到封建末期、资本主义烂熟期，任何一时代都这么要求的。不过不同处是更新的要求却十分鲜明，于是也不免严肃到不易习惯情形。政治目的虽明确不变，政治形势、手段却时时刻刻在变，文学艺术因之创作基本方法和完成手续，也和传统大有不同，甚至于可说完全不同。作者必须完全肯定承认，作品只不过是集体观念某一时某种适当反映，才能完成任务，才能毫不难受地在短短不同时间中有可能在政治反复中，接受两种或多种不同任务。艺术中千百年来的以个体为中心的追求完整、追求永恒的某种创造热情，某种创造基本动力，某种不大现实的狂妄理想（唯我为主的艺术家情感）被摧毁了。新的代替而来的是一种也极其尊大、也十分自卑的混合情绪，来产生政治目的及政治家兴趣能接受的作品。这里有困难是十分显明的。矛盾在本身中即存在，不易克服。有时甚至于一个大艺术家、一个大政治家，也无从为力。他要求人必须这么做，他自己却不能这么做，做来也并不能令自己满意。现实情形即道理他明白，他懂，他肯定承认，从实践出发的作品可写不出。在政治行为中、在生活上、在一般工作里，他完成了他所认识的或信仰的，在写作上，他有困难处。因此不外两种情形，他不写，他胡写。不写或少写倒居多数。胡写则也有人，不过较少。因为胡写也需要一种应变才能，作伪不来。这才能分两种来源：一是"无所谓"的随波逐流态度，一是真正地改造自我完成。截然分别开来不大容易。居多倒是混合情绪。总之，写出来了，不容易。伟大处在此。作品已无所谓真正伟大与否。适时即伟大。伟大意义在文学艺术作品中已有了根本改变，这倒极有利于促进新陈代谢，也不可免有些浪费。总之，这一件事是在进行中，一切向前了，一切真正在向前。更正确些或者应当说一切在正常发展。社会既有目的，六亿五千万人的努力既有目的，全世界还有更多的人既有一个新的共同目的，文学艺术为追求此目的、完成此目的而努力，是自然而且必要的。尽管还有许多人不大理解，难于适应，但是它的发展还无疑得承认是必然的、正常的。

问题不在这里，不在承认或否认。否认是无意义的、不可能的。否认情绪绝不能产生什么伟大作品。问题在承认以后，如何创造作品。这就不是现有理论能济事了。也不是什么单纯社会物质鼓舞刺激即可得到极大效果。想把它简化，以为只是个"思想改造"问题，也必然落空。即补充说出思想改造是个复杂长期的工作，还是简化了这个问题。不改造吧，斗争，还是会落空。因为许多有用力量反而从这个斗争中全浪费了。许多本来能作正常运转的机器，只要适当擦擦油，适当照料保管，善于使用，即可望好好继续生产的——停顿了。有的是不是个"情绪"问题？是情绪使用方法问题？这里如还容许一个有经验的作家来说明自己问题的可能时，他会说是"情绪"，也不完全是"情绪"。不过"情绪"这两个字含义应当是古典的，和目下习惯使用含义略有不同。一个真正的唯物主义者，会懂得这一点。正如同一个现代科学家懂得稀有元素一样，明白它蕴蓄的力量，用不同方法，解放出那个力量，力量即出来为人类社会生活服务。不懂它，只希望元素自己解放或改造，或者责备它是"顽石不灵"，都只能形成一种结果：消耗、浪费、脱节。有些"斗争"是由此而来的。结果只是加强消耗和浪费。必须从另一较高视野看出这个脱节情况，不经济、不现实、不益于社会整个发展，反而有利于"敌人"时，才会变变。也即是古人说的"穷则通，通则变"。如何变？我们实需要视野更广阔一点的理论，需要更具体一些的安排措施。真正的文学艺术丰收基础在这里。对于衰老了的生命，希望即或已不大。对于更多新生少壮的生命，如何使之健康发育成长，还是值得研究。且不妨做种种不同实验，要客观一些。必须明白让一切不同品种的果木长得一样高，结出果子一种味道，没有必要，也不可能，放弃了这种不客观、不现实的打算。必须明白机器的不同性能，才能发挥机器的性能。必须更深刻一些明白生命，才可望更有效地使用生命。文学艺术创造的工艺过程，有它的一般性，能用社会强大力量控制，甚至于到另一时能用电子计算机产生（音乐可能最先出现），也有它的特殊性，不适宜用同一方法，更不是"揠苗助长"方法所能完成。事实上社会生产发展比较健全时，也没有必要这样做。听其过分轻浮，固然会消极影响到社会生活的健康，可是过度严肃的要求，有时甚至于在字里行间要求一个政治家也做不到的谨慎严肃。尽管社会本身，还正由于政治约束失灵形成普遍堕落，即在艺术若干部门中，也还正在封建意识毒素中散发其恶臭，唯独在文学作品中却过分加重其社会影响、教育责任，而忽略其娱乐效果（特别是对于一个小说作家的这种要求）。过分加重他的道德观念责任，而忽略产生创造文学作品的必不可少的情感动力。因之每一个作者写他的作品时，首先想到的是政治效果、教育效果、道德效果。更重要有时还是某种少数特权人物或多数人"能懂爱听"的阿谀效果。他乐意这么做，他完了。他不乐意，也完了。前者他实在不容易写出有独创性独创艺术风格的作品，后者他写不下去，同样，他消失了，或把生命消失于一般化，或什么也写不出。他即或不是个懒人，还是做成一个懒人的结局。他即或敢想敢干，不可能想出什么干出什么。这不能怪客观环境，还应当怪他自己。因为话说回来，还是"思想"有问题，在创作方法上不易适应环境要求。即"能"写，他还是可说"不会"写。难得有用的生命，难得有用的社会条件，难得有用的机会，只能白白看着错过。这也就是有些人在另外一种工作上，表现得还不太坏，然而在他真正希望终身从事的业务上，他把生命浪费了。真可谓"辜负明时盛世"。然而他无可奈何。不怪外在环境，只怪自己，因为内外种种制约，他只有完事。他挣扎，却无济于事。他着急，除了自己无可奈何，不会影响任何一方面。他的存在太渺小了，一切必服从于一个大的存在、发展。凡有利于这一点的，即活得有意义些，无助于这一点的，虽存在，无多意义。他明白个人的渺小，还比较对头。他妄自尊大，如还妄想以为能用文字创造经典，又或以为即或不能创造当代经典，也还可以写出一点如过去人写过的，如像《史记》，三曹诗，陶、杜、白诗，苏东坡词，曹雪芹小说，实在更无根基。时代已不同。

他又幸又不幸,是恰恰生在这个人类历史变动最大的时代,而又恰恰生在这一个点上,是个需要信仰单纯、行为一致的时代。

在某一时历史情况下,有个奇特现象:有权力的十分畏惧"不同于己"的思想。因为这种种不同于己的思想,会影响到他的权力的继续占有,或用来得到权力的另一思想发展。有思想的却必须服从于一定权力之下,或妥协于权力,或甚至于放弃思想,才可望存在。如把一切本来属于情感,可用种种不同方式吸收转化的方法去尽,一例都归纳到政治意识上去,结果必然问题就相当麻烦,因为必不可免将人简化成为敌与友。有时候甚至于会发展到和我相熟即友,和我陌生即敌。这和社会事实是不符合的。人与人的关系简单化了,必然会形成一种不健康的隔阂、猜忌、消耗。事实上社会进步到一定程度,必然发展是分工。也就是分散思想到各种具体研究工作、生产工作以及有创造性的尖端发明和结构宏伟包容万象的文学艺术中去。只要求为国家总的方向服务,不勉强要求为形式上的或名词上的一律。让生命从各个方面充分吸收世界文化成就的营养,也能从新的创造上丰富世界文化成就的内容。让一切创造力得到正常的不同的发展和应用。让各种新的成就彼此促进和融和,形成国家更大的向前动力,让人和人之间相处得更合理,让人不再用个人权力或集体权力压迫其他不同情感观念反映方法,这是必然的。社会发展进步到一定阶段时,会有这种情形产生的。但是目前可不是时候。什么时候?大致是政权完全稳定,社会生产又发展到多数人都觉得知识重于权力,追求知识比权力更迫切专注,支配整个国家,也是征服自然的知识,不再是支配人的权力时。我们会不会有这一天?应当有的。因为国家的基本目的,就正是追求这种终极高尚理想的实现。有旧的意识形态的阻碍存在,权力才形成种种。主要阻碍是外在的。但是也还不可免有的来自本身的。一种对人不全面的估计,一种对事不明确的估计,一种对"思想"影响二字不同角度的估计,一种对知识分子缺少□□①的估计。十分用心,却难得其中。本来不太麻烦的问题,做来却成为麻烦。认为权力重要又总担心思想起作用。

事实上如把知识分子见于文字、形于语言的一部分表现,当作一种"抒情"看待,问题就简单多了。因为其实本质不过是一种抒情。特别是对生产对斗争知识并不多的知识分子,说什么、写什么差不多都像是即景抒情,如为人既少权势野心又少荣誉野心的"书呆子"式知识分子,这种抒情气氛,从生理学或心理学说来,也是一种自我调整,和梦呓差不多少,对外实起不了什么作用的。随同年纪不同,差不多在每一个阶段都必不可免有些压积情绪待排泄,待梳理。从国家来说,也可以注意利用,转移到某方面,因为尽管是情绪,也依旧可说是种物质力量。但是也可以不理,明白这是社会过渡期必然的产物,或明白这是一种最通常现象,也就过去了。因为说转化,工作也并不简单,特别是一种硬性的方式,性格较脆弱的只能形成一种消沉,对国家不经济。世故一些的则发展而成阿谀。阿谀之有害于个人,则如城北徐公故事,无益于人。阿谀之有害于国事,则更明显易见。古称"千人诺诺,不如一士谔谔"。诺诺者日有增,而谔谔者日有减,有些事不可免做不好、走不通。好的措施有时也变坏了。

一切事物的形成都有它的历史原因和物质背景,目前种种问题现象,也必然有个原因背景。这里包括半世纪的社会变动、上千万人的死亡、几亿人的生活方式和生活愿望的基本变化,而且还和整个世界的问题密切相关。从这里看,就会看出许多事情的"必然"。观念计划在支配一切,于是有时支配到不必要支配的方面,转而增加了些麻烦。

---

① 原稿缺二字。

控制益紧，不免生气转促。《淮南子》早即说过，恐怖使人心发狂，《内经》有忧能伤心记载，又曾子有"蓬生麻中，不扶自直，白沙在涅，与之俱黑"语。周初反商政，汉初重黄老，同是历史家所承认在发展生产方面努力，而且得到一定成果。时代已不同，人还不大变……伟大文学艺术影响人，总是引起爱和崇敬感情，绝不使人恐惧忧虑。古代文学艺术足以称为人类共同文化财富也在于此。事实上，在旧戏里我们认为百花齐放的原因得到较多发现较好收成的问题，也可望从小说中得到，或者还更多得到积极效果，我们却不知为什么那么怕它。旧戏中充满封建迷信意识，极少有人担心他会中毒。旧小说也这样，但是却不免会要影响到一些人的新作品的内容和风格。近三十年的小说，却在青年读者中已十分陌生，甚至于在新的作家心目中也十分陌生。

谈创作

能在书本上发痴，在一切人事上发痴

有人问我："怎样会写'创作'？"真是一个窘人的题目。想了很久，我方能说出一句话，我说："因为他先'懂创作'。"问的于是也仿佛受了点儿窘，便走开了。

等待到这个很诚实的年轻人走后，我就思索我自己所下的那个字眼儿的分量。我想明白什么是"懂创作"，老实说，我得先弄明白一点，将来也省得窘人以后自己受窘。

就一般说来，大家读了许多书，或许记忆好些的人，还能把某一书里边最精彩的一页，背诵如流，但这个人却并不是个懂创作的人。有些人会做得出动人的批评，把很好的文章说得极坏，把极坏的文章说得很好，但也不能称为懂创作的人。一个懂创作的人，也应当看许多书，但并不需记忆一段两段书。他不必会作批评文字，每个作品在他心中却有一个数目。最要紧的是从无数小说中，明白如何写就可以成为小说，且明白一个小说许可他怎么样写。起始，结果，中间的铺叙，他口上并不能为人说出某本书所用的方法极佳，但他知道有无数方法。他从一堆小说中知道说一个故事时处置故事的得失，他从无数话语中弄明白了说一句话时那种语气的轻重。他明白组织各种故事的方法，他明白文字的分量。是的，他最应当明白的是文字的分量。同时凡每一句话，每一个标点，他皆能捡选轻重得当地去使用。为了自己想弄明白文字的分量，他得在记忆里收藏了一大堆单字单句。他这点积蓄，是他平时处处用心，从眼睛里从耳朵里装进去的。平常人看一本书，只需记忆那本书故事的好坏，他不记忆故事。故事多容易，一个会创作的人，故事要它如何就如何，把一只狗写得比人还懂事，把一个人写得比石头还笨，都太容易了。一个创作者看本书，他留心的只是："这本书如何写下去，写到某一件事，提到某一点气候同某一个人的感觉时，他使用了些什么文字去说明。他简单处简单到什么程度，相反的，复杂时又复杂到什么程度。他所说的这个故事，所用的一组文字，是不是合理⋯⋯他有思想，有主张，他又如何去表现他这点主张？"

一个创作者在那种情形下看各种各样的书，他一面看书，一面就在那里学习经验那本书上的一切人生。放下了书本，他便去想。走出门外去，他又仍然与看书同样的安静，同样发生兴味，去看万汇百物在一份习惯下所发生的一切。他并不学画，他所选择的人事，常如一幅突出的人生活动画图，与画家所注意的相暗合。他把一切官能很贪婪地去接近那些小事情，去称量那些小事情在另外一种人心中所有的分量，也如同他看书时称量文字一样。他喜欢一切，就因为当他接近他们时，他已忘了还有自己的身份存在。

简单说来，便是他能在书本上发痴，在一切人事上同样也能发痴。他从说明人生的书本上，养成了对于人生一切现象注意的兴味，再用对于实际人生体验的知识，来评判一个作品记录人生的得失。他再让一堆日子在眼前过去，慢慢地，他懂创作了。

当下有若干作家怎么会写得出小说，他自己也就说不明白。但旁人可以看明白的，就是这些人一切作品皆常常浮在人事表面上，受不了时间的选择。不管写了一堆作品或一篇作品，不管如何善于运用作品以外的机会，很下流地造点文坛消息为自己说说话，不管如何聪敏灵巧地把自己作品押在一个较有利益的注上去，还是不成。在文字形式上，故事形式上，人生形式上，所知道得都太少了。写自己就极缺少那点所必需的能力。未写以前就不曾很客观地来学习过认识自己，分析自己，批评自己。多数作家的思想皆太容易转变了，对自己的工作实缺少了一点严格的批评、反省。从这样看来，无好成绩是很自然的。

我自己呢，是若干作者中之一人，还应当去学，还应当学许多。不希望自己比谁聪明，只希望自己比别人勤快一点，耐心一点。

给志在写作者

永远不在作品上自满,不在希望上自卑

好朋友:

　　这几年我因为个人工作与事务上的责任,常有机会接到你们的来信。我们不拘相去如何远,人如何生疏,好像都能够在极短时期中成为异常亲密的好朋友。即可以听取你们生活各方面的意见。昔人说,"人与人心原是可以沟通的",我相信在某种程度内,我们相互之间,在这种通信上真已得到毫无隔阂的友谊了。对于这件事我觉得快乐。我和你们少数见面一次两次,多人尚未见面,以后可能永无机会见面。还有些人是写了信来,要我答复,我无从答复;或把文章寄来,要我登载,我给退回。我想在这刊物上,和大家随便谈一谈。

　　我接到的一切信件,上面总么写着:

　　"先生:我是个对文学极有兴趣的人。"

　　都说有"兴趣",却很少有人说"信仰"。兴趣原是一种极不固定的东西,随寒暑阴晴变更的东西。所凭借的原只是一点兴趣,一首自以为是杰作的短诗被压下，兴趣也就完了。我听到有人说，写作不如打拳好，兴趣也就完了。或另外有个朋友相邀下一盘棋，兴趣也就完了。总而言之，就是这个工作靠兴趣，不能持久，太容易变。失败，那不用提；成功，也可以因小小的成功以后，看来不过如此如此，全部兴趣消灭无余。前者不必列举，后者的例可以从十六年来新文学作家的几起几落的情景中明白。十六年来中国新文学作家好像那么多，真正从事于此支持十年以上的作家并不多。多数人只是因缘时会，在喜事凑热闹的光景下捞着了作家的名位，玩票似的混下去。一点成绩，也就是那么得来的。对文学有兴趣、无信仰，结果有所谓"新文学"，在作者本身方面，就觉得有点滑稽，只是二十五岁以内的大学生玩的东西。多数人呢，自然更不关心了。如果这些人对文学是信仰不是兴趣，一切会不同一点。

对文学有信仰，需要的是一点宗教情绪。同时就是对文学有所希望（你说是荒谬想象也成）。这希望，我们不妨借用一个旧俄作家说的话：

> 我们的不幸，便是大家对于别人的心灵、生命、痛苦、习惯、意向、愿望都很少理解，而且几乎全无所知。我们所以觉得文学可尊者，便因其最高的功能是试在消除一切的界限与距离。

话说得不错，而且说得很老实。今古相去那么远，世界面积那么宽，人心与人心的沟通和连接，原是依赖文学的。人性的种种纠纷，与人生向上的憧憬，原可以依赖文学来诠释启发的。这单纯信仰是每一个作家不可缺少的东西，是每个大作品产生必有的东西。有了它，我们才可以在写作失败时不气馁，成功后不自骄。有了它，我们才能够"伟大"！好朋友，你们在过去总说对文学有"兴趣"，我意见却要让你们有"信仰"。是不是应该把"兴趣"变成"信仰"？请你们想想看。

其次是你们来信，总表示对于生活极不满意。我很同情。

我并不要你们知足，我还想鼓励一切朋友对生活有更大的要求，更多的不满。活到当前这个乱糟糟的社会里，大多数负责者都那么因循与柔懦，各做得过且过的打算。卖国贼、汉奸、流氓、贩运毒物者、营私舞弊者，以及多数苟且偷安的知识分子，成为支持这个社会的柱石和墙壁，凡是稍稍有人性的青年人，哪能够生活满意？那些生活显得很满意，在每个日子中能够陶然自得沾沾自喜的人，自己不是个天生白痴，他们的父亲就一定是那种社会柱石，为儿女积下了一点血钱，可以供他们读书或取乐。即使如此，这种环境里的人，只要稍有人性，也依然对当前不能满意，会觉得所寄生的家庭如此可耻，所寄生的国家如此可哀！

对现实不满，对空虚必有所倾心。社会改革家如此，思想家也如此，每个文学作者不一定是社会改革者，不一定是思想家，但他的理想，却常常与他们异途同归。他必具有宗教的热忱，勇于进取，超乎习惯与俗见而向前。一个伟大作品，总是表现人性最真切的欲望——对于当前黑暗社会的否认，对于未来光明的向往。一个伟大作品的制作者，照例是需要一种博大精神，忽于人事小小得失，不灰心，不畏难，在极端贫困艰辛中，还能支持下去，且能组织理想（对未来的美丽而光明的合理社会理想）在篇章里，表现多数人在灾难中与力的向上，使更大多数人浸润于他想象和情感光辉里，能够向上。

可是，好朋友，你们对生活不满意，与我说到的却稍稍不同。你们常常急于要找"个人出路"。你们嗔恨家庭，埋怨社会，嘲笑知识，辱骂编辑，就只因为你们要出路，要生活出路与情感出路。要谋事业，很不容易；要放荡，无从放荡；要出名，要把作品急于发表，俨然做编辑的都有意与你们为难，不给机会发表。你们痛苦似乎很多，要求却又实在极少。

正因为要求少，便影响到你们的成就。第一，写作的态度，被你们自己把它弄小弄窄。第二，态度一有问题，题材的选择，不是追随风气人云亦云，就是排泄个人小小恩怨，不管为什么都浮光掠影，不深刻，不亲切。你们也许有天才，有志气，可是这天才和志气，却从不会好好地消磨在工作上，只是被"杂感"和"小品"弄完事，只是把自己本人变成杂感和小品完事。要出路，杂志一多，出路来了。要成名，熟人一多，都成名了。要作品呢，没有作品。首都南京有个什么文艺俱乐部，聚会时常常数百人列席，且有要人和名媛掺杂其间，这些人通常都称为"作家"。大家无事，附庸风雅，吃茶谈天而已。假若你们真不满意生活，从事文学，先就应当不满意如此成为一个作家。其次，再看看所谓伟大作品是个什么样子，来研究，来理解，来学习，低头苦干个三年五载。忘了"作家"，关心"作品"。永远不在作品上自满，不在希望上自卑。认定托尔斯泰或歌德，李白或杜甫，所有的成就，全是一个人的脑子同手弄出来的。只要你有信心，有耐力，你也可以希望用脑子和那只手得到同样的成就。你还不妨野心更大一点，希望你的心与力贴近当前这个民族的爱憎和哀乐，做出更有影响的事业！好朋友，你说对生活不满意，你觉得还是应当为个人生活找出路，还是另外一件事？请你们也想想看。

我在这刊物上写这种信，这是末一次，以后恐无多机会了。我很希望我意见能对你们有一点用处。我们必须明白我们的国家，当前实在一种极可悲哀的环境里，被人逼迫堕落，自己也还有人甘心堕落。对外，毫无办法，对内，成天有万千人饿死，成天有千万人在水边挣扎……此外大多数人就做着噩梦，无以为生。但从一方面看来，那个"明天"又总是很可乐观的。明天是否真的可以转好一点？一切希望却在我们青年人手里。青年人中的文学作家，他不但应当生活得勇敢一点，还应当生活得沉重一点。每个人都必须死，正因为一个人生命力用完了，活够了，挪开一个地位，好让更年轻的人来继续活下去。死是不可避免的自然法则。我们如今都还年轻，不用提这个问题，我们可以谈活。我认为每个人都有权利活得更有意义，活得更像个人。历史原是一种其长无尽的东西，我们能够在年轻力壮时各自低头干个十年八年，活够了，死了，躺下来给蛆收拾了，也许生命还能在另外一种意义上活得很长久。徒然希望"不朽"，是个愚蠢的妄念；至于希望智慧与精力不朽，那只看我们活着时会不会好好地活罢了。我们是不是也觉得如今活着，还像一个活人？一面活下去一面实值得我们常常思索。

一九三六年三月二十七日北平

水云

美总是令人忧愁，然而还受用

自从"偶然"离开了我后，云南就只有云可看了。黄昏薄暮时节，天上照例有一抹黑云，那种黑而秀的光景，不免使我想起过去海上的白帆和草地上的黄花，想起种种虹影和淡白星光，想起灯光下的沉默继续沉默，想起墙壁上慢慢的移动那一方斜阳，想起瓦沟中的绿苔和细雨，微风中轻轻摇头的狗尾草……想起一堆希望和一点疯狂，终于如何又变成一片蓝色的火焰，一撮白灰。这一切如何教育我认识生命最离奇的遇合与最高的意义。

当前在云影中恰恰如过去在海岸边，我获得了我的单独。那个失去了十年的理性，回到我身边来了。

"你这个对政治无信仰对生命极关心的乡下人，来到城市中'用人教育我'，所得经验已经差不多了。你比十年前稳定得多也进步得多了，正好准备你的事业，即用一支笔来好好地保留最后一个浪漫派在二十世纪生命取予的形式，也结束了这个时代这种情感发炎的症候。

你知道你的长处,即如何好好的善用长处。成功或胜利在等待你,嘲笑和失败也在等待你;但这两件事对于你都无多大关系。你只要想到你要处理的也是一种历史,属于受时代带走行将消灭的一种人我关系的历史,你就不至于迟疑了。"

"成功与幸福,不是智士的目的,就是俗人的期望,这与我全不相干。真正等待我只有死亡。在死亡来临以前,我也许还可以做点小事,即保留这些'偶然'浸入一个乡下人生命中所具有的情感冲突与和谐程序。我还得在'神'之解体的时代,重新给神作一种赞颂。在充满古典庄严与雅致的诗歌失去光辉和意义时,来谨谨慎慎写最后一首抒情诗。我的妄想在生活中就见得与社会隔阂,在写作上自然更容易与社会需要脱节。不过我还年轻,世故虽能给我安全和幸福,一时还似乎不必来到我身边。我已承认你十年前的意见,即将一切交给'偶然'和'情感'为得计。我好像还要受另外一种'偶然'所控制,接近她时,我能从她的微笑和皱眉中发现神;离开她时,又能从一切自然形式色泽中发现她。这也许正如你所说,因为我是个对一切无信仰的人,却只信仰'生命'。这应当是我一生的弱点,但想想附于这个弱点下的坦白与诚实,以及对于人性细致感觉理解的深致,我知道,你是第一个就首先对于我这个弱点加以宽容了。我还需要回到海边去,回到'过去'那个海边。至于别人呢,我知道她需要的倒应当是一个'抽象'的海边。两个海边景物的明丽处相差不多,不同处其一或是一颗孤独的心的归宿处,其一却是热情与梦结合而为一使'偶然'由'神'变'人'的家。"

"唉,我的浮士德,你说得很美,或许也说得很对。你还年轻,至少当你被这种暗黄黄灯光所诱惑时，就显得相当年轻。我还相信这个广大的世界尚有许多形体、颜色、声音、气味，都可以刺激你过分灵敏的官觉，使你变得真正十分年轻。不过这是不中用的。因为时代过去了。在过去时代能激你发狂引你入梦的生物，都在时间漂流中消灭了匀称与丰腴、典雅与清芬。能教育你的正是从过去时代培植成功的典型。时间在成毁一切，都行将消灭了。代替而来的将是无计划无选择随同海上时髦和政治需要繁殖的一种简单范本。在这个新的时代进展中，你是个不必要的人物了。在这个时代中，你的心即或还强健而坚韧，也只合为'过去'而跳跃，不宜于用在当前景象上了。你需要休息休息了，因为在这个问题上徘徊实在太累。你还有许多事情可做，纵不乐成也得守常。有些责任，即与他人或人类幸福相关的责任。你读过那本题名《情感发炎及其治疗》的奇书，还值得写成这样一本书。且不说别的，即你这种文字的格式，这种处理感觉和思想的方法，也行将成为过去，和当前体例不合了！"

"是不是说我老了？"

没有得到任何回答。

天气冷了些，桌前清油灯加了个灯头，两个灯头燃起两朵青色小小火焰，好像还不够亮，灯光总是不大稳定，正如一张发抖的嘴唇，代替过去生命吻在桌前一张白纸上。

十年前写《边城》时，从槐树和枣树枝叶间滤过的阳光如何照在白纸上，恍惚如在目前。灯光照及油瓶、茶杯、银表、书脊和桌面遗留的一小滴油时，曲度相当处都微微返着一点光。我心上也依稀返着一点光影，照着过去，又像是为过去所照彻。小房中显得宽阔，光影照不及处全是一片黑暗。

我应当在这一张白纸上写点什么？一个月来因为写"人"，作品已第三回被扣，证明我对于大事的寻思，文字体例显然当真已与时代不大相合。因此试向"时间"追究，就见到那个过去。然而有些事，已多少有点不同了。

"时间带走了一切，天上的虹或人间的梦，或失去了颜色，或改变了式样。即或你自以为有许多事尚好好保留在心上，可是，那个时间在你不大注意时，却把你的心变硬了，变钝了，变得连你自己也不大认识自己了。时间在改造一切，星宿的运行，昆虫的触角，你和人，同样都在时间下失去了固有的位置和形体。尤其是美，不能在风光中静止。人生可悯。"

"温习过去，变硬了的心也会柔软的！到处地方都有个秋风吹上人心的时候，有个灯光不大明亮的时候，有个想向'过去'伸手，若有所攀援，希望因此得到一点助力，方能够生活得下去时候。"

"这就更加可悯！因为印象的温习，会追究到生活之为物，不过是一种连续的负心。凡事无不说明忘掉比记住好。'过去'分量若太重，心子是载不住它的。忘不掉也得勉强。这也正是一种战争！败北且是必然的结果。"

是的，这的确也是一种战争。我始终对面前那两个小小青色火焰望着。灯头不知何时开了花，"在火焰中开放的花，油尽灯熄时，才会谢落的"。

"你比拟得好。可是人不能在美丽比喻中生活下去。热情本身并不是象征，它燃烧了自己生命时，即可能燃烧别人的生命。到这种情形下，只有一件事情可做，即听它燃烧，从相互燃烧中有更新生命产生（或为一个孩子，或为一个作品）。那个更新生命方是象征热情。人若思索到这一点，为这一点而痛苦，痛苦在超过忍受能力时，自然就会用手去剔剔你所谓要在油尽灯熄时方谢落的灯花。那么一来，灯花就被剔落了。多少人即如此战胜了自己的弱点,虽各在撤退中救出了自己,也正可见出爱情上的勇气和决心。因为不是件容易事,虽损失够多,做成功后还将感谢上帝赐给他的那点勇气和决心。"

"不过,也许在另外一时,还应当感谢上帝给了另外一个人的弱点,即您灯光引带他向过去弱点。因为在这种弱点上,生命即重新得到了意义。"

"既然自己承认是弱点,你自己到某一时也会把灯花剔落的。"

我当真就把灯花剔落了。重新添了两个灯头,灯光立刻亮了许多。我要试试看能否有四朵灯花在深夜中同时开放。

一切都沉默了,只远处有风吹树枝,声音轻而柔。

油慢慢地燃尽时,我手足都如结了冰,还没有离开桌边。灯光虽渐渐变弱,还可以照我走向过去,并辨识路上所有和所遭遇的一切。情感似乎重新抬了头,我当真变得好像很年轻,不过我知道,这只是那个过去发炎的反应,不久就会平复的。

屋角风声渐大时,我担心院中那株在小阳春十月中开放的杏花,会被冷风冻坏。

"我关心的是一株杏花还是几个人?是几个在过去生命中发生影响的人,还是另外更多数未来的生存方式?"

等待回答,没有回答。

一九四二年作

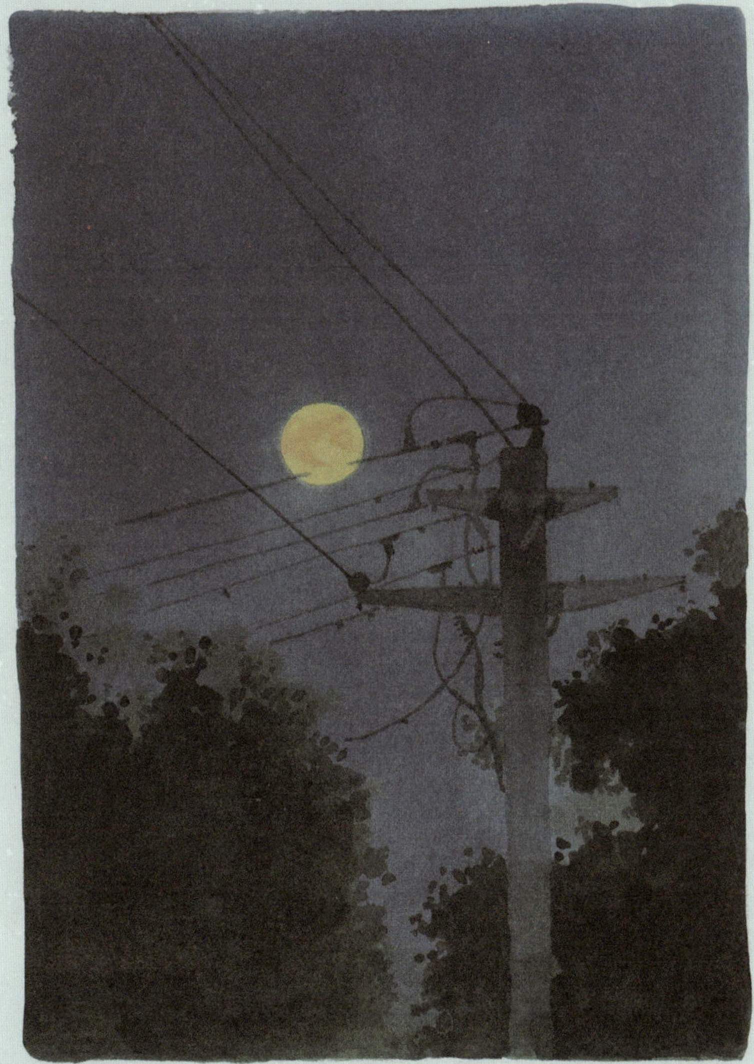

图书在版编目（CIP）数据

沈从文：到日光下去生活 / 沈从文著. -- 北京：中国致公出版社，2021
　　ISBN 978-7-5145-1752-1

Ⅰ.①沈… Ⅱ.①沈… Ⅲ.①散文集－中国－现代 Ⅳ.①I266

中国版本图书馆CIP数据核字(2021)第019212号

本著作物经北京时代墨客文化传媒有限公司代理，授权湖北知音动漫有限公司，在中国大陆出版、发行中文简体字版本。

沈从文：到日光下去生活 / 沈从文 著.
SHEN CONGWEN: DAO RIGUANG XIA QU SHENGHUO

出　　版	中国致公出版社
	（北京市朝阳区八里庄西里100号住邦2000大厦1号楼西区21层）
出　　品	湖北知音动漫有限公司
	（武汉市东湖路179号）
发　　行	中国致公出版社（010-66121708）
作品企划	知音动漫图书·文艺坊
策划编辑	方　莹
责任编辑	方　莹
装帧设计	李艺菲
印　　刷	武汉精一佳印刷有限公司
版　　次	2021年8月第1版
印　　次	2021年8月第1次印刷
开　　本	960mm×640mm　1/16
印　　张	16
字　　数	188千字
书　　号	ISBN 978-7-5145-1752-1
定　　价	45.00元

（版权所有，盗版必究，举报电话：027-68890818）
（如发现印装质量问题，请寄本公司调换，电话：027-68890818）

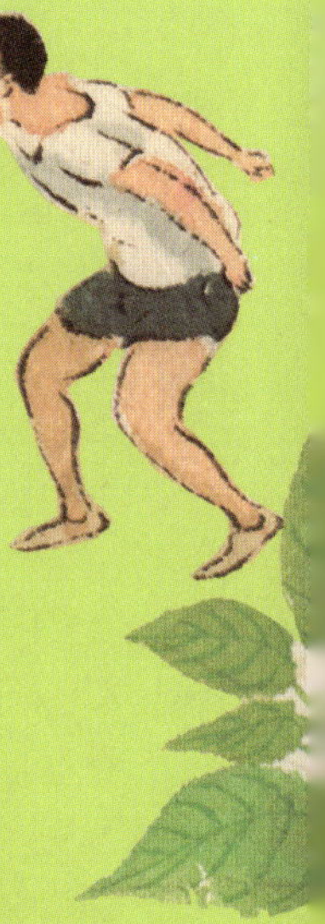

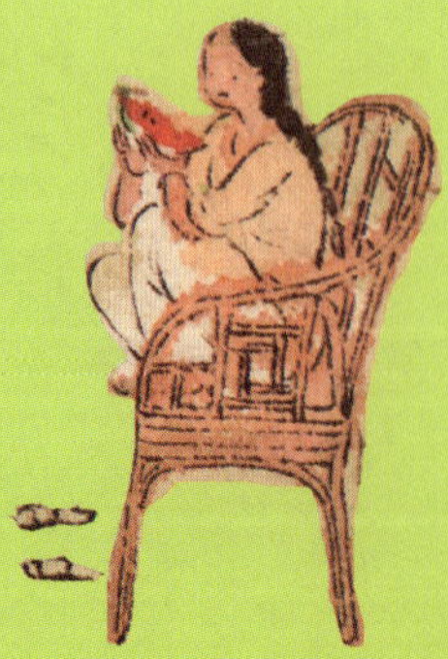